ВЕЛИКОЛЕПНЫЕ
ДЕТЕКТИВНЫЕ
ИСТОРИИ

ДЕТЕКТИВНАЯ
ВЕСНА

МОСКВА
2022

УДК 821.161.1-312.4
ББК 84(2Рос=Рус)6-44
   Д38

Редактор серии *А. Антонова*
Оформление серии *С. Курбатова*

В коллаже на обложке использованы иллюстрации:
© Dushkapampushka, Olga_Angelloz / Shutterstock.com
Используется по лицензии от Shutterstock.com

ПРИСОЕДИНЯЙТЕСЬ К НАМ!

МЫ В СОЦСЕТЯХ:
www.eksmo.ru

vk vmirefiction
read_action

Д38   **Детективная** весна : сборник рассказов. — Москва : Эксмо, 2022. — 320 с. — (Великолепные детективные истории).

ISBN 978-5-04-162186-5

Эта книга по-настоящему весенняя! Специально для этого сборника самые яркие звезды современного отечественного детектива — Татьяна Устинова, Анна Князева, Евгения Михайлова, Галина Романова и их не менее именитые коллеги — создали незабываемые образы, сплели тончайшие сюжетные кружева, придумали изящнейшие криминальные интриги. «Детективная весна» — незабываемая встреча с жемчужинами остросюжетной прозы!

УДК 821.161.1-312.4
ББК 84(2Рос=Рус)6-44

ISBN 978-5-04-162186-5   ООО «Издательство «Эксмо», 2022

• СОДЕРЖАНИЕ •

ТАТЬЯНА БОЧАРОВА

• АПРЕЛЬСКОЕ ПРИВИДЕНИЕ •

1

Славка отложил джойстик, хлебнул из бутылки, стоявшей тут же, на столе, остатки пива и лениво поднялся со стула. Он чувствовал себя так, будто по нему проехался грузовик: все тело болело, мышцы сводило судорогой, башка была чугунной, в ушах неприятно звенело. И это называется выходной!

Славка проснулся в десять, и с этого момента не отходил от компьютера. Резался в свою любимую «Доту», потом в «Танчики», потом в «Варзон», потом снова в «Доту». Ну и пиво, конечно, как без него. Вчера вечером Славка купил целый ящик, а сейчас от него осталась одна бутылка, и ту он только что допил.

Славка оглядел комнату. По полу перекатывались клубы пыли, на комоде грустно съежились почерневшие шкурки от бананов и остатки недоеденной колбасы. Вокруг них в художественном беспорядке рассыпались хлебные крошки. В животе у Славки угрожающе заурчало. Он поплелся на кухню и распахнул дверку холодильника. Там оказалась только банка просроченных шпрот и бутылка скисшего кефира недельной давности. Славка тихонько выругался и подошел к окну.

Через мутное, давно не мытое стекло на него глядел свежий апрельский вечер. Было еще светло. По двору с визгом носилась ребятня. На козырьке подъезда с важным и надутым видом сидела пара голубей. Славка открыл форточку, и на него упоительно пахнуло весной. Какой же он дурак! Можно было сходить в парк, благо он совсем близко, прогуляться по подсохшим дорожкам, покормить белочек, вдохнуть полной грудью этот невероятный апрельский воздух, напоенный ароматом оживающей природы, запахом набухающих почек и того, что не описать словами, но это бывает лишь в апреле. Можно было в конце концов просто выйти на бульвар, туда, где недавно обустроили спортивную площадку. Подтянуться на турнике, покачаться на уличных тренажерах. Можно... да много чего было можно, вместо того чтобы просидеть весь день в четырех стенах за монитором.

Он побрел в прихожую, накинул джинсовку, проверил наличие в кармане телефона и вышел из квартиры. До улицы было два шага — Славка жил на первом этаже. Он распахнул подъездную дверь и с наслаждением окунулся в синие предвечерние сумерки. В голове его забрезжило озарение. Славка встрепенулся и направился к ближайшему супермаркету. Там он купил черного хлеба, самых дешевых сосисок, новую банку шпрот и пять бутылок пива. Ему показалось, что девушка-продавщица посмотрела на него с неодобрением. Славка рассердился. Какое она имеет право так на него смотреть? Какое ей дело до него? И вообще, кто она такая? Наверняка приехала из какой-нибудь тьмутаракани. Вот пусть сидит себе на кассе и не рыпается. Славка сделал свирепое лицо и приложил телефон к терминалу. Неожиданно девушка улыбнулась.

— Хотите шоколадку? У нас скидки. Она совсем недорого стоит. Хотите?

— Не хочу, — опешил Славка. Улыбка кассирши смутила его настолько, что он почувствовал себя полным идиотом. Надо же, еще и улыбается. — Не хочу! — повторил он грубо.

— Ну как хотите. — Девушка едва заметно вздохнула и протянула ему чек. — Вот, держите.

Славка взял чек и, честя себя на чем свет стоит, вышел из магазина. И почему он такой медведь? Все и всех воспринимает в штыки. Особенно становится тяжело именно тогда, когда к нему пытаются с добром. Черт знает, отчего это у него. Может, детство виновато. Отец пил, часто поднимал руку на них с матерью. Славка жил в постоянном страхе. В школе на уроках от этого не мог сконцентрироваться, потому учился на вечные двойки и тройки. Но самое страшное случалось, когда отец становился веселым и начинал улыбаться. Это длилось недолго, от силы час. А потом в него точно демон вселялся, он хватал, что под руку попадется, и нещадно лупил маленького Славку. Если вступалась мать, доставалось и ей. Вот поэтому он, когда подрос, не любил улыбающихся людей, особенно если они улыбались конкретно ему. Все время ждал подвоха, что улыбающийся приветливый человек вот-вот обратится в монстра и причинит ему боль. Оттого у Славки не было настоящих друзей.

Школу он кое-как окончил, устроился разнорабочим на почту за копейки и с тех пор почти не выходил из дому, коротая время в обществе компа и пива. Родители, один за другим, ушли в лучший мир, и Славка остался один в малогабаритной, старенькой и никогда не ремонтированной однушке. Он был здесь полным хозяином, но больше напоминал себе узника, заточенного в одиночной камере. Иногда, конечно, к нему приходили приятели — такие же собутыльники. Они почти никогда не улыбались, и Славка их не боялся. После них квартира превращалась в полную помойку, но ему лень было убираться. Он лишь подметал полы старым, видавшим виды веником, оставшимся еще от матери, да иногда смахивал тряпкой со стола остатки закуски. Так Славка Дегтяренко и дожил благополучно до двадцати трех лет...

Он шел по дорожке от магазина к дому. Уже заметно стемнело. Было без пяти минут восемь. Внезапно ему страстно захотелось немного побыть на воздухе. Он поколебался и свернул на бульвар. Не спеша дошел до спортивной площадки, постоял у турника. Потом осторожно поставил пакет с продуктами на землю и, подпрыгнув, схватился за перекладину. Когда-то, в школе, любимым предметом у Славки была физкультура. Он лучше многих подтягивался, лазал по канату, прыгал через козла. Маленький, юркий и легкий, он был незаменим в спортивных играх — легко обходил соперников в баскетболе, доводя мяч до сетки, однако бросать не мог. Бросали другие, они же забивали голы, им и доставалась слава. А Славке кричали: «Давай, Дегтярь, жми!» И он жал, а после скромно стоял в сторонке, худенький, лопоухий, никому не нужный...

Славка подтянулся несколько раз. Он по-прежнему делал это с легкостью, однако чувствовал, что дыхалка стала подводить. Десять подтягиваний, и у него закружилась голова. Славка спрыгнул на землю и присел на корточки, стараясь расслабиться и восстановить дыхание. Сердце в груди скакало частыми ударами. Совсем в развалину превратился. Конечно, если полностью игнорировать режим, жрать что попало и почти не двигаться...

Славка с ожесточением пнул ногой тренажер. Тоска. Такая тоска! Зачем вообще он родился на свет? Неужели для того, чтобы резаться в «Танчики»? Вон, одноклассник Денис Баранчиков, едва окончил институт, уже организовал свое дело. Преуспевает. Встречается с первой красавицей их класса, Мариной Каразиной. Кажется, у них скоро свадьба. Другой одноклассник, Пашка Леонтьев, работает в больнице. Собирается стать хирургом, а пока трудится простым санитаром. Работу свою обожает. На встречах взахлеб рассказывает о пациентах, при этом весь светится от счастья. Надя Орлова стала художницей. У нее даже недавно прошла первая персональная выставка. Аленка Коробейникова — скрипачка в известном оркестре...

Эх... Славка тяжело вздохнул и, подняв пакет, потащился в сторону дома. Было уже совсем темно, когда он подошел к своей старенькой кирпичной пятиэтажке. До подъезда оставалось не больше десяти метров. И тут внимание Славки привлекло какое-то белое пятно, маячившее в воздухе прямо на его пути. Поначалу он решил, что у него мушки в глазах от долгого сидения за компом. Славка протер глаза, но пятно не исчезло. Он сделал несколько шагов вперед и остановился, потрясенный: перед ним в воздухе висело... привидение! Настоящее, каким его рисуют на картинках: белая, полупрозрачная колеблющаяся материя, в ней две пустые глазницы и дырка вместо рта. Все это напоминало бы детскую шалость, если бы не одно но: призрак парил в воздухе, дрожа, мерцая и переливаясь в свете фонаря, стоящего поблизости. Рядом не было никого, кто мог бы им управлять! Пока Славка со страхом разглядывал Привидение, оно вдруг ожило.

— Эй! — Голос у потустороннего существа был глухим и лишенным всякого тембра. — Что встал, как чурбан? Можно подумать, привидения не видел?

Славка тихонько охнул и схватился за сердце.

— А ну, давай сюда пакет! — приказало Привидение.

— П-пак-кет? — заикаясь, выдавил Славка.

— Ты что, оглох? Плохо слышишь? Ну да, пакет. Давай его сюда! Да поживей.

Низ призрака заколебался сильней и превратился в подобие руки, с одним-единственным указательным пальцем. Палец сделал пригласительный жест.

— Ставь!

— К-куда ставить? — пролепетал Славка.

— Сюда. — Привидение указало на асфальт

12 под собой. Он кивнул и поставил пакет туда, куда

ему велели. — А теперь дуй отсюда, — скомандовал жуткий голос. — Чтобы я тебя не видело.

Привидение ухнуло и захохотало. У Славки мороз прошел по коже. Он неловко, боком, обошел висящий в воздухе призрак и, не помня себя, помчался к подъезду. Славка взлетел по ступенькам со скоростью ракеты. Долго не мог попасть ключом в замочную скважину, руки тряслись, ключ два раза упал на пол. Наконец он зашел в квартиру и в изнеможении сел прямо на замызганный, пыльный линолеум в прихожей. По лбу тек пот. Вот и докатился! Белочка! Типичная белочка. Нечего было мешать накануне пиво с водкой. Что теперь будет?

Славка не понаслышке знал, что случается, когда человек заболевает белой горячкой. Отцу под конец жизни всюду мерещились разные существа, они беседовали с ним, уговаривали выйти в окно, включить газ или сунуть голову в петлю. Сколько раз Славка с матерью находили его в шаге от гибели, силой укладывали в постель, вызывали наркологичку... И вот теперь у него начинается то же самое! Нет, ни за что!!

Славка резко вскочил на ноги, бросился в ванную, включил на полную мощь кран с холодной водой и сунул под него голову. Через пять минут ему немного полегчало. Он растер лицо полотенцем, пошел на кухню и сварил себе крепчайший кофе. Выпив его, он прислушался: тихо. В квартире стояла мертвая тишина. Только из-за стены от соседей доносились фальшивые звуки фортепиано — второклассница Катя разучивала гаммы. Славка немного успокоился. Ему захотелось есть. Однако холодильник по-прежнему был пуст — все продукты остались у Привидения. Славка поколебался и понял, что снова пойти в магазин не сможет — слишком силен был ужас опять нарваться на призрака. Что же делать? Он выглянул в окно. Во дворе было спокойно и темно. По дорожке в обнимку шла парочка. Славка присмотрелся: да это же Денис с Маринкой. Гуляют себе, обнимаются, — конечно, им-то что. Белочка явно не грозит. Славка помедлил и решительно отворил фрамугу.

— Дэн, эй!

Денис с неохотой оторвался от Маринки и глянул в его сторону.

— Дегтяренко? Чего тебе?

— Слушайте, ребятки, сделайте милость — сгоняйте в магаз. Дома шаром покати.

— В магаз? — возмутилась Маринка. — Мы тебе что — курьеры? Сам гоняй, если тебе надо.

— Ну пожалуйста, — взмолился Славка, — вам трудно, что ли? Человек пропадает. Умирает голодной смертью.

— Болеешь, что ли? — Денис недоверчиво прищурился.

— Болею, — с готовностью кивнул он.

— Чем болеешь? — не унимался тот.

Славка замялся, не зная, как объяснить бывшим одноклассникам свой недуг.

— Глюки у меня, — наконец неуверенно произнес он.

— Глюки? — Денис удивленно поднял брови. — Это как?

— А так, — сердито перебила его Маринка. — Чего тут непонятного? Допился до чертей, вот и глюки. А мы в магазин должны бегать. Пойдем. — Она подхватила Дениса под руку и попробовала утащить из-под окна.

— Дэн! — отчаянно воскликнул тот. — Прошу тебя! Будь человеком!

Денис задумался, слегка отодвинув Маринку в сторону.

— Ладно. Мы сходим, — пробурчал он сквозь зубы. — Что купить?

— Хлеба! И колбасы! Все равно какой, самой дешевой.

— Что это за еда — хлеб с колбасой? — возмутилась Маринка. — Питаться нужно правильно. Горячим, а не бутербродами всухомятку.

Но Денис уже, не слушая ее, развернулся и пошел по дорожке к супермаркету. Маринка показала Славке кулак и побежала следом. Он захлопнул окно и повалился на диван. Тут же ему показалось, что в прихожей кто-то есть. Он вскочил и на цыпочках приблизился к двери. Из-за косяка торчал край размытого светлого силуэта. Славка схватился за голову и, юркнув обратно в комнату, изо всех сил хлопнул дверью. Из прихожей донесся хриплый хохот. Славка застонал и вжался в спинку дивана. Так он и сидел до тех пор, пока в дверь не позвонили. Тогда он, все так же крадучись, выглянул в прихожую. На вешалке висел бежевый шарф, оставшийся от матери. За стеной кто-то громко смеялся. Славка чертыхнулся и принялся открывать. На пороге стояли Денис и Маринка, у каждого в руках было по пакету.

— Вот, держи. — Маринка сунула свой пакет Славке.

— Что это? — Тот едва не выронил его, таким тяжелым он оказался.

— Это картошка. Еще свекла, морковь, лук репчатый.

— Зачем мне свекла? — рассердился Славка. — Я же просил колбасу!

— Борщ будем варить. — Маринка по-хозяйски зашла в квартиру. — Фу! Ну и бардак у тебя. — Она сморщила хорошенький носик. — А грязищи! Ты вообще когда-нибудь полы моешь?

— Конечно, мою... иногда. — Славка огляделся и повесил голову.

— А мне кажется, что никогда.

Маринка решительно закрыла дверь.

— Неси пакеты в кухню и готовь кастрюлю. Мы сейчас.

Славка посмотрел на Дениса. Тот знаком показал, что ему лучше не спорить. Он вздохнул и потащил пакеты, куда ему приказали.

Через пятнадцать минут в кухне кипела работа. Славка чистил картошку, Денис мыл свеклу, а Маринка жарила на сковородке мелко нарезанные лук и морковку. На плите кипела вода в большой кастрюле.

— Вот так, — приговаривала Маринка, помешивая деревянной лопаткой золотистый лучок. — Дегтяренко, давай поживей, а то так всю жизнь можно картошку чистить.

— Я стараюсь, — сквозь зубы пробурчал Славка, неловко орудуя ножом.

Еще через сорок минут вся компания сидела за столом. К борщу Маринка ухитрилась сварить гречку с сосисками. Славка лопал за обе щеки, аж за ушами трещало. Борщ казался ему невероятно вкусным, может, оттого, что он очень давно ничего не готовил и не ел горячего, перебиваясь бутербродами, килькой и прочей ерундой, от которой потом сводило желудок. Денис так же с аппетитом уничтожал Маринкину стряпню, периодически с гордостью поглядывая на Славку — вот, мол, какая у меня девушка! Хозяюшка!

Потом они пили чай с шоколадным печеньем и пастилой. Славка совсем успокоился, расслабился, лицо его порозовело, глаза затуманились сытостью.

— Ну вот, — удовлетворенно проговорила Маринка. — И так нужно питаться каждый день. Понял?

— Понял! — Он преданно заглянул ей в глаза.

— Ну раз понял, то мы пойдем. Пора нам. Посуду сам вымоешь.

Маринка встала. Денис тоже поднялся из-за стола. Славкино благодушие как ветром сдуло. При мысли о том, что он сейчас снова останется один и будет прислушиваться к шорохам за стеной, его прошиб холодный пот.

— Ребятки! Не уходите! — Он жалобно посмотрел на Дениса, затем на Маринку.

— Как это не уходите? — усмехнулся Денис. — Ты что, предлагаешь нам поселиться у тебя?

— Отличная мысль, — обрадовался Славка. — Может, вы правда поживете тут немного? Совсем чуть-чуть? А?

Денис пристально посмотрел на него и покрутил пальцем у виска.

— Совсем тю-тю? С чего это нам у тебя жить? Думаешь, мы бомжи какие-нибудь?

— Не думаю. Конечно, не бомжи. Но... просто... — Славка совсем сник, ссутулился и уперся взглядом в столешницу.

— Да что с тобой творится? — смягчилась Маринка. — Говорил, болеешь, а на самом деле вполне здоров.

— Дайте слово, что не будете смеяться, — тихо проговорил Славка.

— Что за ерунда? — потерял терпение Денис. — Какое еще слово? Почему мы должны смеяться над тобой?

— Обещайте, — настойчиво повторил Славка.

— Ладно, не будем, — согласилась Маринка.

— И... и в дурку меня не сдадите.

— Не сдадим.

Славка поднял на приятелей глаза — в них плавало отчаяние.

— Братцы, я сегодня... видел привидение.

Сказал, как в воду ледяную нырнул, и замолчал.

— Кого видел? — переспросил Денис и хотел что-то прибавить, но Маринка незаметно сделала ему знак молчать.

— Слава, — проговорила она непривычно ласково. — А ты сейчас как себя чувствуешь? Голова не кружится?

— Так я знал! — взорвался он. — Думаете, спятил! Нормально я себя чувствую!

— А вчера ты пил что-нибудь? — спокойно продолжала допрос Маринка, не обращая внимание на его гнев.

— Ну... пил.

— Что?

— Пиво. — Славка посмотрел на нее и вздохнул. — Ну и водки... совсем чуть-чуть.

— Понятно, — коротко изрекла Маринка.

— Да что тебе понятно? Думаешь, я белочку словил?

— Ты сам именно так и думаешь, — твердо проговорила она, и Славка понял, что она абсолютно права.

— Что же делать? — потерянно спросил он.

— Мы возьмемся за тебя. Верно, Дэн? — Маринка поглядела на Дениса.

Тот неопределенно пожал плечами. Честно говоря, ему вовсе не хотелось браться за алкаша Славку. А хотелось ему привести Маринку в свою квартиру и немедленно начать с ней целоваться. Но Денис знал, что, если его подружке что-то втемяшилось в голову, она нипочем не отступится и возражать будет себе дороже. Поэтому он с неохотой кивнул.

— Значит, так, — скомандовала Маринка безапелляционным тоном. — Мы сейчас уходим, а ты моешь посуду и прибираешься тут как следует. Завтра воскресенье, утром мы у тебя. Завтракаем и идем повышать культурный уровень.

— Это как? — не понял Славка.

— Вот так. На выставку пойдем, в Третьяковку. Ясно?

— Ясно, — с тоской согласился он.

На самом деле ему стало ясно только то, что сейчас он неминуемо останется один в квартире. Будет ждать, пока появится Привидение или какие-нибудь чертики, что ничуть не лучше.

— Ну вот и хорошо, — подвела резюме Маринка. — Идем, Дэн.

Она взяла Дениса под руку и направилась в прихожую. Хлопнула дверь. Славка тяжело вздохнул и, включив кран на полную мощь, принялся намыливать губку.

2

Аленка возвращалась домой в отличном настроении: их скрипичную группу сегодня слушал сам главный дирижер оркестра. У Аленки руки тряслись от страха, но все-таки она сыграла партию без единой помарочки. Главный одобрительно качал головой, его кустистые седые брови то смыкались на переносице, то ползли вверх, на лоб. Под конец он улыбнулся, и улыбка у него была замечательная, теплая, ободряющая.

— Недурно. Совсем недурно, — похвалил он музыкантов. — Особенно мне понравилась вон та девушка, за вторым пультом. — Он кивнул на Аленку. Та от радости едва не упала со стула. — Думаю, вам стоит подумать о том, чтобы пересесть за первый пульт, — сказал Главный.

Потерявшая дар речи, Аленка только кивнула. Первый пульт! Это была ее мечта вот уже без малого год. Она пахала, как вол, выучила все партии наизусть, могла ночью во сне сыграть их с любого места. Иногда ей даже снилось, что она сидит за первым пультом. И вот — сон осуществился! Аленка ехала в автобусе и напевала вполголоса финал Девятой симфонии Бетховена. Пассажиры удивленно косились на симпатичную девушку в голубой курточке со скрипичным футляром через плечо.

Автобус подъехал к остановке. Двери раскрылись. Аленка легко спрыгнула на тротуар и быстро-быстро зашагала к дому. Надо порадовать папу — ведь это его заслуга. Старый скрипач, он всю жизнь посвятил обучению дочери, сначала в музыкальной школе, потом в училище, позже в консерватории. Аленка прибавила шагу. Внезапно перед ней в воздухе возникло нечто. Какое-то белесое пятно. Поначалу Аленка решила, что это дым. Но откуда дым, когда не видно огня? Она замедлила шаг, пристальней вгляделась в темноту и вскрикнула от ужаса: прямо на уровне ее лица во мгле парило Привидение! Пустые глазницы грозно и холодно глядели на Аленку. Та хотела убежать, но ноги словно приросли к земле. Во рту пересохло, по спине тек липкий пот.

— Ну здравствуй, — жутким голосом поздоровалось Привидение. Аленке показалось, что сердце ее сейчас остановится. В глазах потемнело. — Какая невежливая девица, — недовольно проухало Привидение. — Надо отвечать, когда с тобой здороваются.

Аленка не могла поверить своим ушам. Неужели перед ней действительно призрак, да еще и говорящий? Разве такое может быть?

— Ну, вижу, с тобой каши не сваришь, — вынесло вердикт Привидение. — Ладно, ближе к делу. Давай сюда свою бандуру. — Оно плавно заструилось по направлению к скрипке, висевшей на ее плече. Аленка отчаянно замотала головой и попятилась. — Нет? Будешь спорить со мной? — Привидение нависло над ней и угрожающе захрипело.

— Мамочка! — закричала Аленка и бросилась наутек.

Она неслась, не разбирая дороги, чувствуя за спиной страшное дыхание потустороннего существа. Выбежав на освещенную улицу, она остановилась в изнеможении. Одежда прилипла к телу, воздуха не хватало. Аленка, тяжело дыша, огляделась по сторонам. Вокруг шли люди, каждый по своим делам. Кто-то смеялся, трезвонил трамвай, гремели самокаты. Весело светились витрины магазинов. Аленка перевела дух и пощупала ремень на своем плече. Еще чего! Отдать этой нечисти самое дорогое, что у нее есть, — скрипку! Не дождется.

Тут Аленка похолодела. Ноты! Где папка с партиями? Она несла ее в руке, а сейчас та была абсолютно свободна. Значит, она выронила ноты, когда спасалась от Привидения? Господи, что же теперь будет! Конечно, она все помнит наизусть, но без нот все равно репетировать не получится. Аленка не сдержалась и расплакалась. В это время у нее зазвонил телефон. Она взглянула на экран: надо же, Маринка. Явилась не запылилась, собственной персоной. С тех пор, как в нее влюбился Дэн, Маринка совсем запропала, звонила редко, а уж чтобы погулять вместе, и речи не было. А ведь когда-то они были закадычными подружками и сидели за одной партой.

— Да, — сказала Аленка, стараясь придать голосу ровность.

— Привет! Чего делаешь? — спросила Маринка.

— Домой иду с работы.

— У тебя что, сумки тяжелые?

— Нет. С чего ты взяла? — удивилась Аленка.

— Дышишь как-то странно. Слушай, а ты очень торопишься?

— Ну... так, — уклончиво ответила она. — А что?

— Да ничего. Дэна срочно вызвали на фирму, у них там какое-то ЧП. Наверняка его полночи дома не будет, а мне скучно. Давай посидим где-нибудь в кафешке?

Аленка подумала, что сейчас это было самым подходящим. Она просто физически не могла представить, как снова пойдет по дорожке к своему подъезду. При одной мысли об этом ее начинало трясти.

— Ладно, — сказала она Маринке. — Выходи. Я у остановки. Жду тебя.

— О'кей! — обрадовалась та. — Я мигом.

Маринино «мигом» вылилось в десять минут. За это время Аленка успела совсем прийти в себя, даже позвонить папе и сказать, что немного задерживается. Маринку она увидела издалека. Та не шла, а выступала, весь ее вид словно кричал: смотрите, как у меня все супер, просто высший класс. Одета она тоже была с иголочки: ясное дело, Дэн не скупился на наряды для любимой. Аленка с завистью смотрела на ее сапожки — такие в Охотке стоят не меньше десяти штук. Плюс курточка из тончайшей замши и сумочка «Майкл Корс», настоящая, не подделка. Черные волосы блестящей волной спускались ниже лопаток, глаза весело блестели.

— Ну привет, подруга. — Маринка обняла ее и чмокнула в щеку, при этом на Аленку пахнуло офигительным ароматом духов.

— Привет, — сдержанно проговорила она.

Маринка придирчиво оглядела ее.

— Ты какая-то не такая. Странная. Устала, что ли?

— Есть немного, — уклончиво ответила Аленка.

Ей было неприятно и стыдно. Платили в оркестре хорошо, но это ни в какое сравнение не шло с теми бабками, которые в последнее время зарабатывал Денис. Аленка представила себе, с каким сочувствием, смешанным с презрением, рассматривает сейчас Маринка ее прошлогоднее пальтишко и ботиночки, купленные на распродаже.

— Мне кажется, ты слишком много работаешь, — с умным видом изрекла подруга. — Бери пример с меня. Если я и занята, то только тем, что забочусь о Дэне. Готовлю ему, убираю в квартире, слежу за тем, чтобы одежда была всегда в порядке. Вот и вся моя работа. А остальное время трачу целиком на себя. Женщина не должна быть рабочей лошадью.

— Я не лошадь, — обиделась Аленка. — И работу свою очень люблю. Не меньше, чем ты Дэна.

— Ха, сказанула! — весело рассмеялась Маринка. — Разве можно работу любить, как человека!

— Можно, — отрезала она и надулась, как индюк. Она уже жалела, что согласилась встретиться с Маринкой. Совсем ей это ни к чему.

— Ладно, — примирительно проговорила та. — Не злись. Хочешь работать — работай. Просто ты с твоей внешностью могла бы найти себе хорошего спонсора.

— Ты считаешь Дэна спонсором? — не выдержав, поддела ее Аленка.

— Нет, конечно. Я его люблю.

— Ну вот и я хочу встретить того, кого полюблю.

— Ладно, ладно, молчу, — замахала руками
Маринка. — Ну, куда пойдем?

— Пошли в кофейню? — предложила Аленка. Та была совсем рядом, на другой стороне шоссе.

Они спустились в переход и через пять минут уже сидели за уютным столиком в углу у окошка. Маринка щебетала без умолку, рассказывая о всякой ерунде. Аленка делала вид, что слушает ее, а сама все прокручивала в голове недавнее происшествие. Как можно объяснить то, что она видела? Аленка никогда не верила в потусторонние силы, не боялась темноты, спокойно смотрела мистику и фильмы ужасов. Но увиденное было за гранью ее понимания. Страшные пустые глазницы стояли у нее перед глазами, в ушах звучал лишенный человеческих интонаций голос.

— ...Да ты не слушаешь меня! — возмутилась Маринка. — О чем-то своем думаешь! Я же вижу.

Аленка встряхнулась и пришла в себя.

— Послушай, Марин... — Она замялась, оглянулась по сторонам и шепотом произнесла: — Ты веришь в призраков?

— В призраков? Нет, конечно. А почему ты вдруг спрашиваешь?

— Да так, просто... — уклончиво ответила Аленка. — Ерунда.

— Ну и день сегодня, — усмехнулась Маринка. — Сначала этот дуралей, теперь ты.

— Какой дуралей? — не поняла Аленка.

— Ну Дегтяренко. Позвал нас с Дэном через окно, мол, сходите в магаз, купите что-нибудь поесть, а то сам не могу. Боюсь.

— Чего он боится?

— Прикинь, привидения! Вроде бы шел домой и увидел его на дороге! Вот я и говорю, чудной 25 день. Сначала он нам о призраках втолковывал, теперь ты.

Аленка сидела, открыв рот. Маринка замолчала и уставилась на нее с любопытством.

— Ты чего?

— Я... я... — от волнения она начала заикаться. — Я тоже видела привидение! Только что, перед тем, как ты мне позвонила!

— Да ну. — Маринка с сомнением покачала головой. — Ты-то с чего? Со Славкой все ясно, допился до белочки, как его папаша. А ты ж вроде у нас не употребляешь.

Аленку точно прорвало.

— Говорю тебе, я видела привидение! Настоящее! Оно даже разговаривало со мной! Страшное, жуть! Я чуть с ума не сошла от ужаса. Бежала от него без оглядки, папку с нотами потеряла. — Она тараторила без остановки, лицо ее раскраснелось, глаза блестели. Маринка не перебивала подругу, тихонько сидела и слушала.

— Бред какой-то, — проговорила она после того, как Аленка окончила свой рассказ. — Я тебе не верю.

— Думаешь, я спятила? — рассердилась она. — Я тебе, как на духу, а ты... — Она махнула рукой и встала.

— Ты куда? — удивилась Маринка.

— Домой.

— Как домой? Мы же только пришли! Ты даже кофе не выпила.

— Не хочется что-то, — мрачно проговорила Аленка, достала из кошелька пятьсот рублей и положила на столик. — Вот, отдашь официанту.

Маринка задумчиво смотрела, как подруга бредет к выходу. Затем она надкусила пирожное и стала набирать номер Дениса.

3

Славка думал, что он не уснет в эту ночь. Но едва его голова коснулась подушки, он тут же погрузился в сон. Ему снилась кассирша. Она улыбалась и протягивала ему шоколадку.

— Спасибо, — сказал он как можно вежливей и мягче. — Я не люблю сладкого.

— А что вы любите? — спросила девушка.

— Цирк, — неожиданно для себя вдруг выпалил Славка. — Хотите, пойдем с вами?

Кассирша посмотрела на него удивленными глазами цвета какао. Славка подумал, что он никогда не видел таких: теплых, ласковых, в окружении длинных, загнутых ресниц.

— Вы любите цирк? — отчего-то шепотом спросил Славка.

— Люблю, — тихо ответила девушка.

— Вот и отлично, — обрадовался он и проснулся...

В окно ярко светило апрельское солнце. На подоконнике сидел взъерошенный воробей и нагло косил черным глазом. Несколько минут Славка ошалело смотрел по сторонам, не вполне понимая, где он и который час. Потом вспомнил, что сегодня воскресенье. Значит, сейчас должны прийти Маринка с Дэном и повести его в галерею. Настроение сразу же испортилось. Он терпеть не мог выставки, в школе пытался всегда откосить от любых экскурсий, а музеи считал самым гиблым местом на свете. Вот если б Маринка предложила сходить в цирк...

Цирк! Славка вдруг вспомнил свой сон. Кажется, он разговаривал с незнакомой кассиршей, даже приглашал ее пойти на представление, и она согласилась. Вот только имя ее Славка не успел спросить. Жаль. Он усмехнулся и тут же сердито мотнул головой. О чем он? Это же просто сон. У него никогда не было девушки. В школе он был влюблен в свою соседку по парте, Катю Батракову. Даже подарил ей своего хомячка — самое дорогое, что у него было на тот момент. Но Катя подарок не оценила. Она громко завизжала и с криком: «Крыса! Крыса!» выбежала из класса. Славке поставили двойку за поведение, и больше он ни в кого не влюблялся.

Славка почесал в затылке и поплелся в ванную. Надо привести себя в порядок, а то вредная Маринка начнет ругаться и стыдить его. Приняв душ, Славка отправился на кухню и критически огляделся. Увиденное его удовлетворило: в мойке отсутствовала грязная посуда, стол был протерт, даже пол подметен. Недаром Славка вчера целый час провел с тряпкой и веником в руках. Он сварил себе кофе и сел у окна в глубокой задумчивости.

Маринка права — пора прекращать пьянство. Иначе в следующий раз к нему явится сам Сатана из преисподней. Нужно жить нормальной жизнью, каждый день убирать в квартире, готовить нормальную еду, а сейчас тащиться в этот проклятый музей, будь он неладен. Только Славка так подумал, у него зазвонил телефон.

— Привет, Дегтяренко, — сказал ему в ухо Маринкин голос. — Ты уже встал, надеюсь?

— Встал, — с тоской произнес Славка.

— Слушай, ты прости. Не получится у нас сегодня в музей.

— Как не получится? Почему? — Славка едва не запрыгал от счастья, однако постарался придать голосу печаль.

— Дэн поздно ночью вернулся, у него проблемы были на работе. Спит сейчас. Не хочу его будить. Ты уж сам как-нибудь.

— Постараюсь. — Он театрально вздохнул.

— Ну и молодец, — похвалила его Маринка. — Привидение больше не появлялось?

— Нет.

— А... — Она хотела что-то еще добавить, но, видимо, передумала и стала прощаться. — Ладно, Дегтяренко, давай, до свиданья. Смотри, пиво с водкой больше не мешай. Чао.

— Пока.

Славка отложил телефон. Нахальный воробей теперь сидел на кухонном подоконнике и смотрел с интересом, мол, ну, чувак, что делать будешь? Славка легонько стукнул кулаком в стекло. Воробей мигом упорхнул. «Так-то лучше, — со злостью подумал он, — а то сидят тут всякие».

Он послонялся по квартире, изнемогая от скуки. Его точно магнитом тянуло выпить хотя бы банку пива и сесть за комп. Вчера он не прошел третий уровень. Может, сегодня повезет больше. Славка вернулся в кухню и открыл дверцу холодильника. Ни одной банки пива. Только вчерашняя кастрюля с борщом да гречка в ковшике. Он поискал за кухонным уголком, куда иногда припрятывал бутылки. Пусто. И в комнате тоже. Когда эта несносная Маринка успела ликвидировать все его заначки? Или это Дэн постарался? Славка вздохнул и пошел в прихожую одеваться. На улице ясный день, в такое время никакие привидения не страшны. А пиво он обязательно купит, как же без пива?

Кареглазая была тут как тут. Сидела на кассе и сосредоточенно отсчитывала сдачу. Славка заметил, что у нее толстенная темно-русая коса. Надо же! В наше время — и коса. Он думал, что девчонки не носят такие прически, это прошлый век. Кассирша узнала Славку.

— Это вы? — Она улыбнулась. — Снова пиво? Вы ж вчера много взяли.

— Так то было вчера. И к тому же я... их потерял.

Славка не мог понять, почему он разговаривает с этой глазастой кассиршей. Прежде он даже не стал бы отвечать на подобные вопросы. Она снова улыбнулась и кивнула.

— Хорошо. Потерял так потерял. — Взяв бутылку, она поднесла ее к сканеру. Тот пропищал и пробил цену. — Наличные, карта? — спросила девушка.

— Как вас зовут? — проговорил Славка вместо ответа и прикусил язык.

— Меня? — Глаза цвета какао заглянули прямо в душу. — Лиза. Лиза Савченко.

— Вы любите цирк, Лиза?

— Люблю. Почему вы спрашиваете?

— Я... я хочу вас пригласить туда. Сегодня вечером. Вы же свободны вечером?

— Да, я работаю до трех.

Она, казалось, нисколько не удивилась, будто
каждый второй покупатель звал ее в цирк.

— Тогда в три десять я буду ждать вас у магазина.

Славка взял бутылки и стремительно вышел на улицу. Его распирало веселье, ноги сами неслись вперед. Голова была легкой и ясной. Он шел, размахивая руками, как школьник-младшеклассник. Раз — и пакет ударился об урну, стоящую на тротуаре. Послышался звон. Из пакета потекла пена. В другой раз Славка бы расстроился, но сейчас он лишь решительно мотнул головой.

— Черт с тобой! — Он кинул пакет в мусорку и зашагал к дому.

4

Маринка сидела в кресле и смотрела на спящего Дениса. Во сне его лицо было совсем мальчишеским, лишенным той жесткости и деловитости, которую он неизменно напускал на себя в последнее время. Милый Дэн. Ее Дэн, такой смелый, упрямый. Если бы знали все те, кто так завидует Маринке, как непросто дались ей эти отношения. Характер у Дениса не сахар, стоило немалых трудов приноровиться к нему. Для этого ей неоднократно приходилось наступать себе на горло, молчать там, где хотелось кричать, сдерживать слезы, а, главное, терпеливо ждать, когда любимый будет свободен и снизойдет до нее. Но игра стоила свеч. Маринка Денисом гордилась и готова была на любые жертвы ради него.

Тот зашевелился во сне и что-то пробормотал вполголоса. «Просыпается», — подумала Маринка. Он действительно открыл глаза и тут же сел на постели.

— Который час?

В этом был весь Дэн. Не успел проснуться, уже планирует день. Она улыбнулась.

— Без пяти три.

— Очуметь! Полдня продрых!

Денис поспешно вскочил и сделал пару энергичных махов руками, затем несколько раз присел.

— Ты кушать будешь? — спросила Маринка. — Время обеда.

— Буду. Я голодный как волк.

Денис отправился в ванную. Маринка, напевая себе под нос, хлопотала в кухне, накрывая на стол. Она считала себя идеальной хозяйкой. На плите всегда горячий обед, плюс какой-нибудь оригинальный салатик и десерт собственного производства. Стол красиво сервирован, посуда подобрана со вкусом, никакой спешки, все с чувством и толком. Конечно, они могли себе это позволить, особенно в последний год, когда дела у Дениса пошли в гору, и он стал давать Маринке на ведение хозяйства внушительные суммы. Даже напрягаться не нужно было — они вполне могли заказывать еду из ресторанов. Но ей категорически не хотелось этого делать.

Вести дом Маринке очень нравилось. Она с удовольствием убиралась, чистила и мыла ванную, стирала и наглаживала вещи Дениса, постельное белье, — словом, чувствовала себя в семейном быту как рыба в воде. Возможно, такой кайф от простых хлопот Маринка получала потому, что у нее в детстве никакого домашнего уюта и в помине не было. Отец был осужден за хулиганство и сидел в тюрьме, мать пахала на двух работах, была хмурой и неразговорчивой, на поддержание чистоты и порядка у нее не хватало сил, а уж на кулинарные изыски тем более. В квартире всегда был беспорядок, а на плите неизменно варились сосиски или покупные пельмени. Маленькая Маринка, обожавшая смотреть взрослые сериалы, глядя в телевизор на красивые интерьеры и дружные семейные пары, сидящие за столом и виртуозно орудующие ножами и вилками, отчаянно завидовала всем этим счастливчикам. Самой большей ее мечтой было стать такой же, как они. И вот — мечта сбылась...

Маринка свернула салфетку симпатичным конвертиком и отошла от стола на шаг, любуясь своей работой. Хлопнула дверь ванной. На пороге предстал Денис, в одной майке и спортивных штанах, с мокрыми волосами. Маринка привычно полюбовалась на его бицепсы и густую шевелюру, отливающую влажным блеском.

— Ну, что тут у нас? — Денис уселся за стол и втянул носом аромат, идущий из тарелки. — Ого! Борщ! Обожаю борщ. — Он взялся было за ложку, но вдруг хлопнул себя по лбу. — Эй! А как же Дегтяренко? Мы ему обещали поход на выставку. Он ждет небось с самого утра.

— Не ждет. — Маринка помотала головой. — Я ему позвонила. Сказала, что ты очень устал и сегодня не получится. Ты ешь давай, а то остынет.

Денис кивнул и принялся за борщ. Маринка видела, что он смущен. Не то чтобы Дэн сильно любил Славку, они никогда не дружили по-настоящему, да и общего у них ничего не было. Но Маринка знала Дениса — если он что-то кому-то пообещал, то непременно должен выполнить.

— Ну хочешь, зайдем за ним после обеда? — спросила она. — Просто погуляем, погода отличная.

— Это идея, — оживился Денис. — Если честно, после вчерашней нервотрепки не особо хочется смотреть картины. Я бы с удовольствием просто походил по парку.

— Решено, — Маринка ласково улыбнулась ему. — Идем в парк.

Они не спеша пообедали, собрались и позвонили в дверь Славкиной квартиры. Однако никто не отозвался. Они переглянулись.

— Спит, — предположила Маринка. — Надрался с самого утра и дрыхнет, как убитый. Все без толку. Горбатого могила исправит.

— Давай еще позвоним. — Денис снова надавил на кнопку. Ответом была тишина. Он усмехнулся. — Наверное, его утащило привидение.

— Точно! — фыркнула Маринка и тут вспомнила про Аленку. — Представляешь, Дэн, что вчера было...

Она хотела рассказать про встречу с Аленкой и то, что та несла, сидя с ней в кафе. Но в это время дверь подъезда распахнулась и раздался оглушительный собачий лай.

— Тихо, тихо! Ну что ты, Гамлет! Перестань сейчас же. Ты меня с ног свалишь.

Женский голос звучал жалобно и встревоженно. На площадку первого этажа взбежал белый королевский пудель и, до предела натягивая поводок, завертелся на месте, продолжая громко тявкать и даже подвывать. За ним по ступенькам

тяжело поднялась пожилая женщина в пальто

и шляпе. Лицо ее было красным и мокрым, она тяжело дышала.

— Идем! Идем скорей! Нам не сюда, а выше. Гамлет!

Собачонка не слушала ее. Она продолжала носиться по площадке, как полоумная. Женщина в отчаянии прислонилась к стене.

— О господи! Я умру с этим псом.

— Давайте мы вам поможем, — предложил Денис и взял из ее рук поводок. — Вам на какой этаж?

— На пятый. — Дама посмотрела на него с благодарностью.

— Гамлет! А ну, домой! — Денис зашагал по ступенькам.

Пудель тут же перестал лаять и послушно засеменил за ним. Сзади шла хозяйка, которую Маринка поддерживала под руку. Они дошли до квартиры. Женщина достала ключ.

— Спасибо вам, ребятки. — Она вытерла взмокший лоб платочком. — Не знаю, что буду делать. Гамлет совсем меня не слушается.

— Зачем же вы взяли такую собаку? — удивилась Маринка. — Вам ведь она явно не по силам. Лучше бы кота завели, с ним забот меньше.

— Да Гамлет не мой пес. — Женщина повернула ключ в замке.

— Как это не ваш? — удивился Денис.

— А чей?

— Брата моего. — Дама открыла дверь, и пудель с визгом влетел в квартиру. Женщина остановилась на пороге, вид у нее был несчастный и замученный.

— А где сам брат? — спросил Денис, отдавая ей поводок.

— Ох, не спрашивай, милый. — Женщина сокрушенно покачала головой. — В больницу забрали вчера вечером. Инсульт. И так давление высокое, а тут такое... — Она понизила голос и, доверительно наклонившись к ним, произнесла: — Нечистую силу увидел!

— Как это? — воскликнула Маринка.

— А так. Гулял с Гамлетом, и по дороге домой глядь — привидение! Летает перед ним высоко над землей.

— Прямо-таки летает? — переспросил Денис. Вид у него был озадаченный.

— Вот прямо так и летает. И разговаривает! Потребовало от брата, чтобы тот поводок снял с Гамлета и отдал ему.

— А он? — затаив дыхание, поинтересовалась Маринка.

— Он ни в какую. Говорит, нет и нет. Поводок, мол, новый, только купленный! Гамлету в нем удобно. Только зря он все это...

Женщина тихо заплакала. Маринка осторожно погладила ее по плечу.

— Почему зря?

— Оно, привидение то есть, как заревет! Брат сознание от ужаса потерял. Когда очнулся — нет поводка. Гамлет рядом бегает и скулит. Брат хотел подняться, да не тут-то было — ноги парализовало. Хорошо, соседи мимо шли, вызвали «Скорую». Мне позвонили, я приехала. Вот теперь мучаюсь с этой псиной.

Женщина принялась вытирать слезы.

— Не плачьте, — сказал Денис. — Мы будем вам помогать. Гулять с Гамлетом, пока ваш брат в больнице. Мы в соседнем доме живем.

— Дай бог вам здоровья, деточки, — пролепетала несчастная женщина. — Ладно, я пойду. А то этот озорник всю квартиру разнесет.

Она скрылась за дверью. Маринка и Денис молча спустились во двор.

— Странно, — задумчиво проговорил он. — Я этого старичка с пуделем знаю. Много раз видел, как они гуляют в сквере. Вроде он не пьяница, как Славка. Откуда же такие глюки?

Маринка наконец рассказала ему про Аленку и их вчерашние посиделки в кафе.

— Не нравится мне все это. — Денис нахмурился. — По ходу, у Славки не белая горячка. Кто-то действительно хулиганит и делает это мастерски.

— Точно, — согласилась Маринка. — Но как это у них выходит?

— Может, какой-то газ? — предположил Денис. — Пускают на человека наркоту, и у того сносит башню. Начинает казаться всякое.

— Я у мамы спрошу, — оживилась Маринка. — Она в этом разбирается.

Мать у Маринки была по профессии химиком-фармацевтом и занималась разработкой медицинских препаратов.

— Спроси, — согласился Денис. Подумал и прибавил: — Надо бы в полицию заявить.

— В полицию? — Маринка решительно мотнула головой. — Ты что? Ни в коем случае! Тебя сразу в дурку упекут.

— Тоже верно. — Денис вздохнул и взял ее за руку. — Ладно, идем в парк, а то уже скоро вечер, а мы так и не погуляли.

5

На арене кувыркались забавные медвежата. Взрослый медведь во фраке с медведицей, одетой в красный сарафан в белый горошек, лихо катались по кругу на большом блестящем автомобиле. Славка смотрел на них и смеялся. Ему было так весело, как никогда в жизни. Рядом сидела Лиза Савченко и сдержанно улыбалась. При этом ее большие карие глаза оставались чуточку печальными.

— Нет, ну ты глянь. — Славка указал на медведицу, лихо выкручивающую руль. — Во дает! Прямо Шумахер.

Лиза в ответ только опустила свои длиннющие ресницы. Славка забеспокоился, что ей скучно. Он наклонился к ней совсем близко, так, что их щеки легонько соприкоснулись.

— Тебе нравится?

— Нравится.

— А чего ты такая?

Лиза посмотрела на него удивленно.

— Какая?

— Ну... Грустная. Будто у тебя какие-то проблемы. Или я тебе надоел.

— Никаких проблем нет. И ты мне вовсе не надоел.

Лиза положила ему руку на плечо. В этот момент ему показалось, что он попал в рай. Ладонь у Лизы была мягкая и теплая, от нее едва уловимо пахло земляникой и ландышем. Славка хотел что-то сказать, но она приложила к губам пальчик: — Тс-с. Смотри.

Славка послушно уставился на арену. Медведи укатили на своих автомобилях, и на манеж вышли воздушные гимнасты. Девушки и юноши в серебристых костюмах, сверкающих в огнях рампы, летали под куполом, заставляя зал не дышать. На смену им явились клоуны, один худой и длинноносый, другой круглый, похожий на шар толстяк. Они острили, неуклюже кувыркались, приставали к дрессированным собачкам, которых служители вывели на арену. Славка смотрел на все это вполглаза. Лизина рука так и продолжала лежать у него на плече, и он погрузился в счастливое блаженство. Ему хотелось, чтобы представление поскорей закончилось. Тогда он возьмет ее хрупкие пальчики в свои, и они побредут куда глаза глядят, гулять по ночному городу...

— А сейчас в нашей программе уникальный номер. Белая ведьма Стелла! Фокусница-иллюзионистка. Встречайте! Госпожа Стелла!

Слова шпрехшталмейстера заставили встрепенуться публику, слегка утомившуюся от длительного выступления. Люди выпрямились в своих креслах, с интересом ожидая выхода настоящей ведьмы. И она появилась! Вся в черном, с головы до ног, в остроугольном высоком колпаке, какие носят звездочеты в детских фильмах. В руках — тонкая, переливающаяся всеми цветами радуги волшебная палочка.

— Добрый день! — Голос у волшебницы был чрезвычайно низкий, но красивый и мелодичный. — Позвольте задать вам один вопрос: вы верите в чудеса?

— Да-а! — выкрикнула одна часть зала.

— Не-ет! — отозвалась вторая.

Стелла усмехнулась.

— Все с вами ясно. Даже те из вас, кто верит, не представляют себе, какие бывают чудеса на свете. Я вам сейчас их покажу.

С этими словами Стелла направила волшебную палочку на пару огромных смешных ботинок, которые забыл на манеже толстяк-клоун. Миг — ботинки поднялись в воздух. Еще миг — и зашагали прямо в воздухе, будто кто-то невидимый надел их на ноги и летал над ареной. Публика ахнула. По залу пронесся восхищенный гул.

— Нравится? — со снисходительной улыбкой спросила Стелла. — Вижу, что да. Но это ерунда, а не настоящие чудеса. Как вам такое? — Она снова взмахнула палочкой, и на арену к ней полетели разные предметы: сумочки, шарфы, телефоны, бумажники. Народ взвыл от восторга и ужаса. Предметы медленно и плавно опускались к ногам Стеллы.

— Тихо, тихо! Спокойно! — Ведьма оглядела бушующий зал: — Обещаю, ничего не пропадет и не испортится. Все сейчас вернется к своим владельцам. Вот, глядите. Раз, два, три! — Вещи поднялись в воздух и полетели обратно.

— Ни фига себе! — Славка вытер взмокший лоб и посмотрел на Лизу. — Как она это делает?

Та равнодушно пожала плечами.

— Не знаю.

40   — Вот бы узнать!

— Зачем? — Лиза зевнула и прикрыла ладошкой рот.

— Неужели тебе неинтересно? — удивился Славка.

— Нет. Не люблю фокусы. Это обман.

— Но какой обман! — с восторгом проговорил он.

Стелла между тем продолжала свое выступление. Она проделывала всевозможные трюки с вещами, общалась с публикой, приглашала на сцену добровольцев и погружала их в сон прямо на манеже. Зал ревел и стонал. Славка был в шоке.

Наконец Стелла ушла с арены и объявили антракт. Они пошли в буфет и выпили по молочному коктейлю. Славка совсем осмелел, он решил не дожидаться конца представления, а прямо сейчас взял Лизу за руку. Она не возражала, только слегка поморщилась:

— Осторожней.

На ладошке у нее была свежая ранка.

— Коты, — пояснила Лиза. — У меня их двое. Один кусачий до чертиков.

Она улыбнулась, Славка тоже. Он любил кошек, как, впрочем, и всех животных. Пожалуй, это было единственное, что он любил, не считая пива и цирка. Они ходили рука об руку по фойе и болтали обо всем на свете. Оказалось, что у них много общего: оба обожают весну и терпеть не могут осень, без ума от вишневого варенья и любят смотреть старые черно-белые фильмы. Беседуя обо всем этом, Славка и Лиза не заметили, как пролетел антракт и началось второе отделение. Вокруг арены натянули сетку, и на манеж вышли львы. Они прыгали с тумбы на тумбу, пролезали через горящее кольцо, рычали на дрессировщика, но при этом подавали ему лапу. Славка и Лиза почти не смотрели на манеж. Они продолжали разговаривать, и женщина рядом сделала им замечание.

— Тише! Вы мешаете!

— Давай уйдем, — неожиданно предложила Лиза и вопросительно посмотрела на Славку.

— Давай, — обрадовался тот.

Ему вот уже десять минут самому хотелось попросить ее об этом, но он никак не мог решиться. Они потихоньку встали и пробрались к выходу. У опустевшего буфета стояла одинокая женская фигурка. Славка пригляделся и чуть не вскрикнул — это была Стелла! Все в том же черном плаще, но без колпака. Ее длинные распущенные русые волосы доставали до талии. В руках был бумажный стаканчик с кофе.

— Смотри! — Славка дернул Лизу за руку. — Видишь?

— Вижу. — Та пошла к дверям.

— Погоди! — Славка поспешил за ней.

— Давай подойдем!

— Незачем. Артисты этого не любят.

— Откуда ты знаешь?

— Читала.

Лиза толкнула дверь на улицу. Разочарованный Славка вышел следом. Они дошли до метро, доехали до своей станции и долго гуляли в сквере напротив дома.

— Знаешь, — вдруг сказал Славка. — Я вчера привидение видел. Настоящее. Оно даже говорило со мной.

— Да ну, — недоверчиво проговорила Лиза.

— Ей-богу! Честное слово!

Он снова взял ее за руку.

— Ну и как тебе привидение? — улыбнулась она и чуть-чуть прижалась к его боку.

— Страшное. Злющее, как черт. Заставило меня отдать пакет с продуктами.

— Бедненький, — нежно проворковала Лиза. — Так ты голодным остался?

— Представь, — засмеялся Славка. — Если бы не мои бывшие одноклассники, вообще бы помер голодной смертью. О! А вот и они!

Славка остановился и с удивлением посмотрел на идущих им навстречу Маринку и Дениса. Позади них плелась Аленка Коробейникова, которую он в школе терпеть не мог и называл «пиликалкой», за то что она вечно играла на своей скрипке.

— Смотри-ка, — проговорил Денис. — На ловца и зверь бежит. Привет, Дегтяренко. Есть разговор.

Славке не слишком хотелось знакомить Лизу с Денисом и Маринкой. Еще, чего доброго, расскажут ей о нем то, чего знать не полагается. Например, о бесконечных школьных двойках, о его пристрастии к «Танчикам» и пиву или о том, какая у него дома разруха и грязь. Но делать было нечего.

— Идем. — Он потянул Лизу за руку. — Я тебя познакомлю с моими друзьями.

Лиза послушно последовала за ним.

— Вот, знакомьтесь, — кисло проговорил Славка. — Денис, Марина. Это Алена, а это Лиза. Лиза Савченко. Она работает у нас в магазине. Мы с ней в цирк ходили.

— Не до цирка сейчас, — недовольно бросила Маринка.

Славка посмотрел на нее с недоумением.

— А в чем, собственно, дело? Почему нам нельзя сходить в цирк?

— Никто не говорит, что нельзя, — вмешался Денис. — Просто... тут такое дело... Короче, Славка, привидение действительно существует, не ты один его видел.

— Не один? — обалдел Славка. — Это как?

— Вот так! — подала голос Аленка. — Я тоже его встретила. Вчера вечером. Оно у меня ноты стащило.

— Ноты? — не поверил Славка. — Зачем привидению ноты?

— А продукты твои ему зачем? И пиво? — насмешливо проговорил Денис. — Привидение что, пиво пьет?

— А еще оно поводок украло у собачки, — дополнила Маринка.

Славка озадаченно почесал затылок.

— И что все это означает?

— Только одно, — с уверенностью проговорил Денис. — У нас на районе орудует какая-то банда. Напускают на людей наркотический газ и грабят их.

— Да зачем им продукты, ноты и поводок? — продолжал недоумевать Славка. — Я понимаю, бабки бы брали. Телефоны там, ключи от машины. А ноты?

— Ну мало ли, какие у них задумки, — не сдавался Денис. — Сначала ноты, потом что-нибудь посерьезней. Не об этом речь.

— А о чем? — Славка взглянул на него вопросительно.

— О том, что эта шайка опасна. Люди страдают. Аленке ноты нужны были для работы. Старичок, хозяин песика, вообще испугался до такой степени, что получил инсульт. Неизвестно, кто следующая жертва и как она отреагирует на подобное явление.

— Дэн прав, — подтвердила Аленка. — Я едва чувств не лишилась, когда увидела в воздухе эту пакость. До сих пор сердце бьется.

— Так надо обратиться в полицию.

Это сказала Лиза — тихо, едва слышно. До этого она молчала, разглядывая ребят.

— Правда, — подхватил Славка.

Ему было приятно: все видят, что он с девушкой. И какой! Лиза настоящая красавица, не хуже Маринки, которая у них в классе слыла звездой. Дэн покачал головой.

— Полиция не вариант. Нам никто не поверит. Решат, что мы спятили. Потом, может, и поверят, но будет уже слишком поздно. Для кого-то встреча с привидением может оказаться фатальной.

— Что же тогда делать? — растерялся Славка.

— Давайте думать, — серьезно проговорил Денис. — Предлагаю пойти в кафе и как следует обсудить эту ситуацию.

— Я за, — тут же отозвалась Алёнка.

— Я тоже, — сказала Маринка.

— А вы? — Денис вопросительно взглянул на Славку.

Тот посмотрел на Лизу.

— Пойдем?

Она покачала головой.

— Не могу. Завтра рано вставать на работу. А мне еще постирать надо и погладить.

Славка разочарованно вздохнул.

— Ну что поделать. Я тебя провожу?

— Не надо. Я рядом живу. Ты иди со своими друзьями. Потом расскажешь, что вы решили.

Лиза кивнула ребятам и скрылась в темноте.

— Красивая девушка, — сказал Денис, глядя ей вслед. — Кем, говоришь, она работает?

— Кассиром.

— Точно, — вспомнила Аленка. — Я ее видела. Вежливая такая, приветливая. Молодец, Славка, подсуетился.

— Так мы идем? — нетерпеливо спросила Маринка, которой было неприятно слышать, что кто-то может быть красивой, кроме нее.

— Да, — Денис решительно зашагал по дорожке к автомагистрали.

6

— Итак, — сказал он, когда компания расположилась за столиком. — Что мы имеем? Три одинаковых нападения на совершенно не связанных друг с другом людей. Похищение вещей, не представляющих особой ценности. Опять же, страх и даже ужас. Я считаю это ключевым моментом в деле.

— Как это? — не понял Славка.

— Ну, Дэн имеет в виду, что преступник хотел навести ужас на район, — пояснила Аленка и вопросительно глянула на Дениса. — Так?

— Именно так, — подтвердил тот.

— Но зачем? — Маринка в недоумении развела руками.

— Вот это нам и предстоит выяснить. — Денис пододвинул к ней мобильный. — Звони своей маме. Спроси про препарат.

— Прямо сейчас?

— Конечно. Чего тянуть.

— Ладно, — согласилась Маринка и принялась набирать номер. — Але, мам! Привет! Как
ты? Я тоже нормально. Когда приеду? Может,
послезавтра. Да, хорошо. Слушай, у меня вопрос. Помнишь, ты говорила, что вы недавно
выпустили лекарство, сильное, но вызывающее
побочные эффекты. Ну вроде галлюцинаций.
Да, да, оно! Можешь рассказать поподробней? —
Маринка приложила палец к губам и вся обрати-
лась в слух. — О'кей, мам, спасибо, — сказала она
минут через пять. — Зачем интересуюсь? Да сосед
в больницу попал с неврологией. Вроде ему выписали это лекарство. Вот его супруга интересова-
лась, какие побочки могут быть. Еще раз спасибо,
мам, пока.

Маринка нажала на отбой и оглядела притих-
ших ребят.

— Она говорит, что лекарство предназначено
для лечения болезни Паркинсона и других не-
врологических заболеваний. Продается в аптеках,
правда, по рецепту. От него действительно могут
быть галлюцинации, вплоть до полной потери
ориентации. Потом они проходят.

— Но я не пил никакого лекарства! — возмутился Славка.

— И я не пила, — подхватила Аленка. — Старичок с собакой, тот действительно мог выпить,
у него были проблемы с двигательным аппаратом.
А мы-то почему видели привидение?

— Мама сказала, что есть еще раствор для вну-
тривенного введения. Если его, к примеру, залить
в пульверизатор и распылить в воздухе, возможно, **47**

от паров будет такой же эффект, правда кратковременный.

— Что мы и имеем, — обрадовался Денис.

Тут Славка не к месту вспомнил сегодняшнее представление и Стеллу.

— Елки-моталки, — произнес он потрясенно. — Может, сегодняшняя ведьма тоже что-то распылила в воздухе?

— Какая еще ведьма? — удивилась Маринка.

— Вот эта. — Славка достал из кармана программку, которую предусмотрительно купил до начала представления. На обложке красовалась крупная фотография Стеллы.

— Откуда это у тебя? — Денис взял программку и принялся ее изучать.

— Ну мы с Лизой сегодня в цирк ходили. Там фокусница была. Стелла. Такое творила, закачаешься. У нее вещи по воздуху летали, и вообще, она настоящая колдунья. Вот я и подумал, а вдруг на нас тоже какой-то газ распылили?

— В цирке? Вряд ли, — усомнилась Аленка. — За это предусмотрена уголовная ответственность.

— Погоди, — задумчиво перебил ее Денис и обратился к Славке: — Как, говоришь, фокусницу звали?

— Госпожа Стелла. А что?

— А то: вдруг она и есть привидение? Или их целая шайка под ее руководством? Где, интересно, она живет? Мы можем ее выследить.

— Ты что, Дэн, серьезно? — Маринка поежилась.

— Да, а что? — Денис посмотрел на нее вопросительно.

— А то — она колдунья! Увидит, что ты следишь за ней, и превратит в таракана!

— Глупости, — рассердился Денис. — Никакого колдовства не существует. Это все афера, и мы их выведем на чистую воду. Дегтяренко, ты со мной?

Честно говоря, Славка был полностью согласен с Маринкой. Стелла виделась ему могущественной и способной на все. Вполне возможно, привидение — ее рук дело. Но следить за ней — занятие опасное, если не сказать больше.

— Что молчишь? — насмешливо произнес Денис. — Сдрейфил?

Славка вдруг представил, что с ними за столом сидит Лиза Савченко, и ему стало ужасно стыдно. Она бы увидела, что он обыкновенный трус.

— Ничего не сдрейфил, — пробурчал Славка. — Конечно, я с тобой. Только как ты собираешься следить за Стеллой?

— Очень просто. Дождемся ее после представления и незаметно проводим до дому. На машине, конечно.

— А потом?

— А потом нагрянем к ней домой. Скажем, что сантехники из ЖЭКа. Мол, она соседей снизу заливает.

— А если она на первом этаже живет?

— Хватит! — рассвирепел Денис. — Лучше сразу скажи, что не хочешь идти.

— Хочу! Но вдруг эта Стелла живет совсем в другом районе?

— Не имеет значения. Может, ей нравится быть привидением именно в нашем.

Славка понял, что исчерпал все аргументы.

— Ладно, — произнес он кисло. — Когда начнем?

— Завтра и начнем. Зачем откладывать? Марин, посмотри, завтра есть вечернее представление?

Маринка углубилась в телефон.

— Есть.

— Во сколько заканчивается?

— В семь. Пока доедете до ее дому, будет половина девятого. Сантехники так поздно не ходят.

— Сантехники ходят когда угодно, — возразила Аленка. — Нас с папой летом затопило, и это было ночью. Аварийка сразу приехала.

— Ну и отлично, — подвел итог Денис. — У меня на фирме есть сантехники. Я попрошу у них робы. Переоденемся, и комар носа не подточит.

7

Назавтра ровно в семь Денис и Славка прогуливались у входа в цирк. Неподалеку на парковке их ждала новенькая машина Дениса. В багажнике лежали две рабочие спецовки. В семь десять из дверей повалил народ. Все обсуждали Стеллу.

— Ты стой здесь, — велел Денис. — А я подойду к служебному выходу. Стелла ведь может и оттуда выйти.

— Хорошо, — согласился Славка и тут же усомнился. — А ты ее узнаешь?

— Узнаю, не беспокойся. — Денис помахал в воздухе вчерашней программкой. — Мне эта Стелла скоро сниться будет.

Он засмеялся и скрылся из виду. Славка остался один в глубокой печали. Ему ужасно хотелось позвонить Лизе — днем они уже созванивались, но, поскольку оба были заняты работой, поговорить толком не вышло. А Славка невероятно соскучился. Ему хотелось пригласить Лизу в кафе, он даже денег для этого занял у коллеги с почты. Однако звонить Лизе сейчас было стремно — в любой момент могла появиться Стелла. Славка, изнывая от нетерпения, прохаживался взад-вперед по тротуару и слушал вполуха, что говорили люди.

— Фантастика, — произнес бородатый мужчина, шедший под руку с симпатичной блондинкой. — Я такого никогда не видел.

— Я тоже, — согласилась та.

— А мне кажется, она несчастная, эта Стелла, — вмешалась в разговор розовощекая девушка, идущая с ними рядом, очевидно, их дочь.

— С чего ты взяла, что она несчастная, Вика? — удивился бородатый.

— Видно невооруженным глазом. Разве вы не заметили, какое у нее лицо?

— Обычное лицо, — проговорила женщина.

— Нет. У нее в глазах боль. Что-то гложет ее, это факт.

— Скажешь тоже, гложет, — пробубнил бородатый, и вся троица скрылась за углом здания.

Славка, по своему обыкновению, поскреб в затылке. Честно сказать, он не заметил никакой боли в глазах колдуньи. Может, потому, что не особенно смотрел на ее лицо? Тут Славка увидел бегущего к нему навстречу Дениса.

— Скорей! — тот махнул рукой. — Она вышла! Садится в тачку. Сейчас уедет! Шевели копытами! **51**

Славка бросился вслед за приятелем. Они в три прыжка достигли парковки и прыгнули в машину.

— Вон она, видишь? — Денис указал на черную «Хонду», которая мигала поворотником.

— Даже тачка, и то черная, — пробормотал Славка с суеверным ужасом.

— Внимательно смотри за ней, — велел его друг и выжал газ.

Они выехали с парковки и понеслись вслед за Стеллой.

— Смотри-ка, она едет в наши края, — торжествуя, произнес Денис. — Это точно она!

Стелла действительно проехала по Садовому кольцу и свернула на Старую Басманную. Она неслась на приличной скорости, точно чувствовала, что ее преследуют.

— Вот ведьма, чтоб ей пусто было, — выругался Денис. — Из-за нее на штрафы нарвемся.

Он прибавил газу. Оба автомобиля проехали Бауманскую, затем Электрозаводскую и свернули на улицу Ткацкую.

— Так и есть! — обрадовался Денис, когда автомобиль Стеллы начал тормозить и юркнул в соседний с ними двор. — Теперь ясно, почему она безобразничает именно у нас в районе.

Стелла припарковала свою «Хонду» у одного из подъездов и скрылась за дверью. Денис встал неподалеку.

— Переодевайся, — скомандовал он Славке.

Тот вынул из багажника робы.

— А как мы войдем в подъезд? Там же код. И квартира... мы не знаем, где именно она живет!

— Ты прям как маленький. — Денис снисходительно усмехнулся. — Переоделся? Идем.

Они приблизились к подъезду. Денис нажал первую попавшуюся квартиру.

— Да, — отозвался старушечий голос.

— Простите, аварийная служба беспокоит. Не подскажете, в какой квартире проживает артистка цирка, фокусница? От нее поступил звонок, что в квартире сорвало кран. Так волновалась, что забыла назвать номер квартиры, а телефон вне доступа.

— А, Стелла! — оживилась старушка. — Стеллочка в двести пятой живет. Да вы проходите, сейчас я вам открою.

Домофон весело запищал.

— Учись, студент, — самодовольно произнес Денис и вошел вовнутрь.

Двести пятая квартира оказалась на третьем этаже. Денис решительно надавил на звонок.

— Кто там? — послышался знакомый низкий голос.

— Она? — шепотом спросил он Славку.

— Она, — подтвердил тот.

— Это сантехники, — громко сказал Денис. — Вы залили соседей.

— Не может быть. Я только что пришла. У меня все сухо.

— Можно, мы на всякий случай проверим? — проговорил Денис мягко, но настойчиво.

— Ну хорошо, входите.

Щелкнул замок. На пороге перед Денисом и Славкой предстала Стелла. Она была одета в самые обычные джинсы и толстовку. Золотисто-русые волосы скручены в пучок на затылке.

— Проходите, — сказала Стелла. Голос ее был усталым. — Ванная там.

Она махнула рукой влево и ушла на кухню.

— Идем, — тихо прошептал Денис на ухо Славке. — Сначала сделаем вид, что действительно ищем протечку. Потом незаметно заглянем в комнату.

Но Славка не слушал его.

— Смотри!

Он указал на вешалку. Там висел на крючке новенький собачий поводок. В квартире между тем никто не лаял и не скулил.

— Обалдеть! — Денис присвистнул. — Ты хочешь сказать, что это поводок Гамлета?

— Кого ж еще! — Славка осторожно потрогал поводок. — Интересно, куда она дела мое пиво? Выпила?

Только он это произнес, его взгляд наткнулся на батарею бутылок, стоящую под тумбой с зеркалом. Их было ровно пять!

— Вот они!! — Славка ткнул пальцем. — Мои! Родимые! Ух, ведьма! — Он погрозил кулаком.

— Тихо ты, — одернул его Денис. — Она услышит.

Стелла действительно в этот момент выглянула из кухни.

— Ну что, есть протечка? — Она с недоумением оглядела топчущихся в прихожей ребят.

— Сейчас узнаем. — Денис скрылся в ванной.

Славка, превозмогая желание вцепиться в светлые Стеллины волосы, последовал за ним.

— Надо посмотреть, тут ли ноты Коробейниковой, — шепотом произнес Денис, плотно прикрыв дверь.

— Надо, но как? — Славка внимательно оглядывал ванную. На глаза ему попался навесной шкафчик. Он потянулся было к дверце.

— Ты что? — Денис схватил его за руку. — Не трогай. Ты же не думаешь, что ноты могут быть там?

— Ноты — нет, — невозмутимо ответил Славка. — А вот... — Он недоговорил и вытащил с полочки коробку с лекарствами. На самом верху лежала упаковка прозрачных ампул. — Звони Маринке. Пусть скажет название лекарства.

Денис кивнул и достал из кармана телефон. В этот момент они словно поменялись местами — Славка командовал, Денис беспрекословно подчинялся.

— Але, Мариш! Быстро скажи, как называется лекарство, о котором говорила твоя мама. Как? — Он скосил глаза на ампулы. — Отлично! Потом, все потом. Сейчас не могу говорить. Пока. — Он нажал на отбой. — Это оно! Прикинь, вот уж действительно ведьма. Зачем ей собачий поводок?!

Раздался стук в дверь.

— Эй, молодые люди! Ну что там?

— Все в порядке, — крикнул осмелевший Славка. — Сейчас еще проверим потолок в комнате, может, протечка от соседей сверху, и все.

Он быстро вернул коробку на место и открыл дверь ванной. Стелла стояла посреди коридора в фартуке, руки выпачканы в муке. Невозможно было поверить, что перед ними грозная колдунья, терроризирующая весь район.

— Хорошо, что вы все проверили, — сказала Стелла. — А то я завтра улетаю на гастроли. Вечно дергаюсь, если в квартире что-то не так.

— На гастроли? — спросил Денис. — Вы артистка?

— Артистка, — почему-то со вздохом подтвердила Стелла.

— И надолго уезжаете?

— На месяц.

— Понятно. — Денис осторожно отодвинул ее и прошел в комнату.

Он сделал вид, что разглядывает потолок, а на самом деле быстро обшарил глазами комод, письменный стол и широкий подоконник. Есть! На подоконнике лежала черная папка с золотым скрипичным ключом. Ну вот и последняя улика. Денис решительно шагнул к порогу.

— Не смеем больше отнимать у вас время. Простите за беспокойство.

— Да что вы, какое беспокойство. Наоборот, я вам очень благодарна. — Стелла хотела еще что-то прибавить, но в это время с кухни послышалось бульканье. — Побегу. А то все выкипит.

Она повернулась и ушла. Славка покосился было на бутылки, но Денис схватил его под локоть и выволок на площадку.

— Вот это дела! — проговорил Славка, когда они спустились во двор.

— Не то слово, — согласился Денис. — Я думаю, все-таки надо обратиться в полицию. Факты, как говорится, налицо, плюс вещественные доказательства. Стеллу арестуют, и больше она никому не навредит.

— И так никому не навредит, — возразил Славка. — Она же улетает завтра, забыл?

— Точно. — Денис хлопнул себя по лбу и внимательно посмотрел на него. — А ты молодец, Дегтяренко. Есть в тебе аналитическая жилка. Непонятно, зачем косишь под дурака. Славка промолчал, хотя ему было приятно.

— Кого-то она напомнила мне, эта Стелла. — Денис наморщил лоб.

— Кого?

— Да вот, сам не могу понять. Вертится в мозгу, а не дается. Ну ладно, бог с ним. Пойдем к девочкам? Расскажем им сногсшибательную новость?

— Иди один. — Славка нащупал в кармане телефон. — Мне надо Лизе позвонить.

— Ну, ну. — Денис добродушно усмехнулся. — Ладно, звони своей Лизе. А я пошел.

8

Лиза только вышла из магазина. Она сегодня работала во вторую смену.

— Это ты? — обрадовалась она, услышав в трубке Славкин голос.

— Я.

— Ну как ваши успехи в борьбе с привидением? Ты ведь мне днем так толком ничего и не рассказал.

— Потом расскажу. Скажи, ты очень устала?

— Нет, — удивилась Лиза. — А что?

— Если не устала, идем в кафе! Я угощаю.

Лиза тихонько засмеялась.

— Знаешь, я в Москве уже месяц. И за это время никто не пригласил меня в кафе.

— Значит, ты согласна? — Внутри у Славки все возликовало.

— Согласна. Только домой забегу. Мне надо котов покормить.

— Давай вместе покормим, — предложил он.   57

— Нет, я сама. Они у меня трусливые, чужих боятся.

— Ну ладно. Где тебя ждать?

— Через сорок минут у автобусной остановки.

— Договорились.

Славка, довольный, почесал к остановке. Зашел в цветочную палатку и купил Лизе скромный, но симпатичный букетик хризантем. Подумал, и в соседней палатке взял шоколадку. На этом ему пришлось остановиться — еще предстояло расплатиться за кафе.

Лиза пришла ровно через сорок минут, и Славка восхитился ее пунктуальностью. Сам он вечно опаздывал, поэтому очень уважал тех, кто мог рассчитать свое время.

— Ну как коты? — спросил он Лизу.

— Коты? — Она рассеянно посмотрела на него. — Какие коты? А, мои? Я и не поняла сразу. Коты отлично. Поели с аппетитом.

— А тот, который кусачий, больше не баловался?

— Нет.

— Как твоя рана? Заживает? — Славка взял Лизину руку и повернул ладошкой кверху. Ему показалось, царапинка слегка загноилась. — Надо зеленкой помазать, — заявил он авторитетно. В детстве он часто падал и разбивал коленки, и мать всегда мазала их зеленкой.

— Не надо, само пройдет. — Лиза осторожно освободила руку и посмотрела на букет. — А это кому?

— Тебе, конечно, — засмеялся Славка. — Вот дурак, купил и забыл. А еще — шоколадка.

— Спасибо, — серьезно сказала Лиза и вдруг, приподнявшись на цыпочки, поцеловала Славку в щеку.

Он совсем разомлел от счастья.

— Идем!

Они сели в автобус и доехали до маленького, уютного кафе, где были отличные пирожные и вкусный чай в стеклянных чайниках. Лиза смеялась, кусала белыми зубками шоколадный бок эклера и весело щебетала. Славка смотрел на ее милое розовое личико с ямочками на щеках, на толстую косу, кончик которой она периодически начинала теребить, на кукольные ресницы, и тихо таял. «Вот так и пропадают люди. Посмотрят в глаза и поминай, как звали».

— ...Ты обещал рассказать про привидение, — прервал его грезы Лизин голосок. — Что вы решили вчера?

Славка с неохотой вышел из состояния блаженства.

— Что мы решили? Решили, что это Стелла.

— Стелла?? — Лизины и без того огромные глаза округлились еще больше. — Как это? Почему?

— Она занимается всей этой чепухой. Внушает людям галлюцинации. Думаешь, как она нас заставила поверить в то, что предметы летят по воздуху?

— И как?

— Распыляет какой-то препарат. Он без запаха. От него бывают всякие видения.

Лиза звонко расхохоталась.

— Да с чего вы это взяли? Как можно распылить какой-то препарат на целый зал? Да еще чтобы он так долго действовал!

— Не знаю как, — сердито проговорил Славка. — Знаю только, что привидение — это точно она! У нее в квартире похищенные вещи, ноты, поводок и мои бутылки с пивом.

— Вы ходили к Стелле домой? — ахнула Лиза.

— Да. Мы выследили ее после представления и под видом сантехников проникли в квартиру. Там нашли и лекарство в ампулах, и вещи, которые отнимало привидение у прохожих.

Лиза потрясенно молчала, лишь легонько покусывала губы.

— Что же теперь будет? — проговорила она тихо.

— Ничего не будет. Стелла завтра улетает на гастроли. Когда вернется, надеюсь, позабудет свои террористические трюки. А если нет — напишем на нее заявление в полицию.

— Ясно, — так же тихо и задумчиво проговорила Лиза.

— Да что мы все об этой ведьме, — спохватился Славка. — Кафе скоро закроют. Давай я тебе закажу еще эклер!

— Давай! — согласилась она.

9

В последующие два дня в районе действительно было тихо. Привидение не появлялось, доказывая правильность выдвинутой Денисом версии: призрак — дело рук колдуньи. К концу третьего дня все немного забыли о Стелле. У каждого были свои дела: Славка ежедневно встречался с Лизой, Маринка мыла окна в квартире, Денис разбирался с проблемами на фирме, а Аленка спешно зубрила партии, скопировав ноты у коллеги. Во всей этой суете Маринка и Денис еще успевали гулять с Гамлетом, который вел себя с ними очень хорошо и беспрекословно слушался. В четверг вечером в квартиру к Денису позвонил Славка.

— Привет! Слушай, выручи, а? Бабки нужны позарез, а зарплата только на следующей неделе. Одолжишь чуток?

Денис усмехнулся.

— На Лизу свою потратился?

Славка кивнул.

— На нее.

— Она того стоит, — неожиданно согласился Денис. — Ладно, на, держи. — Он сунул руку в карман куртки, висевшей на вешалке в прихожей, и достал оттуда пару купюр. — Вот. Можешь не спешить с отдачей.

— Спасибо, друг! — благодарно произнес Славка.

— Не за что. Слушай, а ты сейчас занят?

— Свободен, Лиза пока дома, уборку затеяла. Попозже подойдет. А что?

— Да ничего. — Денис покосился на прикрытую дверь комнаты, в которой находилась Маринка. — Я думал, может дойдем до ближайшего бара? Пивка попьем. А то весна на дворе, а я еще пива не выпил ни разу, все работа да работа, будь она неладна.

Славка почувствовал прилив гордости. Дэн приглашает его выпить пива! Как друга, а не бывшего непутевого одноклассника.

— Конечно, идем, — выпалил он. — Только уговор — совсем капельку. Лиза не любит запах алкоголя.

— Маринка тоже, — засмеялся Денис.

Они вышли из квартиры и весело зашагали по двору к стеклянной пивнушке, находившейся в соседнем квартале.

— Стоп! — Славка вдруг хлопнул себя по лбу. — Забыл!

— Что забыл? — не понял Денис.

— Утюг! В розетке оставил. Брюки гладил, а выключить забыл. Я сейчас, мигом. — Он, не дожидаясь ответа, помчался к своему дому.

Денис пожал плечами и не спеша двинулся дальше. Он надеялся, что Славка выключит утюг и догонит его.

Внезапно перед его глазами в воздухе появилось светлое пятно. Денис протер глаза. Пятно не исчезло, а, наоборот, стало ярче. В нем отчетливо виднелись дыры — два глаза, нос и рот.

— Ты? Не может быть!! — Денис втянул носом воздух, надеясь уловить запах лекарства, но не почувствовал ничего, кроме аромата мокрой весенней земли. — Ты же уехало! Вернее, уехала. На гастроли.

— Хватит трепаться, — глухо, но грозно произнесло Привидение. — Никуда я не уехало. Я тут. Давай сюда часы. Мигом.

Денис невольно потрогал ремешок на запястье. Часы были дорогие, швейцарские, привезенные из-за границы. «Ну вот и ценности пошли в ход, — подумал он. — Как я и предполагал»...

— Сколько тебя ждать? — потеряло терпение Привидение. — Быстро. Сюда. Часы.

Денис вдруг подумал, что в голосе призрака есть нечто странное. Вернее, не в нем самом, а в том, откуда он идет. Привидение висело прямо у него перед носом, но голос слышался будто бы немного со стороны. Это напоминало всем известную сказку о Волшебнике Изумрудного города. Там тоже Гудвин сидел за ширмой и озвучивал свои, якобы колдовские, приспособления. Денис слегка скосил глаза вправо и увидел густые кусты жасмина. Они пока еще были голыми, но такими плотными, что в темноте невозможно разобрать, прячется там кто-то или нет.

— Сейчас. — Денис сделал вид, что снимает часы, и внезапно, резко рванув вправо, запустил руку в заросли.

По его лицу хлестали ветки, рукав куртки угрожающе трещал. И все-таки пальцы Дениса нащупали нечто мягкое, теплое, человеческое и отчаянно сопротивляющееся. Денис схватил это нечто и принялся изо всех сил тянуть к себе. Краем глаза он увидел, как Привидение сдулось, точно лопнувший воздушный шарик, и плавно спланировало на землю.

— Врешь, не уйдешь, — рявкнул Денис и, сделав последнее усилие, вытащил из кустов на свет божий упирающуюся... Лизу Савченко. Щека была расцарапана до крови, коса расплелась, и длинные русые волосы окутывали ее, точно плащ.

Позади раздались быстрые шаги. Денис обернулся. За его спиной стоял запыхавшийся Славка и молча, во все глаза, смотрел на Лизу. Та опустила голову.

— Вот оно, Привидение, — мрачно проговорил Денис.

Славка нагнулся и поднял с земли мерцающую прозрачную ткань.

— Я должна была ей доказать! — тихо, но твердо и упрямо сказала Лиза.

— Кому ей?

— Что доказать? — хором спросили Денис и Славка.

Лиза пошарила в кармане куртки и вынула сложенную вчетверо цирковую программку, такую же, как ту, что купил Славка перед представлением.

— Вот. Читайте. — Она открыла последнюю страницу. Там шел длинный список номеров с фамилиями артистов. — Тут. — Лиза ткнула пальцем в одну из строчек.

— Фокусница Стелла, — вслух прочел Денис. — Артистка Л. Савченко. Кто это? — Он недоуменно взглянул на Лизу.

— Людмила Савченко. Моя сестра.

10

Геннадий и Лариса Савченко с юности работали в цирке маленького провинциального городка. Там они и познакомились: Геннадий был фокусником-иллюзионистом, Лариса — гимнастка. Молодые артисты влюбились друг в друга. Вскоре они сделали общий номер, затем еще и еще, и фамилия Савченко зазвучала на всю округу.

Через год после свадьбы Лариса родила дочь, Люду. Малышка с первых дней жизни была на арене, сначала в коляске, затем уверенно затопала ножками по манежу. Геннадий научил ее нехитрым трюкам, и Люда стала выступать вместе с родителями.

Когда девочке исполнилось семь, Геннадий и Людмила стали замечать в ней некоторые странности. Людочка легко читала чужие мысли, могла заставить других детей сделать то, что она хотела, например, добровольно отдать понравившуюся игрушку. В довершение всего испуганная Лариса застала дочь за невероятным занятием: та передвигала по столу пенал с карандашами и ручками, не касаясь его руками, одним лишь взглядом. Люду показали врачам. Те вынуждены были признать, что маленькая девочка — сильный экстрасенс и телепат. Объясняли они это тем, что Геннадий когда-то проходил армейскую службу в зоне повышенной радиоактивности. Родителям посоветовали держать от других в тайне необычные способности ребенка, якобы такие люди плохо заканчивают и рано умирают. Однако Геннадий и Лариса не вняли советам врачей. Напротив, они чрезвычайно гордились дочерью и с удовольствием демонстрировали друзьям и знакомым ее необычный талант.

К шестнадцати годам Людмила обладала невероятной мощью и могла проделывать фантастические вещи: считывала чужие мысли, с легкостью передвигала предметы, даже внушала галлюцинации. В семнадцать она заявила, что хочет работать в цирке со своим собственным номером. Надо ли говорить, что администрация была с восторге, когда увидела хрупкую девушку, творившую на арене чудеса. Ее тут же приняли в штат. Люда взяла псевдоним Стелла и начала триумфальные выступления. Вскоре ее заметили продюсеры и организовали ей заграничные гастроли. Людмила-Стелла объездила весь мир. Она звонила родителям из

Рима, Амстердама и Лондона. Рассказывала, как ее заваливают цветами и подарками, захлебываясь от счастья.

В это время Лариса вдруг обнаружила, что беременна. Она не решилась избавиться от ребенка и в срок родила еще одну дочь. Ее назвали Лизой. Крошечная Лизочка напоминала ангелочка — кудрявая, пухлощекая, она ко всему прочему имела замечательный нрав: кроткий, веселый, неизменно дружелюбный и благожелательный. Родители нарадоваться не могли на малышку, они словно вернулись в молодость. Лизонька росла, вот она уже бегала во дворе наперегонки с папой, потом заговорила, смешно коверкая слова. В четыре года бегло читала детские книжки и считала до десяти, в пять начала сочинять стихи.

И тут из-за границы вернулась Людмила. Приехала она неузнаваемая — исхудавшая, мрачная, с нехорошим блеском в темных глазах, поникшая и молчаливая. На расспросы родителей, что заставило ее прервать гастроли, дочь только отворачивалась и пожимала плечами. Потом вскользь сказала, что начала терять свои способности. Это было то, о чем предупреждали Геннадия и Людмилу врачи. Организм девушки истощился, утратил свою энергетику, она превратилась в обычного человека, без образования, личной жизни и каких-либо интересов помимо цирка. Но это было не самым страшным. Людмила стала чувствовать себя скверно: У нее немели руки и ноги, кружилась голова. Иногда она переставала понимать, что с ней и где она находится. Испуганные родители отдали последние сбережения и показали Люду маститому профессору. Тот выписал новейшее лекарство, которое надо было курсами вводить внутривенно. Люда стала делать капельницы и почувствовала себя гораздо лучше. Более того — к ней частично вернулись утраченные магические способности. Однако стоило ей прекратить прием препарата, как она снова их теряла.

Геннадий устроил дочь обратно в местный цирк. Никто не подозревал, что молодая фокусница вынуждена принимать лекарство, чтобы прокормить себя. Об этом знали лишь убитые горем родители. Глядя на старшую дочь, Лариса высказала опасения, что маленькая Лиза тоже окажется обладательницей паранормальных способностей, и это сломает ей жизнь. Геннадий успокоил супругу — Лиза росла совершенно обычным ребенком, разве что развита была не по годам. Однако он ошибался.

Восьмой день рождения дочки семья решила отпраздновать на море. Были куплены путевки на Кипр. Конец октября, бархатный сезон, солнце уже не палит нещадно, зато вода теплая, как парное молоко. Поехали все, даже Людмила. Она держалась особняком, вечерами пропадала в баре, днем спала до обеда. На пляж семейство ходило без нее. Лиза радостно визжала и, разбежавшись, врезалась в прозрачную голубую гладь. Геннадий научил ее плавать, и она, фыркая и брызгаясь, пыталась его догнать. Лариса сидела на берегу под зонтиком и блаженно улыбалась, глядя на резвящихся мужа и дочь.

Она заметила неладное на третий день их пребывания на Пафосе. Геннадий отошел за мороженым, Лиза на берегу лепила замок из песка. Рядом с ней лежал маленький красно-синий мячик. **67**

Иногда Лиза кидала его в воду и, дождавшись, пока волны вынесут игрушку к берегу, хватала ее и бросала вновь. Лариса строго-настрого приказала дочери не заходить в море в отсутствие отца. Солнце тем временем начало припекать, Лариса расслабилась, улеглась на лежак, подставив ласковым лучам тело, намазанное кремом от ожогов. Глаза ее слипались. Она не давала себе уснуть, волнуясь за дочку, хотя была уверена, что Лиза не ослушается ее и в воду не зайдет.

Лариса сама не заметила, как задремала. Проснулась она внезапно, словно кто-то толкнул ее. Лариса резко села на лежаке, сердце ее бешено колотилось. И тут же она выдохнула с облегчением: Лиза по-прежнему сидела на песке, рядом красовался замок, полусмытый водой. У нее отлегло от сердца.

— Лиза! — позвала она негромко. — Лизочка, дочка!

Девочка не оборачивалась.

— Лиза! — громче окликнула Лариса и встала.

Что-то в фигуре дочери показалось ей странным: неподвижная, застывшая спина, напряженная шея. А главное, та словно не слышала ничего вокруг, поглощенная какими-то своими мыслями. Лариса на цыпочках подошла к воде и замерла, как вкопанная. В глаза ей бросился сине-красный мячик. Он покачивался на волнах у самого берега. Покачивался, но не плыл! Стоял неподвижно на одном месте, точно привязанный невидимой цепью ко дну, напоминая маленький буек. Мгновение — и мячик тронулся прочь от берега, против течения волн. Проплыл метра три и остановился. Покачался немного и стал медленно возвращаться. Ощущение было, что им управляют с пульта. Но какой пульт у мячика?...

Лариса осторожно обошла сидящую на песке дочь и остановилась прямо перед ней. Она смотрела ей в лицо и чувствовала, как по спине ползет липкий, холодный пот. Глаза Лизы были стеклянные, а лицо белое, как мел. Она не открывала взгляда от мяча. Вот он вздрогнул и, подпрыгнув, достиг берега, полежал на песке, словно раздумывая, и так же, прыжком, нырнул обратно в волны.

— Лиза, — хриплым шепотом позвала Лариса. — Ли-за!

Девочка не шевельнулась. Она схватила ее за плечи и принялась трясти.

— Ответь мне! Ответь! Отвечай!!

Лиза моргнула. Губы ее дрогнули. Она вдруг обмякла в руках матери, точно тряпичная кукла. Женщине показалось, что Лиза сейчас потеряет сознание.

— Доченька, очнись! Что с тобой? Лиза!!

Она со всей силы шлепнула ее по щеке, затем еще и еще.

— Ай! Больно! Мам, ты чего? Что ты дерешься?

Лиза с ужасом смотрела на мать. Лариса зарыдала и принялась покрывать поцелуями лицо дочери.

— Боже мой! Ты в порядке. Я так испугалась. Я решила, что ты... что с тобой... — Она недоговорила и обернулась. Обе, мать и дочь, смотрели на мяч, медленно плывущий по течению к берегу. Обыкновенный мячик на волнах... — Ты должна мне рассказать. — Лариса крепко взяла Лизу за плечо.

— Что рассказать? — Девочка смотрела на нее широко распахнутыми карими глазами.

— Все! Давно... давно это у тебя?

— Что — это?

— Вот это. — Людмила указала на мяч.

— А, это... — спокойно сказала Лиза. — Не так давно. С весны примерно.

Оказалось, Лиза уже полгода умеет все то, что и Людмила: она читала мысли, управляла предметами, могла внушить обычным людям любые свои желания. Малышка даже не вполне понимала свою исключительность — ей казалось, все остальные устроены подобным же образом. В тот же вечер состоялся семейный совет. В нем участвовала и Людмила. Решено было категорически препятствовать сближению Лизы с цирком. Ее перестали водить на представления, дома даже слово «цирк» не произносилось. От девочки скрывали место работы родителей и старшей сестры...

Так прошло десять лет. Лиза оканчивала одиннадцатый класс и собиралась в педагогический институт. Она по-прежнему являлась мощным экстрасенсом, но это не мешало ей общаться с одноклассниками и быть обыкновенной, веселой и смешливой девчонкой. И тут случилась трагедия. Геннадий и Лариса разбились на машине, оба насмерть. Лиза и Людмила остались одни-одинешеньки, никаких родственников в городке у них не было. Прошло три месяца с похорон, а Лиза никак не могла прийти в себя. Все время плакала, отказывалась от еды, никуда не выходила. Глядя на младшую сестренку, убитую горем, Людмила поняла: нужно немедленно что-то предпринять, иначе дело кончится плохо. Она посовещалась со знакомым психологом, и тот посоветовал сменить место жительства, увезти девушку из города, где случилась беда. Честно говоря, Людмила давно мечтала о Москве. После триумфального выступления в Европе жизнь в провинции казалась ей тоскливой и безрадостной. Но бросить семью во второй раз она не решалась. А тут терять стало нечего.

Сказано — сделано. Они с Лизой продали родительскую трешку, купили маленькую однушку в Москве и переехали. Людмила пошла работать в цирк на Цветном бульваре, продолжая регулярно принимать лекарство. Лиза же в институт поступать не стала, сказав, что поняла: педагогика — это не ее. Она устроилась кассиром в супермаркет и вскоре пришла на выступление сестры. Людмила не считала больше возможным скрывать от Лизы свою профессию, да и как это можно было сделать теперь, когда та была совершенно взрослой! После спектакля у них состоялся серьезный разговор.

— Я хочу работать в цирке, как ты, — сказала Лиза сестре.

Людмила отлично помнила, как мать категорически возражала против применения Лизиных способностей на практике. Ради памяти родителей нужно было не допустить того, чтобы сестра повторила ее судьбу.

— Ты не сможешь, — сказала Людмила. — У тебя нет практики.

— Я смогу, — возразила Лиза и упрямо выдвинула нижнюю челюсть.

Ее милое, хорошенькое детское личико в тот момент стало суровым и жестким. Людмила поняла, что отделаться от нее так просто не удастся. **71**

— Ну хорошо, — проговорила она с неохотой. — Давай отложим этот разговор. По крайней мере, до того момента, как я вернусь с гастролей. И вот еще что — ты должна доказать мне, что можешь творить настоящие чудеса.

— Как доказать?

— Как хочешь.

Людмила говорила это, чтобы отвязаться от сестры. Она была уверена, что за месяц Лиза позабудет о своем желании. Однако она ошибалась. Лиза отступать не собиралась. Она быстро придумала остроумный план: взяла тонкий кисейный палантин Людмилы, который той отчего-то не нравился, прорезала в нем дырки, раздобыла обычный рупор и приступила к делу.

Ей ничего не стоило силой мысли заставить палантин принять сферическую форму. Она пряталась в кустах или за деревьями, подстерегала потенциальную жертву, общалась с ней посредством рупора. Ее задачей было заставить несчастного добровольно отдать какой-нибудь предмет. Чтобы доказательства были не голословные, Лиза из своего укрытия снимала происходящее на видео. Она намеревалась довести коллекцию отобранных предметов до пяти, но до отъезда сестры сделать это не успела.

Лиза не унывала. Она знала, что добьется своего и продемонстрирует пять своих трофеев. Людмила понятия не имела, чем занимается сестра по вечерам. Поводок и нотную папку она просто не заметила, а на бутылки посмотрела рассеянно.

— Откуда?

72   — В магазине дали, там брак на этикетках.

Лиза знала, что Людмила не станет проверять. Брак так брак.

Известие о том, что Славка и Денис побывали у нее дома, Лизу поначалу смутило. Она не особо волновалась, что ее вычислят, но все же решила быть осторожней. Людмила уехала. Лиза гуляла со Славкой, целовалась с ним, и ей все меньше хотелось выступать в роли привидения. Однако для коллекции не хватало двух предметов. Эта мысль не давала Лизе покоя. Она привыкла не отступать от своих решений. Кроме того, ей не терпелось поставить на место этого задавалу Дениса. Ишь, возомнил себя детективом, слежку организовал за сестрой! Посмотрим, что он запоет, когда увидит привидение собственными глазами!

Она решила рискнуть. Пусть это будет в последний раз, хватит и четырех предметов. Но Денис оказался значительно смелее всех остальных...

— Ты хоть понимала, что творила? — спросил Денис у Лизы, когда та, закончив свой рассказ, замолчала. — По твоей милости человек в больнице оказался. Мог вообще умереть от страха. Аленка мучается без нот, у нее скоро концерт. Разве что Славке твои фокусы пошли на пользу — он больше пиво ящиками не покупает.

На глазах у Лизы выступили слезы.

— Простите. Мне... мне очень стыдно. Я совсем не подумала, что все может так обернуться. Казалось, это что-то вроде шутки. Безобидной.

— Хороши шуточки, — сказал Славка, впрочем, без всякой злости. Он уже немного пришел в себя, лицо его порозовело, в глазах появилось хитрое выражение. — Я чуть не спятил от ужаса. Думал, белочку словил.

— Что же теперь делать? — Лиза беспомощно переводила взгляд с Дениса на Славку и обратно.

В этот момент Денис вдруг понял, кого ему напоминала Стелла — она была один в один Лиза Савченко. Те же темные глаза, русые кудрявые волосы, ямочки на щеках.

— И как я раньше этого не понял, — сердито пробормотал он.

— Чего не понял? — спросил Славка.

— Лиза и Стелла похожи, как две капли воды! Славка молча кивнул. Казалось, он думает о чем-то своем.

— Вот что, — подытожил Денис. — Нужно исправлять положение.

— Как исправлять? — отчаянным голосом проговорила Лиза.

— Да очень просто. Вернуть ноты Аленке, извиниться перед ней. Поводок отдать хозяйке Гамлета. Ну а бутылки... их можно выпить всем вместе в знак того, что привидение исчезло и больше не будет беспокоить мирное население. Как вам такая идея?

— Хорошая, — в один голос проговорили Лиза и Славка.

— Тогда пошли, — скомандовал Денис.

11

Аленка смотрела на ребят во все глаза.

— Она — Привидение? Не может быть! Я не верю.

— Вот. — Лиза протянула Аленке папку с нотами. — Прости меня, пожалуйста. Я не думала, что папка так важна для тебя.

— Ну, скажем так, не настолько важна, как скрипка и смычок. — Аленка улыбнулась. — Их я бы никогда не отдала, даже если бы на меня из кустов вылетел африканский лев.

Славка и Денис расхохотались. Лизины губы дрогнули в робкой улыбке.

— Ты правда не сердишься на меня больше? — спросила она Аленку.

— Нет. Я просто потрясена — как это у тебя выходит! Может, покажешь?

— Покажу. Только сначала зайдем к дедушке, хозяину песика.

— Я с вами! — Аленка выбежала на площадку.

Вся компания прошествовала к Славкиному дому и поднялась на последний этаж.

— Дайте, я позвоню. — Маринка нажала на кнопку.

Послышался лай. Дверь распахнулась, и на пороге предстал седой старичок в теплом вязаном свитере и в очках. Он удивленно глядел на ребят.

— Вы уже дома? — обрадовалась Маринка.

— Да. Меня сегодня выписали. Слава богу, все обошлось. А вы... не те ли молодые люди, которые помогали моей Нине гулять с Гамлетом?

— Мы, — нескромно выпалила Маринка.

— Огромное вам спасибо! — с теплотой проговорил хозяин пса. — Даже не знаю, как бы она справилась без вас.

— А у нас для вас сюрприз, — сказал Денис и слегка подтолкнул Лизу. — Давай.

Она достала из-за спины поводок и протянула старичку.

— Возьмите, пожалуйста!

Тот посмотрел на нее с изумлением.

— Откуда он у вас, деточка?

Лиза заметно покраснела.

— Дело в том... в том, что...

— Мы нашли его во дворе, возле дерева, — пришел ей на помощь Славка.

— Во дворе. — Старичок задумчиво пожевал губами. — Я понял. Хорошо. Спасибо. Гамлет будет очень рад.

— Мы еще хотели сказать, что привидение... оно больше не будет никого пугать, — твердо добавил Славка.

— Откуда вы знаете? — Старичок снял очки и внимательно поглядел на них.

— Знаем. — Лиза вздохнула.

В это время из-за спины старичка вылетел Гамлет и с лаем закружился по площадке.

— Ах, ты, озорник! А ну-ка домой! — Хозяин пуделя смущенно развел руками. — Простите, не могу больше разговаривать. Видите, что творится?

Он взял Гамлета за ошейник и, затащив в квартиру, захлопнул дверь. Ребята остались стоять на площадке.

— Вот и все, — проговорила Маринка, и в голосе ее звучала грусть. — Нет больше привидения. Даже жалко.

— Почему нет? — Денис хитро взглянул на Лизу. — Привидение — вот оно, среди нас. Если очень попросим, то, наверное, сможем его увидеть? Только мы, и никто другой. Верно?

Лиза улыбнулась и кивнула.

— Конечно. Можно сегодня вечером, в парке.

— Как здорово! — обрадовалась Аленка. — Мы можем снять ролик и выложить его в сеть. Представляю, сколько будет просмотров!

— А ссылку пошлем Стелле, — подхватил Денис. — Пусть увидит, на что способна ее сестра.

— Супер! — Маринка захлопала в ладоши. — Встречаемся через час в парке.

— Идет. — Славка взял Лизу за руку и стал спускаться по лестнице.

Они вышли из подъезда и не спеша побрели по дорожке, той самой, где неделю назад ему встретилось привидение.

— Ты презираешь меня? — тихо спросила Лиза. — Я идиотка, да? Не могла ничего глупей придумать.

— Ну, знаешь, резаться в «Танчики» с утра до вечера — тоже не слишком умное занятие. Ты же это делала ради своей мечты. А я целый день просиживал штаны за компом просто так, от безделья. Так что еще неизвестно, кто из нас больший идиот. — Он засмеялся. Лиза тоже, сначала тихо и неуверенно, потом все звонче и звонче.

Они оба хохотали, пока на глазах не выступили слезы.

— Ох. — Лиза вытерла глаза ладонью. — А все-таки прикольно. Ты гулял со мной, целовался и даже не догадывался, что встречаешься с Привидением.

— Фигушки! Еще как догадывался. Просто не хотел, чтобы другие знали. Оттого и уговорил Дэна не обращаться в полицию и утюг включенный специально придумал, чтобы дать тебе возможность напасть на него. — Славка перестал смеяться и серьезно посмотрел на Лизу. Она недоверчиво сощурилась.

— Не может быть. Врешь. Откуда ты мог знать? **77**

— Отсюда. — Он поднял ее ладошку, на которой заживал маленький шрамик от укуса. — Я ведь в курсе, как кусаются кошки. Этот укус явно не кошачий, а собачий. Тебя укусил Гамлет, когда ты снимала с него поводок. Так?

— Так. — Лиза кивнула.

— Ну вот. Я еще хотел спросить... — Серьезность со Славки как ветром сдуло, он лукаво улыбнулся. — Скажи, это ведь ты внушила мне сон, в котором мы идем в цирк? Ты?

— Конечно, я. — Лиза тоже заулыбалась, и на ее щеках возникли ямочки. — Ты мне сразу понравился. Не понравилось только, что пиво ящиками пьешь.

— Больше не буду. Незачем. Я и без пива пьян. От тебя.

Славка замолчал. Лиза тоже молчала, глядя ему в глаза. Мимо них тихо проплывал теплый весенний вечер. Подул легкий ветерок, принося с собой свежий запах дождя и набухших почек.

Славка ласково обнял Лизу за плечи.

— Зато теперь я знаю, как тебя называть.

— Как? — Она доверчиво прижалась к его боку.

— Ты мое Апрельское Привидение.

ГАЛИНА РОМАНОВА

• «ПОКА СВЕТИТ СОЛНЦЕ» •

1

Не надо пытаться искать во всем смысл... Иногда его просто нет...

Анна стояла у окна, прислонившись лбом к холодному стеклу, и невидящими глазами смотрела на утопающую в снеговой каше улицу.

Середина марта выдалась отвратительной. Самой отвратительной из всех, что она помнила. Через день шел мокрый снег. С чавкающим громким звуком он молотил по стеклам, расползаясь крупными кляксами по оцинковке подоконника. Сползал по голым озябшим стволам деревьев на землю. Схватывался до хруста от легких ночных морозов и расползался в кашу от утренних оттепелей. И ветер...

Все время дул ужасный ледяной ветер. Он пробирался за шиворот, хозяйничал в карманах, даже в сумку забирался, ероша мамины рецепты и путая их так, что в аптеке ей приходилось подолгу раскладывать их на прилавке.

Казалось, этот ужасный март никогда не закончится. Он еще много дней и ночей станет сопровождать ее повсюду, заставлять мерзнуть, чувствовать себя страшно усталой, одинокой, никому не нужной. И конца этому не будет.

— И конца этому не будет... — проговорила Аня негромко.

— Чему? Отсутствию смысла?

Младшая сестра Инга глянула на нее поверх тончайшей фарфоровой чашки, из которой повадилась каждый день пить чай в маминой гостиной. И то и другое всегда было для Инги под запретом. В гостиной после смерти отца никогда не собирались и не обедали. А к тончайшему фарфору, который отец в советские времена привозил из-за границы, Инга не допускалась никогда, потому что колотила его, как заведенная.

После того как их мать заболела, Инга распоясалась и страшно раскомандовалась в квартире. Переехав, она оборудовала себе комнату в родительской спальне.

Своего жилья у нее не было, а арендовать коммуналки и крохотные студии сочла лишним. Мать переселила в свою бывшую детскую. Нет, Инга, конечно же, там все самым замечательным образом устроила: даже сделала косметический ремонт и перетащила туда родительскую мебель. Но Аню немного коробило ее самоуправство. Она молчала, да, но считала, что обои в мелкий веселенький горошек мать никогда бы не одобрила.

С тарелками Инга перебралась из кухни в гостиную. Там пила чай, обедала и ужинала. И Анну приглашала на воскресные обеды.

— Станем возрождать семейные традиции. — пояснила она сестре.

То, что для традиций прежде всего нужна семья, Инга как-то упускала.

Анна не роптала. Пусть делает, как хочет, решила она. Если Инге так легче, пусть. Ей самой легче уже никогда не станет. Случившиеся печали будут жить в ней, с ней. Они никогда ее уже не оставят. Они вгрызлись в душу, прочно пустили там корни. Отравили все, окрасили ее солнечный мир черно-белым. И Анна знала совершенно точно: они умрут вместе с ней — ее заветные печали.

— Чай наливай, Аня. — Инга беспечно мотнула рукой с зажатой в небрежных пальцах тончайшей фарфоровой дужкой.

Мать неожиданно покосилась и недовольно поджала губы. Понимала ли она, что Инга в нарушение всех запретов пьет ежедневный чай из праздничного фарфора?

Анна присмотрелась к матери. Та с некоторых пор стала для нее самой настоящей загадкой. После оглашения диагноза, который прозвучал как приговор, многое не совпадало с прогнозами. Иногда бывало хуже, иногда лучше, иногда просто изумляло.

Аня встала и, нарочито громко гремя посудой в высоком старинном буфете, достала тонкий бокал. Если она хорошо запомнила: в него никогда не наливали даже воду. Семейная легенда гласила, что таких бокалов во всем мире существовало всего четыре. Они были сделаны на заказ, и один достался их отцу.

Инга поняла мысль сестры и довольно заулыбалась, исподтишка наблюдая за матерью. Включила чайник, налила в бокал заварки ровно наполовину, всыпала сахар, что в принципе было не нужно: Аня никогда не пила чай с сахаром, — и принялась громко болтать в бокале ложечкой. Тонкий фарфор мелодично пел.

Инга наблюдала за матерью. Мать смотрела мимо. Аня ждала.

— Зря стараешься, — вдруг произнесла мать равнодушным голосом.

— В смысле? — изобразила Инга вопрос, выгнув широкие брови домиком. — Ма, это ты мне?

— Тебе, тебе, — покивала пожилая женщина. — Аня не пьет чай с сахаром.

В гостиной повисла тишина. Инга с минуту посидела с раскрытым ртом, а потом швырнула ложку на стол и весело фыркнула:

— Вот ты знаешь, Ань, я часто ловлю себя на мысли, что она симулирует.

— Это не так. — Анна осторожно улыбнулась взгляду матери, который тут же сделался мутным и рассеянным. — Просто у нее бывает... Она иногда с нами. А иногда где-то еще...

— Ладно. Проехали. Пирожные ешь. Свежие.

Длинные пальцы Инги с агрессивно ярким маникюром подцепили из пластиковой коробки песочное пирожное и потащили в тарелку. Громкое звяканье ложки о тарелку. Крошки во все стороны. Провокация или нет?

Анна осторожно глянула на родительницу. Та сидела в своем любимом кресле напротив окна. В сторону Инги не смотрела. Она вообще не смотрела никуда, кажется.

— Ань, что у тебя с твоим боссом?

Инга подняла на нее круглое лицо с оттопыренной щекой, за которой горбился кусок пирожного.

Зачем спросила? Она же знает, как ей больно! Тема ее босса была одной из случившихся в ее жизни печалей. Самой главной!

— Чего молчишь? — вторую щеку Инги раздуло пирожным.

— Ничего у меня с моим боссом, Инга, — акцентируя согласные, проговорила Анна. — Вообще ничего! И босса нет. Я уволилась два месяца назад. Перешла на другую работу. Я говорила тебе.

Аня глотнула из фарфорового бокала, поморщилась. Было очень сладко.

— А на новой работе? Там как контингент? Достойный?

Широкие и лохматые, как гусеницы, брови сестры заплясали.

— Не интересуюсь, — кратко ответила Аня и пошла в кухню вымыть бокал от приторного пойла.

Она сосредоточенно намыливала тонкие стенки, споласкивала. Старалась, чтобы фарфор не выскользнул из рук и не разбился, как вся ее жизнь. Осторожно промокнула салфеткой, вернулась в гостиную и тут же убрала бокал на полку буфета.

Ей почудилось или мать одобрительно улыбнулась?

— Слышь, Ань, что мамка говорит? — фыркала в чашку Инга, перемалывая второе пирожное острыми крепкими зубами.

— Что?

Аня села напротив матери в такое же бархатное кресло с высокой скрипучей спинкой и тревожно глянула на пожилую женщину.

— Мам, повтори для старшей дочери то, что только что сказала мне, а? Ну пожалуйста! — Инга дотянулась до локтя матери и нежно потрепала. — Мама, не уходи! Не смей! Повтори для Ани!

— Сережа купил ружье, — медленно и неохотно проговорила та.

— Сережа? — Сестры переглянулись, Инга привстала снова. — Какой Сережа, мам?

— Не будь дурой, Инга! — забыто прикрикнула на младшую дочь мать. — Сережа — наш сосед по лестничной клетке, к которому ты вечно клеилась, а он смотрел на Аню.

— Очень он был мне нужен! — неожиданно обиделась Инга.

Она вскочила из-за стола и принялась убирать посуду. Когда она вышла из гостиной, мать вдруг наклонилась к Ане и со странной зловещей улыбкой произнесла:

— Он купил ружье, дочка. Будет убивать...

2

— То есть ты хочешь сказать, что твоя мать видела, как он купил ружье?

Участковый Федоров — меланхоличный малый, с которым она когда-то училась в одном классе, — смотрел на нее с отвратительной ухмылкой, собравшей в себе массу гадких намеков.

— Нет, Федоров, я не это хочу сказать. И моя мать никак не могла видеть факт покупки, — она догадливо улыбнулась ему в ответ. — Кажется, я об этом говорю тебе уже в третий раз.

— Возможно... — Федоров противно вывернул толстые губы, попыхтел. — И все же, Ань... Принимать на веру утверждения старого больного человека...

— Я не призываю тебя принимать на веру все, что говорят старые больные люди.

Аня мысленно сосчитала до десяти. Быстро, потому что это был уже восьмой десяток за восемь минут их встречи.

— Я просто прошу тебя проверить, Федоров. Она беспокоится. Утверждает, что Серега собрался убивать.

— Серега? Ага!

Физиономия Федорова расползлась в ядовитом оскале.

— Это какой же Серега? Не тот, что напротив вас живет? Кажется, фамилия у него Егоров?

— Он самый.

— И этот Егоров, насколько помню, все время бегал за тобой?

Аня вдруг покраснела. Сама не желая того! Неужели все вокруг замечали, что Егоров за ней ухлестывал в юности? Все, кроме нее? Она его знаки внимания воспринимала, как заурядное соседское внимание. Ей не до него было. Она училась. Работала. Снова училась. Потом еще и еще. Все повышала квалификационные уровни, продвигаясь наверх. Научилась зарабатывать деньги. Купила себе отдельное жилье. Все замечательно в нем обустроила. Потом была покупка дорогой машины. Покаталась. Продала. Еще одну купила. Все так целенаправленно у нее было, только вот верно ли?..

— Я не помню, чтобы он бегал за мной, Федоров. Просто жил и живет в квартире напротив, — возразила она после паузы, заполненной десятичным счетом.

— И теперь в квартиру напротив он притащил ружье, — попыхтев, закончил за нее бывший одноклассник.

— Возможно.

— А зачем ему ружье, Ань? Он программист, насколько я помню, а не охотник.

Федоров подоткнул толстым кулаком округлый подбородок, меланхолично покачал головой.

— Сейчас купить ружье не так просто. Надо иметь охотничий билет, надо...

— Федоров, проверь. Мама видела, как он нес ружье. В окно. — Аня приложила руки к груди и как можно более проникновенно посмотрела на участкового. — Может, она ошиблась, и я буду этому только рада. Просто прошу тебя: проверь.

— Что хоть проверять-то, Иванова? Охотник он или нет?

— Да.

— Купил ли он ружье?

— Да, — повторила она, вставая с места. — Собственно, об этом я и говорила все это время.

— Ладно. Проверю. Хотя Вера Васильевна с ее болячкой могла что-то напутать.

Аня вышла за дверь его кабинета и только тогда выдохнула. Сколько сил, сколько времени она потратила на Федорова! Ей уже надо быть на работе. Осваивать новый кабинет, выделенный неделю назад после испытательного срока, а она перед ним расшаркивалась. Но дала маме слово и обмануть ее не смогла.

Она вышла из отделения под пронзительный мартовский ветер. Шагнула со ступенек, и тут же сапоги увязли в снеговой каше. Влага моментально просочилась через молнию, намочила тонкие носочки. Аня поморщилась и бегом бросилась к машине.

Уселась, завела ее и тут же на полную мощность включила печку. Потом позвонила на работу, сказала, что у нее еще дела в городе, потом набрала Ингу.

— Ты узнала, что я тебя просила? — спросила она у сестры.

Та снова что-то жевала.

— Да. Записывай. Последнее место работы нашего соседа...

Инга продиктовала название фирмы, бывшее на слуху, и адрес филиала, где работал Сергей.

— Молодец, — похвалила Аня сестру. — Не ожидала, что ты так быстро справишься. Мама что?

— Мама спит. А насчет того, что я молодец... Признаюсь честно: не моя заслуга. Позвонила общим знакомым. Они Сереге программное обеспечение не раз заказывали. Вот мне и сообщили.

— Не важно как. Важно, что быстро. Молодец, сестра! Надо посмотреть в штате, может, что-то еще тебе придумаю в плане подработки. Раз уж ты у нас любишь работать дома, то...

Инга в самом деле перевод на «удаленку» восприняла как подарок судьбы и по истечении срока всех карантинов так и продолжила работать в подобном формате. Ее устраивало — не бежать, не суетиться, не опаздывать.

— Вечером завтра заедешь? — уточнила Инга. **87**

— Возможно. Как будет со временем. Мама про Серегино ружье не забыла?

— Нет, представляешь! Сегодня утром дважды спросила: Аня разбирается или нет с этим. Я сказала, что да.

— Правильно сказала. Только что от Федорова. Он наш участковый.

— В курсе, — кислым голосом ответила Инга. — Он уже два раза ко мне наведывался. Без причины совершенно. Вопросики какие-то левые задает и смотрит, как удав.

— Пусть смотрит, лишь бы узнал, покупал наш сосед ружье или нет...

На фирму, где работал Сергей Егоров, Аню категорически отказались пускать. Охранники в черных костюмах и белых рубашках, как гигантские сороки, намертво стояли возле турникетов и даже не смотрели в ее сторону, когда она просила пригласить одного из действующих сотрудников.

— Что здесь происходит? — неожиданно услышала Аня за спиной.

Она только что предприняла очередную безуспешную попытку проскочить внутрь.

— Добрый день, — вежливо улыбнулась она женщине средних лет с кожаным портфелем под мышкой, в дорогих остроносых ботильонах на шпильках. — Мне необходимо увидеться с одним из ваших сотрудников, а охрана не помогает. Ни внутренним телефоном не снабдила, ни войти не дает.

— Таков порядок, — коротко ответила дама, и одобрительная улыбка в адрес охраны скользнула по ее тонким губам. — С кем у вас назначена

встреча?

— Сергей Егоров. Мне необходимо с ним встретиться.

— Вы договаривались?

Дама, шагнувшая к турникету, неожиданно вернулась и пристально уставилась на нее.

— И да, и нет, если честно. — Аня невольно шагнула назад. — Мне рекомендовали Сергея наши общие знакомые, но о встрече... Конкретно на сегодня мы недоговаривались.

— Понятно, — недобро улыбнулась женщина и знаком подозвала Анну ближе к входным дверям. — Хорошо, что не попытались соврать.

— Не поняла? — изумилась Аня. — Зачем?

— Ну... Мало ли! Может быть, вы корреспондент какой-нибудь скверной газетенки, борющейся за читателя всеми доступными способами. Даже тем, чтобы вывалять достойных людей в грязи.

— Вы о Сергее?

— Нет... Не о нем, а о людях, которые его уволили.

— Уволили?! Сергея Егорова уволили? Но почему? Мне его рекомендовали...

И она прикусила язык, поняв, что вообще о нем ничего не знает. Давно! Ну, программист. Ну, где-то работал. Когда-то она ему нравилась. А дальше что? Что было в его жизни?

— Сергея уволили со скандалом, — уточнила дама с кожаным портфелем. — Он не очень хорошо повел себя по отношению к одному из сотрудников. Даже ударил его. Будто бы тот лапал секретаршу. А тот оказался родственником нашего хозяина. Сами понимаете, разразился скандал. Егоров отказался извиняться. И его уволили.

— Давно?

— Нет. На прошлой неделе. — Дама переступила каблучками, переложила кожаный портфель в другую руку. — Он ушел плохо. Угрожал! Сказал, что мы все пожалеем и бла-бла-бла... И, разумеется, никаких рекомендаций не получил. Где он сейчас, что с ним, мы не знаем...

Зато Аня знала, где он! И что с ним!

Он по-прежнему живет в квартире напротив ее матери. Обиженный, униженный, непонятый. Без рекомендаций! И с острым желанием отомстить.

Если и теперь Федоров попытается от нее отмахнуться, она ему устроит!

3

Они сидели за столом в родительской гостиной втроем: она, Инга и Федоров. Мама давно спала в комнате, которую сестра оклеила обоями в веселенький горошек. Прихода Федорова она не дождалась, хотя знала, что он обещал зайти, и без конца смотрела на часы, скрадывая зевоту. Федоров сильно задерживался, и Инга отправила маму спать.

— Я тебе завтра все расскажу. — пообещала она, провожая ее в спальню.

А рассказывать-то было особенно и нечего.

— Нет у него охотничьего билета, девчонки, — широко развел руками Федоров. — Я проверил по базе. Нет, и не было. И ружья он не покупал.

Федоров хмурил брови, морщил лоб и смотрел на них многозначительно, прежде чем добавить зловещим шепотом:

90   — Во всяком случае, в официальном порядке...

Инга испуганно охала. Аня кусала губы. Она понимала: если Сергей задумал кому-то отомстить, то, конечно, не станет покупать оружие официально.

— А может, обыск у него сделать? — неожиданно подсказала Инга, потянулась к пухлой ладони Федорова и погладила, проникновенно заглядывая в его глаза. Глаза у Федорова заметались, губы нервно задергались. Понять причину Аня так и не смогла.

— Обыск? Серьезно? — Федоров осторожно вытянул ладонь из-под Ингиных пальцев и убрал ее в карман широких штанов. — А основанием что посчитать, Инга? Слова пожилого больного человека? Меня не то что с работы попрут — под суд отдадут! Егоров заявление накатает и будет прав, между прочим.

— Да, согласна. Как-то идея с обыском не очень...

Инга загремела посудой, намереваясь вымыть чашки и подогреть чайник. Хорошо, что додумалась не доставать дорогой фарфор ради Федорова. Тот с его неуклюжестью все бы переколотил. Уже трижды — Аня специально сосчитала — он ронял чайную ложку в чашку. Хрупкое изделие точно не выдержало бы.

Инга хлопотала в кухне. Федоров сидел и молчал, украдкой рассматривая семейные портреты на стенах.

— Красиво у вас, Ань, — вдруг обронил он. — Вроде и не модно, не как в журнале, а уютно. Уходить не хочется.

— А тебя никто и не гонит, Володь, — выглянула из кухни Инга. Она довольно улыбалась. —

Аня сейчас к себе уедет, а мне скука смертная перед теликом сидеть.

Он молча кивнул, соглашаясь то ли на совместный просмотр телика, то ли на то, что это скука смертная. Аня вдруг почувствовала себя лишней. Странно, но Федоров рядом с Ингой смотрелся вполне гармонично. Меланхоличный и неповоротливый, он неплохо бы гасил ее энергию, не всегда направленную туда, куда нужно. Если бы у них что-то вышло, то получилось бы неплохо, неожиданно подумала она.

— Я, пожалуй, пойду, ребята. Вы тут еще подумайте, как нам Егорова спасать. А я домой.

— Егорова? Спасать? От чего, Аня? — Федоров фыркнул и покачал головой. — Уверен, что все страхи надуманны.

— Да? А как же его бывшие коллеги? Они в один голос уверяют, что Егоров ушел, обещая отомстить обидчикам. Это оставить без внимания? А ружье?

Володя Федоров промолчал, так протяжно и тяжело вздохнув, что бумажная салфетка на столе перед ним зашевелилась.

— Мы подумаем, Аня. Подумаем, — теснила ее Инга к выходу. — И если что — позвоним.

— Звоните.

Она вышла на лестничную клетку. Дождалась, когда сестра запрет за ней дверь, и на цыпочках прокралась к двери Егорова. Дверь он поставил новую совсем недавно. Тяжелая, металлическая и дорогая — Аня нарочно сверялась с каталогом.

Сейчас Егоров точно был дома. Глазок его двери светился изнутри, значит, в прихожей горел свет. Не понимая, зачем она это делает, Аня поднесла руку к его звонку и ткнула пальцем в кнопку.

Егоров открыл почти сразу, словно стоял и наблюдал за ней в глазок. Широко распахнув дверь, он смотрел хмуро, недружелюбно. Небритый, давно не стриженный. Ветхая футболка и спортивные штаны, вытянутые на коленках. Босые ступни.

— Аня... — проговорил он безо всякого выражения. — Добрый вечер.

— Добрый вечер, Сергей.

Она топталась на пороге, не зная, что говорить дальше. Зачем-то спросила:

— Как жизнь?

Конечно, он удивился и даже не попытался этого скрыть. Привалился плечом к притолоке, уставился на нее, словно видел впервые.

— С каких это пор тебя стала интересовать моя жизнь, Ань?

— Ну... Я тут подумала, что... Мы могли бы с тобой сходить куда-нибудь.

Боже! Что она несет?! Куда она с ним может пойти?! Он же никогда ей даже не нравился! Раньше, когда выглядел прилично. А теперь...

— Ань, что происходит?

Ярко-голубые глаза Егорова, — пожалуй, единственное, что осталось от него прежнего, — подозрительно прищурились.

— А что происходит?

Она глупо улыбалась.

— Ничего не происходит. Просто зашла по-соседски. Давно не видела тебя.

— Странно, не находишь? — Взгляд Егорова стал еще более подозрительным. — Ты годами 93 меня не замечала, а тут вдруг решила пригласить скрасить твой досуг.

— Все меняется, Сережа. И мы тоже. — Аня решила стоять намертво.

Раз уж выставила себя дурой, то продолжит игру.

— И ты поменялась?

Егоров вдруг широко улыбнулся, обнажая великолепные зубы. Странно, она никогда не замечала прежде, как красива его улыбка.

— Поменялась, — кивнула она и вдруг с горечью добавила, снова не понимая зачем: — Постарела. Поумнела.

— Ага... — Он почесал затылок и начал медленно отступать внутрь квартиры. — Что постарела, не согласен. Ты по-прежнему красивая, Ань. А насчет поумнела... Не могу не согласиться.

— В смысле? — Она почувствовала себя немного уязвленной.

— Наконец бросила этого урода — своего начальника. Он обманывал тебя все эти годы. Использовал. А ты вела себя, как слепая! Я не мог понять причины твоего поведения. А теперь понял.

— Да? Понял? И что же ты понял?

Сжав кулаки в карманах, Аня вдруг увидела себя со стороны.

Вот она стоит перед ним с дико красным лицом, вспотевшая в теплой куртке, смущенная его осведомленностью. И злая, страшно злая от нелепости ситуации, в которую загнала себя самостоятельно. Безо всякой посторонней помощи. Никто не заставлял ее звонить в дверь.

— Я понял, что раньше ты была глупая. А теперь поумнела, — выпалил Егоров.

Он кивнул ей на прощание и с грохотом захлопнул перед ее носом дверь.

Всю дорогу до дома Аня ругала себя последними словами и обещала, что ни за что больше не полезет ни в чью жизнь. Ни с благими намерениями, ни без оных.

Горячая ванна с ароматной пеной немного помогла отвлечься. Закутавшись в теплый халат, Аня встала в кухне у окна. Она не зажигала света, рассматривая холодную улицу: так было уютнее. Темнота за спиной казалась теплой, надежной, как крепость. Не то что мятущийся на ветру свет уличных фонарей. Казалось, его слишком много, он был слишком ярким и казался ледяным.

Когда этот март уже закончится, с его морозными ночами и сырыми полуднями! Так хотелось нежного апрельского тепла и свежей зелени на газонах и клумбах.

И забыть...

Забыть обо всех неприятных мыслях, не возвращаться к ним никогда. Пусть катятся все бывшие куда подальше. Пусть Егоров сам решает свои проблемы и не ухмыляется ехидно. И...

Кстати! А откуда он узнал о ее отношениях, закончившихся так плачевно? Не мама же ему рассказала! Этого не могло быть в принципе. Мама сама мало что знала. Он следил за ней? За ее личной жизнью?

Аня резким движением задернула штору на окне, будто кто-то с улицы мог видеть ее и знать, о чем она думает.

Лечь спать... Забыть... Успокоиться...

Она уснула на удивление быстро и проснулась отдохнувшей. Часы показывали половину десятого утра. Календарь напоминал, что суббота. Инга на сегодня от ее помощи отказалась, и она могла весь день посвятить себе и своим так долго отодвигаемым желаниям.

Аня сладко потянулась под одеялом.

Можно было поехать в торговый центр и вдоволь нагуляться по магазинам, а еще завернуть в кинотеатр. В очередь встал салон красоты, давно не была. Вспомнилось о приглашении новых коллег съездить за город. У кого-то из них имелась шикарная дача, и выезды туда на шашлыки стали для коллектива привычными.

Откинув одеяло, она села на кровати, решив все же принять приглашение новых коллег. Все остальное подождет. Аня потянулась к телефону, чтобы позвонить и подтвердить, что приглашение приняла, как тут же одернула руку — он сам зазвонил, и это была мама.

Мама? Она не брала в руки свою «раскладушку» уже полгода. И теперь звонит ей? Или Инга воспользовалась телефоном, потому что ее разрядился?

— Алло... — ответила Аня настороженно.

— Аня, дочка, это мама, — проговорила Вера Васильевна давно забытым голосом. — Ты еще дома? Суббота. Наверняка еще в постели.

— Да. — С легкой запинкой ответила Аня.

— Он поехал на тридцать втором автобусе, — выпалила мать строго. — Пока ты не задала вопрос, опережу тебя... Сергей Егоров поехал на тридцать втором автобусе, что останавливается прямо под нашими окнами.

— Так. Понятно, — проговорила Аня.

96   Хотя ничего понятного не было.

— Что тебе понятно, Аня? — возмутилась Вера Васильевна. — Тридцать второй едет за город до питомника. Это тебе ни о чем не говорит?

— Нет, — призналась она, покусывая губы.

— Он поехал упражняться в стрельбе, детка. Он снова был с ружьем. И ты должна его остановить!

4

— Мне кажется, это не ваша мать больна, а я! — возмущенно прошипел в ее сторону Федоров, когда его сильно колыхнуло на очередной кочке. — Как я мог поддаться на ваши уговоры?! Я — взрослый мужчина. Серьезный!

— Умный, — польстила с заднего сиденья Инга.

— Не дурак, конечно же, — похвала ему понравилась, он с трудом скрыл улыбку. Но тут же снова заныл: — И вот я — весь замечательный, с таким набором достоинств — еду ловить вашего соседа. На каком, хочу спросить, основании, девочки?!

Ответа у них не было, поскольку все объяснения, заготовленные заранее, уже были произнесены и никакого впечатления на Федорова не произвели. Но все же он согласился поехать поискать Егорова.

— А если мы попадем на линию огня! — возмутился Федоров в очередной раз. — Кто полезет под пули? Я?

— Не дурак же он — стрелять в сторону пешеходных дорожек, — запротестовала Инга.

— А где он станет стрелять? В чаще. Наверняка в чаще. И как мы там его найдем?

Аня помалкивала. Идея поехать в питомник и попробовать отыскать там Егорова была так себе. Но мама настаивала. Смотрела на них с сестрой такими глазами, что они не выдержали и пообещали спасти Сергея.

— Пропадет ведь парень, девочки. Я обещала его покойной бабушке присматривать за ним. Сережа хороший, умный, добрый. Аня, он всю жизнь тебя любит. Спаси его хотя бы ради его неразделенной любви.

За последние полгода это была ее самая длинная речь, и девочки дрогнули. Инга тут же вызвонила Федорова и потребовала немедленно явиться к ней. Послушался тот беспрекословно, из чего Аня сделала вывод: у них что-то завязалось. Но в дороге Володя вдруг приуныл и принялся их отчитывать. А когда они остановились перед внезапно оборвавшейся дорогой, и вовсе простонал:

— Ну, все! Приехали! Не хватало теперь завязнуть в этой снеговой каше!

Аня заглушила мотор, посмотрела на Федорова в его легких полуботинках и на Ингу, нарядившуюся в полусапожки на каблуках.

— Сидите здесь. Я пойду одна, — и Аня покрутила ступнями.

Она предусмотрительно обулась в резиновые утепленные сапоги почти до самого колена.

— Интересно, куда это ты пойдешь? — забеспокоилась Инга.

— По следам. — Аня ткнула пальцем в ветровое стекло. — Видишь следы одного человека? От остановки по дороге и тропинкой чуть левее. Скорее всего, это Серегины.

— А если нет? Вдруг это кто-то еще?! — Глаза сестры округлились, в них заполоскался страх. — Мы будем сидеть в машине, а ты...

— А я включу видеозвонок и пойду с телефоном по следам. Если найду Серегу, хорошо. Если нет, вернусь.

— Послушайте, девочки, а может, ему просто позвонить? — сморщил лицо Федоров. — Хватит играть в заговорщиков?

Аня задумчиво рассматривала ровный ряд следов, терявшихся между голых деревьев.

— Знаешь, Володя, если я его не найду, то позвоню. У меня есть номер. А если найду, то мне сразу все станет ясно.

— Что, например? — возмущенно зашипела Инга.

— С ружьем он там или нет. Пора закончить эту историю. Я вязну в ней, как муха в варенье. Мама беспокоится. Ну, я пошла?

Подтаявший снег не был глубоким. К тому же она старалась ставить ноги точно в следы прошедшего недавно человека. Большую часть пути Аня преодолела без напряжения. Если бы не Инга с ее предостерегающим шепотом, прогулка не причинила бы ей никаких неудобств. Выглянуло солнце, окрасив голый лес особенным цветом. Стволы берез стали будто белее. Колючие ветки сосен изумрудно засветились. И так замечательно пахло мокрой прошлогодней листвой, подтаявшей землей, хвоей.

— Ты чему это улыбаешься? — снова прошипела Инга.

— Просто так. Здорово тут. Так восхитительно пахнет.

— Ты же не любишь март, — напомнила сестра, подозрительно прищурившись в телефон.

— Я его в городе не люблю. Там сыро, снег грязный. А здесь красота! Того и гляди на подснежники наступлю.

— Ты по следам иди. Подснежники! — проворчал Федоров.

— Иду. Иду по следам...

Они оборвались метров через пять, нырнув между двух тесно росших елей. Почти тут же пропал интернет. А через секунду раздался выстрел.

— Сережа! — заорала во все горло Аня, резко присев. — Не стреляй, это я!

Она сидела на корточках и слушала, как сквозь сухой кустарник в ее сторону кто-то продирается.

Господи! Они чокнулись совершенно! Может, это лось бежит, которого спугнули охотники? А она сейчас окажется на линии огня и на пути обезумевшего от страха животного.

Кучка идиотов! Придумали себе занятие!

Но вместо того, чтобы бежать обратно, к машине, где ее ждали Федоров и Инга, Аня снова заорала:

— Сережа Егоров, это я — Аня! Не стреляй! Пожалуйста!

— Я и не собирался, — раздался над ее головой знакомый голос.

Она резко вскочила и, тяжело дыша, уставилась на Егорова. В легком лыжном костюме и высоких сапогах-дутиках он стоял в метре от нее и с интересом ее рассматривал. Взгляд озадаченный, заинтересованный.

100   И в руках — да — у него было ружье!

— Что это, Сережа?! — ткнула пальцем Аня, вставила кулаки в бока и затараторила: — Ты что творишь?! Мстить собрался? Людей убивать? С ума сошел! Это из-за увольнения тебя так перекосило?! Не смей, слышишь! Не смей! Я устрою тебя на работу. Без их дурацких рекомендаций! Но стрелять по людям...

— Вообще-то я стрелял по банкам, — перебил он и заулыбался. — И это «мелкашка». Обыкновенная, как в тире. Помнишь, в детстве стреляли из них по зайцам? Я просто упражняюсь.

— Мелкашка?

Она присмотрелась внимательнее. И в самом деле, ружье казалось игрушечным.

— А зачем тебе упражняться в стрельбе? Для чего?

С той стороны, откуда она пришла, кто-то бежал. И через пару секунд встревоженный голос Инги завопил:

— Аня! Аня, где ты? С тобой все в порядке?

— Да-а! — громко крикнула она в ответ и заулыбалась улетающему эху.

Определенно март перестает ее раздражать.

— Господи! Я чуть с ума не сошла от страха!

Инга вылетела на тропу, резко встала, согнулась и, опершись в колени ладонями, шумно задышала.

— И ты здесь? — Егоров улыбался все шире. — Тоже озабочена тем, что я собрался мстить, убивая своих бывших коллег?

— Да! А что еще думать, если ты по двору с ружьем шастаешь? — огрызнулась Инга, выпрямилась и с сожалением глянула на свои промокшие 101 насквозь полусапожки. — Ну вот, теперь на выброс.

— Ничего, просушим...

За ее спиной выросла фигура Федорова. В мокрых до колен брюках и насквозь пропитавшихся талым снегом полуботинках тот тоже тяжело дышал.

— Гражданин Егоров? — выступил он из-за спины Инги. — Объясните, что здесь происходит?

— Ничего. — Сергей погасил улыбку.

— Стрельба... Ружье... Это, по-вашему, ничего? — Федоров сурово насупился. — Ваши соседки всерьез опасаются, что вы готовите какое-то страшное преступление и...

— Володь, перестань мне выкать, во-первых. Мы знаем друг друга очень давно. — Сергей хохотнул, вскидывая ремень от ружья на плечо. — А во-вторых, все на самом деле куда прозаичнее.

— Поделишься? — выпалили три голоса одновременно.

— Непременно. — Егоров прошагал мимо них по тропе, обернулся и призывно махнул рукой. — Ну, идемте уже. Все вымокли. Чаю хочу горячего, с пирогами, которыми меня Вера Васильевна всегда угощала. Вы как, сестры, переняли у матушки своей мастерство, нет?

Инга с Аней смущенно переглянулись. Если Инга что-то более-менее сносно готовила, то Аня к плите подходила лишь затем, чтобы разогреть готовый продукт. Если он не умещался в микроволновке.

— Понятно. Придется мне готовить в нашей семье, да, Ань?

Егоров смотрел на нее как-то странно и говорил странные вещи. Ей бы собраться и призадуматься, на что он намекает, о чем вообще ведет речь. Но все волнения минувшего часа сделали ее какой-то вялой. Она кивнула и ответила:

— Да.

— Да? — Егоров дотянулся до ее руки, притянул к себе и спросил, уставившись ей в глаза: — Ты отвечаешь мне — да?

Инга за ее спиной предостерегающе кашлянула. Федоров переступал мокрыми ботинками в мокром снегу и тоже закашлял. Может, простыл уже?

— Аня? — Егоров сжал ее пальцы. — Так да или нет? Будь уверена, Вера Васильевна благословляет. Я с ней уже все обсудил.

— А что да?

Она подняла на него взгляд, но солнце настырно слепило, и вокруг головы соседа их матери расползался яркий ореол. Она не видела знакомого лица, но совершенно точно знала, как оно выглядит. Его руки приятно согревали ее озябшие пальцы. И, что странно, не хотелось никуда идти. Хотелось просто стоять, слушать пробуждающийся после зимы лес, дышать полной грудью свежестью и щуриться от яркого солнца.

Странно! Страх на нее так, что ли, подействовал? Страх за него? Или...

— Мы в машине, — буркнула Инга, обходя их стороной. — Недолго тут любезничайте. Ноги промокли.

Федоров трусцой двинул за ней. Когда они ушли, Егоров наклонился и поцеловал ее в щеку. Потом еще и еще раз.

— Ань, я не могу без тебя. Вообще не могу. Пытался, не вышло. Ты смотрела мимо. Не важно, каким был твой взгляд: расстроенным, веселым, холодным. Но всегда мимо. И вдруг ты здесь! Я поверить не могу. Ты... Ты в самом деле волновалась за меня?

Она подумала, кивнула и тихо добавила:

— Да.

— Замечательно как. — Он тихо рассмеялся ей на ухо, прижимая к себе все крепче и крепче. — Вчера я был потерянным, собирался уезжать. Далеко. Надолго. Может, навсегда. А сегодня я самый счастливый человек. Потому что моя любимая за меня волновалась. Ань...

— Что?

Она снова попыталась рассмотреть его лицо, но солнце не позволило.

— Понимаю, глупо. Знаю, что неуместно. Но спрошу. В первый и последний раз. Не тороплю с ответом. Времени много.

— Спрашивай уже! — прикрикнула она, ощущая странную слабость в ногах и незнакомый трепет в груди.

— Пойдешь за меня? Замуж пойдешь? Правда, я сейчас безработный, но все исправлю. Ты подумай и...

— Скорее да, чем нет, — ляпнула она, сама не понимая, что несет.

Холодный голый лес. Мокрый снег под ногами. Узкая тропинка. Егоров с ней обнимается. Она сюда зачем приехала? Чтобы остановить его сумасшествие. А вместо этого замуж вдруг за него собралась. Безумие заразно?

— Отлично. Идем. Инга с Федоровым злятся. Вера Васильевна наверняка волнуется. Идем.

— Да. Егоров, а ружье? С ним как быть? Зачем оно?

— Давай я на месте все расскажу, чтобы не пересказывать трижды. Идет?

Родительский дом встретил их странной тишиной и ароматом свежеиспеченной сдобы.

— Ничего не понимаю! — ахнула Инга, врываясь в кухню. — Ань, здесь пироги! Мамины пироги!

Вера Васильевна сидела в любимом кресле у окна и дремала.

— Мам, — позвала ее Аня. — Мам, ты спишь?

— Нет, — встрепенулась женщина, приоткрыла глаза, посмотрела на дочерей. — Вы нашли Сережу?

— Нашли. Он с нами. Здесь. — Инга схватила мать за руку. — Мам, он сделал Аньке предложение, представляешь!

— Аня! — мать строго глянула, как когда-то давно. — Что ты ответила?

— Скорее да, чем нет, — повторила она собственную глупость.

Наверное, глупость.

— Вот и хорошо. Девочки, накрывайте на стол. Я напекла пирогов, пока вы искали Сережу, и моя Аня искала свое счастье среди подтаявших сугробов. Еле вспомнила рецепт. Память подводит... Сильно подводит, — она жалко улыбнулась, погладила Аню по руке. — Я счастлива за тебя, милая. Пусть это будет «да»...

Они сидели за столом в гостиной и пили чай из самого дорогого сервиза, который стоял на средней полке старинного высокого буфета. Мама настояла. Сочла, что именно сегодня в их семье большой праздник.

Чай был крепким и ароматным. Пироги восхитительные. Как раньше. Или даже вкуснее.

Аня без конца улыбалась. Ловила себя на беспричинной радости, гасила улыбку, но через пару минут забывалась и снова улыбалась. Ей было славно и уютно в родительском доме, за большим круглым столом. Инга без конца подкладывала Федорову пироги. Тот смущался, но послушно жевал. Егоров не сводил взгляда с Ани, и его взгляд был неподражаемым: нежным, любящим, заботливым. Так ей виделось. И от этого было особенно хорошо. Ей нравилось, как он на нее смотрит.

— Так, я устала. Пора отдохнуть. — Вера Васильевна спрятала зевоту под ладонью. — Сереженька, голубчик, ну расскажи нам уже свою историю про ружье. Видит бог, я столько страха натерпелась, когда тебя увидела с ним в руках!

— Да! — встрепенулся Федоров. — Мы отвлеклись! Ружье? Зачем оно тебе?

— Я остался без работы, вы это знаете от Ани. — Егоров дотянулся до ее ладошки, осторожно сжал. — Рекомендаций мне не дали. И пообещали, что в городе я работы не найду. Все как-то навалилось... Аня в тысячу первый раз прошла мимо, даже не заметив меня. В общем, пришлось вспомнить про свое первое образование.

— И кто ты у нас по первому образованию? — Федоров, положив локти на стол, смотрел весьма сурово.

— Лесник.

— Лесник? — Аня рассмеялась. — Да! Я что-то такое припоминаю. Твоя бабушка мне рассказывала. Точно!

— И я нашел себе работу далеко отсюда. Очень далеко. В Сибири. Там срочно требуется лесник. Но! — Егоров поднял руку с зажатыми в ней пальчиками Ани. — Но требования у работодателей определенными оказались. Я должен иметь охотничий билет. Уметь стрелять и иметь разрешение на оружие. А я, как оказалось, стреляю в «молоко». Вот и пришлось раздобыть «мелкашку» и начать тренироваться на консервных банках.

— Так просто? — Аня растерянно моргала. — А я придумала историю!

— Просто, да. — Федоров выпятил нижнюю губу и недоверчиво покачал головой. — Но ты же понимаешь, Серега, что я должен все это проверить?

— Какой ты! — неодобрительно махнула в его сторону Вера Васильевна.

— Простите меня великодушно. Но в моей работе главное — что?

Он повернулся в сторону Инги.

— Что? — послушно спросила та.

— Не раскрыть преступление, а предотвратить его. Профилактика преступлений — приоритетное направление в работе участкового. Поэтому, Серега, без обид. Мне надо удостовериться, что ты говоришь правду.

— Без обид. — Егоров нашарил в кармане легких лыжных штанов визитку и протянул ее Федорову. — Тут все телефоны. Можешь позвонить. Они отвечают даже в выходные.

— Хорошо. — Тот крутил в руках картонный прямоугольник с названием лесного хозяйства и номерами телефонов. — А тебе это не навредит? Ну... Если я стану звонить и наводить справки?

— Нет. Не навредит. Уже не навредит. Думаю, я буду вынужден отказаться от их предложения. Так ведь, Аня?

Она — совершенно себя не узнавая — потянулась к нему. Обхватила ладонью за затылок и звонко поцеловала в губы.

— Вот теперь мне пора отдыхать, — Вера Васильевна захлопала в ладоши. — Инга, помоги мне. Пока твой Федоров станет звонить...

Участковый позвонил и удостоверился, что Сергей не обманывает. Он десять раз извинился и, прикладывая руку к груди, без конца повторял:

— Серега, сам понимаешь, служба такая...

Инга вышла из комнаты матери и увлекла Федорова к себе.

— Я сейчас тоже поеду, — предупредила ее Аня. — Надо домой.

— Я тебя провожу, — вызвался Егоров. — Ты не против?

Она была не против. Дождалась в машине, пока он переоденется, и повезла его к себе. По дороге они заехали и купили гору продуктов.

— Станешь мне сейчас демонстрировать свои кулинарные способности, — нарочито ворчливым голосом проговорила она. — А то наобещал счастья, но как там будет на самом деле?

Егоров помолчал минуту, подумал, а потом сказал:

— Я не знаю, как будет, Аня. Жизнь длинная.
Но одно знаю совершенно точно.

— И что же? — остановившись на светофоре, она глянула на него с улыбкой.

— Пока день сменяет ночь, а весна меняет лето, пока зажигаются звезды и светит солнце, я не разучусь любить тебя. Никогда не разучусь. Это во мне, со мной навсегда...

И ей вдруг впервые за сегодня захотелось не улыбнуться, а заплакать. От безграничного счастья и нежности, сжавшей сердце. От того, что все вдруг у нее в жизни наладилось и тайные застарелые печали куда-то подевались. Маме стало лучше. Инга нашла своего Федорова. Рядом с ней мужчина: надежный, крепкий, любящий. Почему она его так долго не замечала? Ей же хорошо и спокойно с ним. Ни одной тревожной мысли. Они испарились, странным образом не оставив следа.

И даже стылый март, устав ее морозить, залил солнечным светом улицы. Стало ярко, красиво, празднично.

— Знаешь, Егоров, — странно дребезжащим голосом произнесла Аня. — Такого красивого признания в любви, наверное, еще никто не слышал. И я говорю тебе да...

АННА КНЯЗЕВА

• В МЕРТВОМ ДОМЕ
ПОСЛЕ ПОЛУНОЧИ •

Весеннее небо сияло голубизной до полудня. В двенадцать часов на небе появились влажные облака, слепились в серую кучу и встали, заслонив собой солнце. Дайнека прикрыла створку, села на подоконник и положила рядом с собой письмо.

В коленку ткнулся холодный собачий нос. Погладив Тишотку, она снова взглянула на небо — обойдется ли сегодня без дождя и грозы? — потом вскрыла конверт и вынула тетрадный лист, исписанный с одной стороны.

«Дорогая Людмила! Пишу тебе, чтобы сказать спасибо. Я не вправе рассчитывать на прощение, но, получив такую возможность, настоящим письмом снимаю с тебя обязательства, которые ты сама на себя возложила, и благодарю тебя за помощь и за молчание...»

Не дочитав, Дайнека отложила письмо и задумалась. Почему иногда привычная жизнь так резко меняется? Откуда берется тот механизм, который вдруг скрипнет, тронется и давай разгонять безумную круговерть событий и потрясений. С кем-то подобное не случается никогда. Почему же ей «везет» больше других?

Эта история произошла год назад. Как и теперь, был май, занятия в университете уже закончились. В конце зачетной недели ей позвонил отец.

— Людмила, не хочешь приехать на дачу?

— Нет, — это был ее обычный ответ.

На даче вместе с отцом постоянно жили Настя, которая считалась его гражданской женой, и Серафима Петровна, ее мать.

— Нет, папа, — сказала Дайнека, — у меня скоро сессия, нужно готовиться.

Отец хорошо ее знал и поэтому приберег решающий аргумент.

— Мы едем в отпуск.

— Все вместе, втроем?

— Ну, ты же с нами вряд ли поедешь...

— Надолго? — поинтересовалась Дайнека.

— На месяц. — Отец проявил настойчивость: — Хватит сидеть в Москве. Готовиться к экзаменам можно в деревне. Тишотку возьмешь с собой, ему здесь намного лучше.

На следующий день, утром, Дайнека подъехала к даче, которую когда-то очень любила. Теперь здесь хозяйничали новоиспеченные родственницы, и она стала чужой.

Навстречу ей вышла Настя.

— Людми-и-и-ила, а Славик еще не вернулся из города. Его вызвали на работу. **111**

Дайнека не любила, когда к ней обращались по имени (Людмилой ее называл только отец), и ненавидела, когда отца называли Славиком. Она открыла заднюю дверцу, выпустила из машины Тишотку. Потом взяла с сиденья резинового ежика и, размахнувшись, швырнула его в траву. Пес метнулся туда, куда улетела его игрушка.

Она прошла к гамаку и легла в него, свесив одну ногу. Покачиваясь, смотрела на зеленый забор. Гамак удалялся — Дайнека видела крышу соседского особняка. Гамак приближался, и крыша пряталась за забор.

Когда они с отцом купили здесь дом, особняк уже стоял на своем месте, но в нем никто никогда не жил, поэтому соседи прозвали его мертвым. Было время, когда Дайнека влезала на лестницу и подглядывала через забор, но ни разу не видела там жильцов. Бывало, на участке работал садовник. Иногда привозили мебель и какие-то ящики, но работами руководили случайные люди. Пока Дайнека была ребенком, таинственный особняк занимал ее мысли, потом она и думать о нем забыла.

«Интересно, кто теперь там живет? Нужно спросить отца».

Отец приехал в половине двенадцатого, едва успел переодеться в поездку. В начале первого прибыла машина — такси. Прощаясь с отцом, Дайнека мимоходом спросила:

— В соседний дом никто не заехал?

— Нет, никто. Так и стоит пустой.

Она попрощалась с Настей и Серафимой Петровной. Машина уехала, и Дайнека осталась одна.

Точнее, они остались вдвоем, потому что Тишотка для нее был важней самого лучшего друга.

Ночью случилась гроза. Кроны сосен рвал ураганный ветер. По крыше долбил дождь, и стучали обвалившиеся ветки деревьев. Тишотка прибежал с первого этажа, запрыгнул к ней на кровать и спрятался под одеяло, вздрагивая там от каждого громового раската.

Дайнека встала, прошла к окну. Чудовищный ветер разметал цветущий рододендрон, у забора переломил усыпанную цветами сирень. Она подняла глаза, посмотрела поверх забора и вдруг застыла от удивления. На втором этаже мертвого дома в окне вспыхнул свет. Дайнека прильнула к стеклу. В тот же миг в комнате возник силуэт, человек поднял руку, собираясь открыть створку или подать сигнал, но свет внезапно погас, и уже ничего нельзя было разглядеть.

Остаток ночи она провела без сна, сжимая в руке телефон. Уснула только под утро.

Когда проснулась, сразу же распахнула окно. В комнате запахло свежестью и травой. Дайнека вдохнула весенний воздух и поняла, что все ее страхи — пустое. Над крышей особняка ярко светило солнце, а через все небо раскинулась широкая радуга.

После полудня она пошла за продуктами. Их поселок располагался у самого леса, примыкая к деревне под названием Вишерки, в которой был магазин.

Дайнека шла по дорожке, заросшей крапивой и бузиной. В траве стрекотали кузнечики. Рядом трусил Тишотка и время от времени брехал на собак, стерегущих свои дворы. Со временем это ему надоело, и он молча добежал до самого магазина.

Дайнека купила вареники, которые любили и она, и Тишотка, а когда собралась уходить, в магазин зашла знакомая старушка, живущая по соседству.

— Здравствуйте, Таисия Ивановна!

— Здравствуй, Людочка! — Соседка называла ее так, потому что знала еще ребенком.

— Я подожду вас, — сказала Дайнека.

— Вот и хорошо, обратно пойдем веселей.

Таисия Ивановна Перевозникова имела пышные формы, однако ситцевое платье в мелкий цветочек было приталено «по фигуре». Отечные ноги обуты в шлепанцы на танкетке, а волосы прибраны в скромный пучок.

Она набрала два пакета продуктов, и Дайнека взяла один, чтобы помочь донести. Дом Таисии Ивановны стоял у самого леса. По дороге они болтали на разные темы, а когда проходили мимо пустого особняка, расположенного как раз между их домами, Дайнека заметила:

— Кажется, туда кто-то заехал...

— Сколько живу, не видела ни души, — возразила старуха. — Вчера приезжал садовник, может быть — он?

— Нет, — твердо сказала Дайнека. — Этой ночью я видела свет в комнате на втором этаже. Там был человек.

Таисия Ивановна с опаской покосилась на высокий забор.

— Может быть, показалось? В такую бурю, что была прошлой ночью, привидится что угодно. — Дойдя до своей калитки, спросила: — В гости зайдешь? Савелий Васильевич будет рад. — Она склонилась к Тишотке: — И ты заходи, угощу тебя мосолыгой.

— Мосолыга — это такая кость? — на всякий случай поинтересовалась Дайнека.

— Вкусная, мозговая, — подтвердила старушка, и Тишотка первым юркнул в калитку.

За пару лет, что Дайнека здесь не была, ничего в доме не изменилось. На полу дешевые коврики, мебель в стиле восьмидесятых. Чистые занавески, и на окошках — цветы.

— Савелий, посмотри, кто к нам пожаловал!

К ним вышел худой старик в клетчатой рубашке и синих тренировочных брюках.

— Людмила! Давненько тебя не видел... — Он обнял ее и усадил за кухонный стол. — Тася, неси-ка нам чай! — Глядя, как жена собирает на стол, спросил: — Рассказывал я тебе, как ее полюбил?

— Нет, — Дайнека улыбнулась, потому что слышала эту историю много раз.

— Мы жили на Пресне, в одном дворе. Вот за что ее уважал: отчаянная она была. Очень смелая. Бывало, отберет у меня деньги на завтрак: «Хватит тебе булок...» И высыплет мелочь в свою сумку. А сумка у нее была картонная, вроде папки для нот, на веревках...

Таисия Ивановна обернулась и, продолжая что-то помешивать, улыбнулась.

— Оставь девчонку в покое. Не надоело тебе одно и то же...

— Нет, подожди. — Старик выставил перед собою ладонь, будто обороняясь. — Заберет деньги, высыплет в сумку. И так каждый день. Потом достанет, что вдвоем накопили, и купит на все кол- 115 басы. Пойдем с ней к забору, что сад у самой Москвы-реки ограждал, перелезет она первой через него, потом меня позовет. Вижу — собака огромная, сторожевая, вроде кавказца, колбасу нашу лопает. На Тасю посмотрит, хвостом завиляет, на меня — рыкнет, но не тронет. Наберем в саду вишен и обратно через забор. Э-э-э-х!

— С тех пор вы всегда вместе? — После этого рассказа Дайнека всегда задавала такой вопрос.

— Всю жизнь, как один день, — ответил Савелий Васильевич.

— Сколько лет с вами знакома, ни разу не видела ни одной фотографии. Какими вы были в молодости?

Старики благодушно переглянулись.

— Ну что, Тася, неси альбом... Э-хе-хе...

Таисия Ивановна пошла в спальню, Дайнека — за ней.

— Я помогу.

Открыв шкаф, старушка потянула альбом в плюшевой облицовке. Вместе с альбомом выпала папка и рассыпалась, стукнувшись об пол. Из нее выпали газетные вырезки. На одном клочке Дайнека увидела рекламу химчистки «Розовый заяц».

«Смешное название», — подумалось ей.

Таисия Ивановна сложила вырезки в папку.

— Савелий Васильевич увлекается. — Она поставила папку на место, и они вернулись на кухню.

Разглядывая старые фотографии, Дайнека спросила:

— А это вы где?

— На работе, — Таисия Ивановна взяла фотографию и улыбнулась. — С девочками из «Посейдона». Я оттуда на пенсию уходила. Работала делопроизводителем. Когда это было? Лет десять прошло, может, и больше...

— Да... — Протянул старик. — Приходит старость, и все — трындец!

Таисия Ивановна укоризненно хлопнула его по плечу.

— А это кто? — снова спросила Дайнека и показала на фотографию молодого мужчины.

Таисия Ивановна отвернулась, а Савелий Васильевич сказал осипшим вдруг голосом:

— Наш сын, Алексей.

— Я его никогда здесь не видела. В каком городе он живет?

— Его с нами нет, — Таисия Ивановна взяла полотенце и вытерла им глаза.

— То есть как... — Дайнека не решилась озвучить догадку.

— Много лет назад Алешенька не вернулся. Уехал на электричке домой, но в московской квартире не появился.

— Вы искали его? — Задавая этот вопрос, она понимала, как абсурдно он прозвучал.

— Искали, — проронила Таисия Ивановна. — В милицию заявили. Листовки развешивали. Все бесполезно.

— Такого быть не должно! — возмутилась Дайнека. — Это нельзя так оставлять! Нужно искать!

— Милая девочка, — Таисия Ивановна погладила ее по голове. — Мы искали. Пропал, никаких следов не оставил...

Старик посмотрел на жену с такой болью, что Дайнека не смогла удержаться.

— Могу я взять его фотографию? 117

— Зачем? — удивленно спросил Савелий Васильевич.

— Есть у меня один человек...

— Милый ребенок, — печально улыбнулась Таисия Ивановна. — Бери, если хочешь. Столько лет прошло, кто же найдет...

— Дайте листок, — распорядилась Дайнека и, когда получила его, попросила: — Пожалуйста, расскажите, когда он пропал, какие шрамы, приметы, болезни... Перевозников Алексей Савельевич, — написала она первую строчку и вскинула голову: — Когда он родился?

Старики продиктовали ей всю информацию, потому что в этот момент она выглядела так, словно всю жизнь занималась поиском пропавших людей.

Закончив писать, Дайнека сказала:

— Сегодня же все передам. — Она прижала руки к груди. — Надежду терять нельзя. Нужно верить!

По дороге от стариков Дайнека уже набирала телефон Вешкина, руководителя службы безопасности крупного холдинга, где работал ее отец.

— Сережа, мне срочно нужна твоя помощь...

Договорившись о встрече, Дайнека не сомневалась: Вешкин ей не откажет. В тот же день они встретились в кафе на въезде в Москву, Дайнека передала фотографию и все рассказала.

— Как думаешь, можно как-то помочь? — Она умоляюще смотрела на Вешкина.

Сергей поправил очки.

— Сделаю все, что смогу...

— Ты просто не представляешь, какие это замечательные старики!

Сергей, улыбаясь, спросил:

— Послушай, Дайнека, плохими у тебя люди бывают?

— Бывают, — сказала она и поняла, что никого не может назвать.

Вернувшись домой, просидела над учебником и тетрадкой до самого вечера. Тишотка нашел желтого ежика и, пристроив его рядом с собой, лег у ее ног. Иногда, чтобы размяться, Дайнека брала ежика, выходила во двор и кидала к забору, а когда Тишотка его приносил, кидала еще раз. Пес носился как угорелый, получая удовольствие от игры и возможности быть нужным своей хозяйке.

В очередной раз размахнувшись, Дайнека поняла, что взяла высоко, но уже ничего не могла исправить. Еж перелетел на участок мертвого дома. Тишотка посмотрел ей в глаза, грустно побрел прочь и лег у забора, положив морду на передние лапы.

Он лежал там до темноты. А когда она сварила вареники и позвала его есть, даже не посмотрел в сторону миски.

Дело принимало плохой оборот. Дайнека окликнула его. Тишотка не повернулся. Она подошла, присела и погладила его по спине.

— Ну что ты, я ж не нарочно...

Тишотка никак не отреагировал на ее слова.

— Вернемся в Москву, куплю тебе нового, — продолжала Дайнека, — такого же, желтенького.

Тишотка не отвечал.

Дайнека вернулась в дом, но не могла найти себе места, понимая, что пес будет лежать у забора всю ночь. Она и предположить не могла, что игрушка так ему дорога.

Время для визитов было неподходящее, тем не менее Дайнека вышла на улицу и позвонила в ворота соседнего дома. То, что ей не открыли, не удивило. Она позвонила еще раз, скорей для очистки совести. Однако вернувшись и увидев лежащего у забора Тишотку, поняла, что не сможет бросить друга в беде. Принесла лестницу, приставила к забору там, куда улетел еж, и влезла наверх.

Усевшись на забор, оглядела темный, без света дом и стриженую лужайку, на которой светлым пятном валялась игрушка. Тут же определилась, куда поставить ногу на другой стороне, и благополучно спрыгнула на чужую территорию.

За забором тихо скулил Тишотка...

Пригнувшись, Дайнека добежала до ежика, вернулась и забросила его обратно, в свой двор. Взялась за забор и уже занесла ногу на поперечину, как вдруг почувствовала неодолимое, прямо-таки всепожирающее любопытство. Она обернулась и внимательно оглядела территорию таинственного дома. В этот момент из-за облаков показалась луна.

Сколько раз в детстве она изучала этот ландшафт. Он и теперь нисколько не изменился: стриженый газон без признаков деревьев или кустарников. Ни беседок, ни гаража. Казалось, для хозяев важно лишь то, чтобы все здесь идеально просматривалось.

Дайнека стояла как на ладони, и если в доме сейчас кто-нибудь был, при свете луны он хорошо мог ее разглядеть. Она двинулась к зданию, похожему на классическую двухэтажную виллу.

По карнизу, как у итальянских аналогов, не обошлось без лепнины. Крытая веранда была пуста, ни стульев, ни даже стола. По участку проходила одна дорожка, к воротам, все остальное — засеянный травой луг. Дайнека пробралась вдоль стены, поочередно разглядывая жалюзи первого этажа.

Вдруг стало темно, как будто кто-то огромный закрыл ладошкой луну. Где-то в лесу ухнула птица, еще дальше, в деревне, проехал автомобиль. Дайнека свернула за угол и увидела приличную полосу света, выбивавшуюся из-под металлических жалюзи. Тут же сообразила, что это окно смотрит на лес. В очередной раз уверившись, что благоразумие — это не ее добродетель, заглянула под жалюзи и увидела спальню: кровать с позолоченным изголовьем и балдахином из парчовой ткани. У кровати, в человеческий рост, стояло белое изваяние, которое поначалу Дайнека приняла за живую женщину. В ногах кровати стояла кушетка и лежал бордовый ковер, простиравшийся до окна, у которого застыла она.

Вдруг свет погас, но тут же вспыхнул фонарь в руках белого изваяния. Мелькнула тень, на кушетку упал халат, а на кровать уселся мужчина. В неясном свете Дайнека не могла рассмотреть лицо, видела только, что он немолод и худощав.

Мужчина взял пульт, и комната наполнилась мерцанием телевизора. Мимо него кто-то прошел. Дайнека увидела женщину с подносом в руках. Поставив его на тумбочку, она скинула дорогой цветастый халат и, оставшись в ночной рубашке, повернулась лицом к окну.

У Дайнеки подкосились колени.

— Господи... Это же Таисия Ивановна... **121**

Та подошла к окну и наглухо задернула шторы. Дайнека упала на землю и замерла. Убедившись, что ее не заметили, поднялась и бросилась прочь.

Перевалившись через забор, она спустилась на свою территорию. Тишотка встретил ее радостным визгом, однако на всякий случай схватил ежа и уволок его в дом.

Дайнека провела беспокойную ночь, пытаясь осознать, связать воедино то, что знала о стариках, об их маленьком бедном доме и то, что увидела ночью через окно в роскошном особняке.

Когда она спросила у Таисии Ивановны, не поселился ли кто-то в особняке, та ответила, что не видела ни души. Мужчиной, что лег на кровать и по-хозяйски включил телевизор, без сомнения был Савелий Васильевич. Почему он так бесцеремонно распоряжался в чужом доме и почему Таисия Ивановна бессовестно соврала, пока оставалось тайной.

Назавтра, как только проснулась, Дайнека отыскала отцовский бинокль и, выбрав позицию, изучила каждый сантиметр на фасаде мертвого дома. Окна закрыты жалюзи, никакого движения ни в доме, ни во дворе. Помаявшись, она достала старую телефонную книжку и нашла телефон Перевозниковых.

Понимая, что лезет куда не просят, все-таки позвонила. Таисия Ивановна подняла трубку, и Дайнека сказала первое, что пришло в голову:

— Можно, я к вам зайду? Очень скучно, я в доме одна.

— Минут через тридцать, пока с делами управлюсь. Приходи, будем рады.

Догадавшись, что Перевозниковы еще в особняке, Дайнека взяла бинокль и кинулась на балкон. Но сколько ни смотрела, не заметила того, как они вышли из мертвого дома.

Когда раздался звонок и Дайнека взяла трубку, Таисия Ивановна мирно спросила:

— Ну что же ты, Людочка, не идешь? Мы уже стол к чаю накрыли.

Отложив бинокль, она вышла из дома. По дороге перебирала разные объяснения и, уже подходя к калитке Перевозниковых, решила: наверное, старики присматривают за домом по просьбе хозяев. Однако в такую версию не вписывалась ложь Таисии Ивановны.

Савелий Васильевич сидел у стола, накрытого старенькой скатертью.

— Страшно небось одной ночевать?

— Нет, просто немного скучно. — Она решила пойти ва-банк. — А вы сегодня где ночевали?

Старики удивленно переглянулись:

— Дома, в соседней комнате...

— А... — сказала Дайнека и попыталась загладить неловкость. — Просто мне показалось, что вы уезжали.

— Куда нам теперь ездить, — сказал Савелий Васильевич, поднося кружку ко рту. — Чай-то пей, остынет небось.

Дайнека взяла горячую кружку и непроизвольно обвела кухню глазами. Ничто из того, что она сейчас видела, не объясняло вчерашнего случая. Таисия Ивановна была в том же ситцевом платье. Савелий Васильевич — в тренировочных штанах и рубашке, купленной на самом дешевом рынке. Никаких дорогих халатов или признаков **123** роскоши не было. Как говорится, бедно, но чисто. Все как всегда.

Отхлебнув пару глотков, Дайнека зашла с фланга:

— Не знаете, кто присматривает за домом? — Она кивнула на особняк.

Таисия Ивановна повторила то, что сказала вчера:

— На днях приезжал садовник. Больше там никто не бывает.

Когда Дайнека уходила от Перевозниковых, она запнулась о черные туфли, которые старик тут же надел, чтобы проводить ее до калитки.

Выйдя на улицу, Дайнека остановилась.

— «Силвано Лоттанци»... Боже мой! — Она обернулась, а потом побежала домой и прямиком направилась в отцовскую спальню. Открыла шкаф с обувью, достала одну пару, поднесла к свету и прочитала надпись внутри ботинка:

— «Силвано Лоттанци, калцилайо»... Сапожник...

Ботинки, которые она держала в руках, отец шил на заказ в мастерской дорогого итальянского сапожника. Такие ботинки стоили пять тысяч евро.

Там, в доме у стариков, она споткнулась о ботинки этой же марки. И те ботинки принадлежали Савелию Васильевичу Перевозникову.

Ночью Дайнека проснулась от какой-то тревоги. Лежа в постели, смотрела на потолок. Казалось, что по белой поверхности мечутся желтые тени. Вскочив на ноги, подбежала к окну и увидела языки пламени.

Сначала ей показалось, что горит таинственный особняк. Потом, перебежав к другому окну, она поняла, что это костер на его газоне. Дайнека стояла у окна до тех пор, пока он не потух, однако никого не заметила.

Когда чуть-чуть рассвело, она опять подтащила лестницу и перебралась на соседний участок. Костер еще тлел. Непрогоревшие деревяшки переливались искристыми сполохами. Дайнека пошевелила золу носком своего ботинка и вынула оттуда обугленный газетный кусок.

— Розовый заяц, — прочитала она. — Химчистка «Розовый заяц»...

Дайнека перевернула бумажку и на обратной стороне прочитала заголовок статьи:

— Кровавая расправа в компании «Посейдон»... Восемь трупов... Похищены деньги... Никто не остался в живых...

Дайнека почувствовала дрожь сначала в руках, потом затряслись колени. Она рванула к забору и забралась на него с немыслимой быстротой. Еще через мгновение она была на своей стороне. Схватив Тишотку, вбежала в дом. Закрыла дверь на замок; поднялась в свою комнату и тоже заперлась. Этого показалось мало, она забралась под одеяло и накрылась им с головой.

Минут через десять Дайнека была готова обдумать то, что случилось. Этой ночью на соседнем участке сожгли газетные вырезки, которыми, по словам Таисии Ивановны, увлекался Савелий Петрович. Это подтверждает найденный клочок с рекламой химчистки «Розовый заяц», который она заметила в доме у стариков, когда рассыпалась упавшая папка.

На этом же клочке, с другой стороны — заметка о кровавой расправе в офисе «Посейдона». По словам старухи, она там работала. Получается, старики имели отношение к этому делу. Иначе зачем собирали вырезки? А если пришить к истории особняк, в котором они тайно хозяйничали, дорогую одежду и обувь, легко предположить, куда ушли деньги из офиса «Посейдона».

— Неужели старики убили всех восьмерых?.. — Содрогнувшись, Дайнека поняла, что никогда не сможет в это поверить.

Сомнения заставляли ее мысли метаться в разные стороны.

— А если — они? Да это же просто какие-то Бонни и Клайд...

Никогда еще она не желала так сильно, чтобы маленькая стрелка часов подошла к девяти, а большая к двенадцати. Ровно в девять часов утра Дайнека позвонила Сергею Вешкину.

— Послушай, Дайнека, — сердито сказал он. — Я, конечно, понимаю, что ты просила ускориться, но...

— Сережа, Сережа! Я не за тем!

— Прямо таран какой-то, а не девчонка. Ну, чего тебе еще нужно?

— Все, что сможешь найти про убийства в офисе «Посейдона». — Она беззастенчиво пользовалась дружеским расположением Вешкина.

Услышав слово «убийство», Вешкин встревожился:

— Постой. Во что ты опять вляпалась?

— Ни во что, — как можно беспечней отмахнулась она. — Это случилось лет десять — двенадцать назад. Очень надо, пожалуйста, найди все, что сможешь. Лучше, если копию материалов дела...

Вешкин остановил ее:

— Ты хоть понимаешь, о чем говоришь?.. Совсем обнаглела... Копию дела ей подавай, — он немного смягчился: — Может, и дела-то никакого не было. С чего ты это взяла?

— Было! — убежденно заявила Дайнека.

— Это случилось в Москве?

— Да, об этом даже в газетах писали.

— Отец знает? — строго спросил Сергей. — Знает, для чего тебе это нужно?

— Знает! — Уверенно соврала она, резонно предположив, что Сергей не станет звонить отцу.

— Для чего?

— Делаю курсовой.

— Это по какой же дисциплине? — усомнился Сергей.

— Правоведение.

После продолжительного молчания он тихо спросил:

— С каких пор на твоей специальности правоведение изучают?

— Сережа, — проникновенно сказала она. — Сколько лет назад ты закончил учебу?

— При чем тут это?

— При том, что с тех пор многое изменилось.

— Ладно, — ответил он. — Если что-то найду — позвоню.

Остаток дня Дайнека провела в Интернете. Нашла только одно упоминание о том, что случилось в офисе «Посейдона»: вечером тридцать первого декабря там были убиты восемь человек, которых обнаружили сотрудники, пришедшие после 127 праздников на работу. Среди погибших — трое из руководства и юрист компании «Посейдон». Кроме них обнаружили трупы четырех мужчин. Все погибшие были застрелены, здесь же нашли оружие. Случившееся отнесли к разряду криминальных разборок.

Дайнека припомнила все, что знала про стариков. Таисия Ивановна — скромная женщина, всю жизнь проработала в офисах. Мало зарабатывала, малым довольствовалась. Во всяком случае, так считали все окружающие. Старик до недавнего времени работал в школе учителем по труду. Никто из соседей не мог сказать про них ничего плохого. Она вдруг поняла, что это и настораживало.

Сергей Вешкин позвонил неожиданно быстро.

— Проверь электронную почту. Я тебе кое-что переслал.

— Что? — с нетерпением спросила Дайнека.

— Копии материалов дела. Конечно же, там не все.

— Как тебе удалось? — В голосе Дайнеки послышалось ликование.

— Есть один друг, вместе жили в общежитии, когда в универе учились. Он запросил дело из архива, ну и... — Вешкин строго спросил: — Слушай, я там посмотрел фотографии... Где ты находишь такую жуть?

Дайнеке нечего было ответить. Это был вопрос, который она часто сама себе задавала.

— И еще... — продолжил Сергей. — «Посейдон» проходил по разным делам, связанным с отмыванием денег и причастным к криминалу.

128   — Теперь его нет?

— Прикрыли через год после убийств.

— Спасибо тебе, Сергей! — торжественно объявила она, после чего нажала отбой.

Стоит ли говорить, что через минуту Дайнека уже просматривала полученные документы. Среди них было несколько фотографий, на которые нормальному человеку было невозможно смотреть. Разобравшись в том, что имелось в наличии, Дайнека в первую очередь прочла протокол первичного осмотра места преступления. Из него следовало, что все было тщательно подготовлено кем-то, кто действовал внутри офиса. Это же подтверждала выведенная из строя система видеонаблюдения.

Потом она ознакомилась с собранными по делу материалами. Среди прочих нашла показания Таисии Ивановны Перевозниковой. Та рассказала, что ее, как и остальных служащих фирмы, отпустили раньше положенного времени. Когда все расходились, в офис явились гости, которых ждали в кабинете директора.

Следователь спросил Таисию Ивановну:

«Сколько их было?»

Последовал ответ:

«Шестеро».

«Вы это видели?»

«Да, я точно помню, что их было шестеро. Мы столкнулись в дверях главного входа. Я отступила. Все шестеро прошли мимо меня».

«Во сколько они пришли?»

Таисия Ивановна ответила:

«Ровно в шестнадцать часов, когда расходились сотрудники офиса».

«Вы тоже ушли в шестнадцать часов?»

Она ответила:

«Как и все».

До вечера Дайнека перечитывала показания сотрудниц, которые в шестнадцать часов покинули офис. Их, кроме Таисии Ивановны, было трое. Она обратила внимание, что двое вовсе не видели визитеров. Та, что ушла чуть позже, видела, но всего четверых.

Она вернулась к протоколу допроса Перевозниковой и, прочитав фразу «мы столкнулись в дверях главного входа», насторожилась. Снова вернулась к показаниям тех троих. Скоро Дайнека поняла, что в офисе «Посейдона» служащие обычно использовали заднюю дверь, оттуда было ближе идти до электрички. Значит, у троих свидетелей не было возможности увидеть пришедших в полном составе. Их могла видеть только Таисия Ивановна.

Наконец, Дайнека обнаружила запись, где Таисия Ивановна объясняла, почему в тот день воспользовалась главным входом. У здания, в машине, ее ожидал муж.

Дайнека отыскала на карте в Интернете, где располагался офис. Оказалось, это место и теперь — окраина города. Такие районы называют промышленной зоной.

Вернувшись к материалам дела, она еще раз просмотрела документы, в которых делались выводы, что в ходе встречи из-за возникших противоречий и та и другая стороны открыли стрельбу. На месте преступления нашли кучу оружия. Все сотрудники «Посейдона» были убиты. Из шестерых пришедших убили лишь четверых. Двое скрылись, прихватив с собой деньги.

Дайнека вернулась к другим показаниям. Бухгалтерша по фамилии Лещ утверждала: утром того же дня в офис привезли две сумки. Она предположила, что в них были деньги.

Дайнека встала из-за компьютера, прошлась по своей комнате. Глядя на мертвый дом сквозь окно, попыталась собрать воедино то, что уже выстраивалось в ее голове. Сам собой сложился вопрос.

«А были на самом деле те двое?»

Сотрудница видела всего четверых пришедших в офис людей. Убитыми нашли восьмерых. Четверо из них — работники офиса. Четверо — визитеры. И только Таисия Ивановна видела тех двоих, которые пришли с четырьмя, которых потом убили.

«Их не было, — сказала себе Дайнека. — Сумки забрал кто-то другой».

Как ни трудно было соединить несоединимое, сложить то, что никак не желало складываться, но ей пришлось это сделать. Сомнений не оставалось. Деньги похитили старики Перевозниковы. Подтверждение тому — особняк, газетные вырезки, дорогая одежда, ложь и притворство. Имеет ли к этому отношение их пропавший сын Алексей? В этом предстояло разобраться полиции, куда Дайнека твердо решила пойти завтра утром, потому что не могла этого не сделать.

Ее смущало только одно. Что она могла предъявить в доказательство своей версии? Ничем не подкрепленные умозаключения, догадки, предположения и штиблеты, оставленные стариком у порога?

Сегодня утром, глядя в бинокль, она заметила между косяком и дверью, ведущей в бойлерную 131 особняка, щель. Возможно, разжигая костер, кто-то ею воспользовался и потом неплотно закрыл. Так это или нет, Дайнеке предстояло проверить ночью, а заодно — поискать необходимые доказательства.

Вечером в их районе вырубили электроснабжение. Дайнека зажгла свечу и снова смотрела на особняк в отцовский бинокль. В кромешной тьме не было видно ни лучика. Дайнека ходила по комнате, ожидая полуночи, когда уснут старики. Тишотка провожал ее взглядом.

— Ты останешься дома, — сказала ему она.

Он и не возражал.

В первом часу ночи Дайнека проверенным способом перелезла на соседний участок. Пробежала до двери бойлерной, нащупала в кармане фонарик. К счастью, дверь действительно была отперта. Она юркнула внутрь и сразу включила фонарь. Из бойлерной перешла в коридор, оттуда — в гостиную.

Дайнека прислушалась. Убедившись, что все тихо, осветила стены гостиной. В центре комнаты, коробочкой, стояли диваны. При первом взгляде на них Дайнека определила: они отнюдь не местного производства и куплены за большие деньги. Мраморный камин у наружной стены по высоте равнялся росту Дайнеки. Если бы захотела, она поместилась бы в него, не сгибаясь.

Направив фонарик вверх, увидела царственную конструкцию из хрусталя и золотого металла. Хрусталь таинственно засверкал.

— Да... — прошептала Дайнека и направилась к столику, на котором стояли всякие рамочки.

Рассчитывая, что сейчас откроет все тайны, **132** взяла самую большую и осветила ее. Рамка была пустой... Взяв еще одну и еще, Дайнека поняла, что ни в одной из них нет фотографий.

— Зачем ты сюда пришла?

Обернувшись, Дайнека обнаружила перед собой лицо ужасного человека. Ничего страшнее в своей жизни она не видела. Запавшие в череп глаза, бугристое лицо, гигантские надбровные дуги. Теряя сознание, вдруг поняла, что освещает лицо снизу, и перенаправила свет фонаря.

Страшный монстр, возникший из темноты, на глазах превратился в Таисию Ивановну.

— Людочка, зачем ты сюда пришла?

— Я... я только хотела... — Это все, что Дайнека могла сказать.

— Идем со мной... — Старуха направилась к выходу из гостиной.

Дайнека и не думала ей перечить, просто как зомби двинулась следом. Они прошли коридор. Там тоже было темно. Таисия Ивановна открыла дверь комнаты, и они вместе зашли в спальню.

На тумбочке горела свеча. На кровати поверх одеяла лежал старик. Со сложенными на груди руками он напоминал позу покойника. На глазах Савелия Васильевича лежали монетки по пять рублей.

— Зачем это... — пролепетала Дайнека. — Вы хотите меня напугать?

— Он умер, — сказала старуха. — Умер этой ночью. Во сне.

Дайнека села на кушетку в ногах кровати. Таисия Ивановна стояла у ее изголовья в ярком халате из натурального шелка, и было в этом что-то противоестественное, ненастоящее.

— Таисия Ивановна, зачем вы убили тех людей?

Сама не ожидала, что задаст вопрос напрямую. Врожденное простодушие дало о себе знать. Дайнека презирала себя, но поделать с этим ничего не могла.

— Ты догадалась по вырезкам из газет? — спросила старуха и перевела глаза на покойника. — Сколько раз говорила: не нужно хранить дома. Упрямый старик... Впрочем, теперь это не важно.

— Это вы сожгли их прошедшей ночью?

— Нужно было сжечь раньше.

— Вы ведь соврали, что в офис пришли шесть человек?

Старуха посмотрела на нее безразлично.

— Это мы с Савелием забрали те деньги.

— Как это было?

— Зачем тебе знать?

— Расскажите, и я решу, как мне поступить, — отважно заявила Дайнека.

Старуха потянулась, чтобы, как обычно, погладить ее по голове, но Дайнека решительно отстранилась.

— Милый ребенок... — сказала Таисия Ивановна и села рядом с ней на кушетку. — Это случилось тридцать первого декабря. Нас отпустили с работы раньше. Все знали, что в кабинете директора ждут важных гостей. Савелий приехал за мной на машине, чтобы мне не ехать на электричке. На выходе я столкнулась с мужчинами, их было четверо. Я пропустила их, вышла, и мы с Савелием поехали домой. Уже добрались, когда я вспомнила, что забыла на работе новогодний подарок для Алексея.

— Для сына? Он был еще... — Не закончив, Дайнека поправилась: — Он был еще с вами?

Старуха кивнула.

— Мы вернулись. Свет в приемной горел. Я хотела по-быстрому добежать до своего кабинета, а когда зашла, так и остолбенела. — Таисия Ивановна поджала губы. — Кругом кровища. Мертвые — кто где. Повсюду оружие. Они, видно, как начали палить, так и перестреляли друг друга. Посреди приемной — две черные сумки, а в них — пачки долларов. Я кинулась к выходу, но когда поняла, что живых в здании нет, вернулась.

— Что было дальше?

— Сначала хотела уйти. Потом вдруг представила, сколько можно всего купить на такие деньжищи... Сыну — машину... Савелию вставить зубные протезы. Новый дом, тепличку построить... И такое искушение меня одолело, что я решила взять эти деньги, а там пусть будет, что будет. Разве я тогда понимала, что теперь зло крадется ко мне! — Старуха посмотрела на мертвеца. — Вышла к Савелию, все рассказала. Он и слышать не захотел, все твердил про закон, про милицию. Но я сумела его убедить. Мы пошли и забрали те сумки.

— Вас заподозрили?

— Нет. Никто не видел, что я возвращалась. Потом я сказала, что в офис пришли не четверо, а шесть человек. Их не нашли, и все решили: те двое, что остались в живых, унесли деньги с собой.

— Кто это придумал? — спросила Дайнека.

— Все придумала я. Савелий — ангельская душа... Не будь меня, он бы никогда не решился. — Таисия Ивановна горько вздохнула. — Мы долго 135 ждали, что нас найдут. Но все было тихо, и мы успокоились.

— Значит, вам повезло... — прошептала Дайнека, стараясь не глядеть на покойника, лежащего на кровати.

— Повезло? — Старуха заговорила сквозь рыдания. — Через два месяца пропал наш Алеша. — Она заплакала. — Я сразу поняла почему: за эти деньги мы расплатились сыном. А я, глупая, хотела купить машину... Господь одной рукой дает, а другой — забирает...

— Сильно сомневаюсь, что эти сумки вам дал господь, — проворчала Дайнека. — Скорее наоборот. — Однако ночью, рядом с покойником, она не стала поминать имя нечистого.

— Первые деньги потратили на то, чтобы найти Алешу. Потом заболел Савелий. Потратились на лечение. После этого тратили только потому, что деньги были. Уехать мы не могли. Все время ждали Алешу. А ну как вернется? А нас — нет. Постепенно выучились скрывать, обманывать, изворачиваться. Вроде бы все было, а главного не хватало. Дом купили незадолго до того, как приехали вы. Стали жить в нем с оглядкой. В старом доме бывали только для виду.

— Кого я видела той ночью в окне?

— Когда случилась гроза? Савелия. Я попросила его проверить, закрыты ли окна.

— Ни разу не замечала, чтобы вы сюда заходили.

Старуха поманила ее рукой.

— Идем-ка...

Они спустились по лестнице. Из подвала двинулись в коридор, по которому прошли метров тридцать. Поднявшись по ступеням наверх, оказались в старом доме стариков Перевозниковых.

— Значит, из дома в дом вы пробирались по подземному переходу...

— Я рада, что все закончилось. Ты ведь пойдешь в полицию?

Дайнека не знала, как ответить на этот вопрос. Старуха виновато продолжила:

— Только вернуть мне им будет нечего. Денег уже нет.

— Вы все потратили?

— Потратили мы немного. Вовремя спохватились. Савелий как-то сказал: души нужно спасать. Два года назад все деньги отдали на строительство детского дома. Не здесь, не в Москве. Савелий увез на родину, в Минусинск. Теперь в этом доме дети живут, сто пятьдесят человек. — Она снова вздохнула. — Не знаю, как дальше жить...

Неожиданно для себя Дайнека обняла Таисию Ивановну.

— Вы хорошо сделали. Кто-то должен останавливать зло.

— Милый ребенок, — вздохнула старуха, однако не решилась погладить ее по голове.

Дайнека вернулась домой больная. Она не могла спать: маялась, словно от боли, ходила по дому туда-сюда, представляя себе Таисию Ивановну, которая сидит в темноте возле мертвого мужа. К утру она окончательно поняла, что в полицию не пойдет. И дело было не только в том, что ей было жаль старуху. А в том, что деньги преступников достались брошенным детям. Какой 137 справедливости добьется Дайнека, если заявит в полицию? Таисия Ивановна поддалась искушению и потеряла всех, кого любила. Какой же прок сажать старуху в тюрьму?

Утром Дайнека собрала свои вещи, посадила Тишотку в машину и вернулась в городскую квартиру. Встречаться с Таисией Ивановной на улице, в магазине или где-то еще было выше ее сил. Ловить выжидающий взгляд и чувствовать себя вершителем судеб она не желала.

Закончился май. Дайнека сдала сессию. Отец вернулся из отпуска и рассказал, что таинственный особняк обрел новых хозяев.

В тот же день ей позвонил Вешкин.

— Послушай, кажется, я нашел!

— Что? — спросила Дайнека.

— Не что, а кого.

Она сообразила, о ком идет речь.

— Ты нашел Перевозникова?

— Кажется — да.

— Где он сейчас?! — Дайнека опомнилась, только когда услышала свой крик.

— В тот день, когда он пропал, в электричке его угостили пивом. Он выпил. Очнулся — ни документов, ни денег. Кто такой, как зовут — не помнит. Сел в одну электричку, в другую... Так всю весну и лето по электричкам и поездам мотался. Когда пришли холода, его подобрали в Новосибирске и определили в психушку. Пробыл там год. Понемногу восстановился. Теперь — женат, имеет двоих детей.

— Как ты его нашел? — Дайнека не знала, как благодарить Вешкина, в тот момент она его обожала.

— Если бы он сам не начал искать, мы бы его фиг нашли. Кое-что вспомнил: где жил, имя матери, первую букву фамилии. Так по мелочам информация набралась. Добрые люди поместили его в базу данных. А тут и мы подоспели. Спустя столько лет... — Сергей Вешкин не скрывал своей радости. — Сейчас же скину его телефон и адрес. Можешь сказать родителям.

— Не могу. Осталась одна мать, и я... В общем, прошу, сообщи ей сам.

— Странная ты, Дайнека, девица... Вышли адрес. Ради такого случая сам к ней поеду.

Прошел почти год. В конце весны Дайнеке позвонил какой-то мужчина, сказал, что должен передать ей письмо. Они встретились у метро, и он отдал конверт.

Теперь Дайнека сидела на подоконнике и смотрела в окно. Рядом с ней лежало письмо, которое она должна была дочитать.

«...Ты научила меня надеяться, и я дождалась сына. Помню, как ты сказала: кто-то должен останавливать зло. Ты остановила его. Я благодарю бога за встречу с тобой и за то, что он вернул мне самое дорогое — моего сына.

Прощай и прости меня.

Знакомая тебе,

Таисия Ивановна».

Дайнека подняла голову и снова посмотрела в окно, а потом вспомнила, что сказал тот мужчина, когда отдавал ей конверт.

— Письмо от моей матери. Она вчера умерла.

АННА
ДАНИЛОВА

• ИСКУПЛЕНИЕ •

1

Ну, как она там? По-прежнему? Обо мне и слышать ничего не хочет? Понятно... Ладно... Давай так. Снова собери ей продукты, принеси, скажи, что от тебя, что ты — подруга и не можешь не помочь ей в трудную минуту... Я это уже говорил? Да я все понимаю... Но что могу поделать? От меня-то она все равно ничего не примет... И еще, Аля, не забудь про гранаты... Ты же говоришь, что она болеет, что у нее постоянно что-то болит, что она по-прежнему прихрамывает... Господи, я же мог бы отвезти ее к лучшему хирургу... И как это ее угораздило подвернуть ногу? Неужели она не понимает, что в таких делах медлить опасно? Сколько это уже продолжается? Три дня?.. Не расстраиваться? Что-нибудь придумаешь? Да разве тут можно что-нибудь придумать?! Я уже себе голову сломал надо всем этим... Все понимаю умом, но поделать ничего с собой не могу... Ну что, все? Договорились?

...Произнося последние слова, Сергей Николаевич Борисенко уже осознавал, что находится в машине не один, что помимо водителя рядом с ним сидит его брат Григорий, человек хоть и близкий ему и понимающий, но все равно продолжающий придерживаться своих принципов.

«Мерседес» плавно двигался вдоль Садового кольца, водитель в душе молил бога о том, чтобы та пробка, которую они только что пережили, была на их пути последней.

— Сережа, я понимаю, что с тобой давно уже бесполезно разговаривать на эту тему. Больше того, что эта тема для тебя болезненная, но все равно скажу... Просто не могу сказать. Ты ведешь себя как тряпка. Твоя жена ушла от тебя к другому, понимаешь? Она тебя бросила. Оставила все, понимаешь, все, ради чего другие женщины готовы на все, — на унижения, предательство, даже на преступления...

— В том-то и дело, что она все бросила... — нервно произнес Сергей Николаевич. Русоволосый, с бледным лицом и большими карими глазами, мягкими движениями и внешне выглядевший много моложе своих лет (ему недавно исполнилось сорок), Сергей Борисенко тем не менее, руководя большим количеством людей, умел при всей своей внешней незащищенности и неуверенности быть строгим и подчас даже жестоким. Но только не по отношению к своей жене... Бывшей... Бывшей ли? Они же так и не успели развестись...

— Сережа, она все бросила ради похоти, неужели ты не понимаешь? Она словно сорвалась с цепи... Она же ушла с этим негодяем прямо 141 со дня рождения Вити Караваева, на глазах у всех. На твоих глазах!.. Я, правда, не видел, но мне рассказывали: он увел ее прямо за руку... она была словно парализована... Она что, не понимала, что бросает тебя? Что обратного хода не будет? Что она своим уходом наплевала тебе в душу?! Ты для нее сделал все, она жила, как... как я не знаю кто... Могу представить себе, сколько ты положил на ее счет... Да она в роскоши купалась, ела, можно сказать, с золотых тарелок...

— Я справлялся, с тех пор она не взяла со своего счета ни рубля, — кротко заметил Сергей. — И это при том, что та скотина ее бросила, что Люба голодает, что она болеет... Она прихрамывает, представляешь? И вообще, эта ее подруга, с которой я сейчас говорил...

— Кассирша, что ли, с которой твоя любимая работала в супермаркете? — усмехнулся Григорий.

— Да... Аля говорит, что Люба находится в глубочайшей депрессии, что она на грани, понимаешь?!

— А ты как думал? Слишком уж разительный контраст... Сначала жить с тобой, как у Христа за пазухой, а потом упасть ниже некуда, стать нищей, снимать квартиру...

— Да вот еще и квартира... Она задолжала за три месяца... Аля говорит, что ее могут выгнать, если она не найдет денег. Но если она ей даст эти деньги, то это будет выглядеть противоестественно. Откуда у простой кассирши тысячи долларов?

— Значит, переедет в более скромную квартиру.

— Сейчас сложно найти дешевую квартиру.

— Пусть ищет коммуналку.

— Какой же ты жестокий, Гриша! — воскликнул в сердцах Сергей. — Ты же раньше любил Любу, восхищался ею, говорил, что она — сама доброта, что мне повезло с женой... Скажи, ты говорил так? Говорил?

— Не цепляйся за воспоминания. Это было давно и неправда. С тех пор прошло хоть и не так уж много времени, но многое изменилось... Твоя жена изменилась. Она предала тебя. Она изменила тебе с другим, она променяла тебя, человека порядочного, любящего, на какого-то бродягу... Я так и не понял, откуда он взялся... Не удивлюсь, если узнаю, что он положил на нее глаз еще раньше... перед днем рождения Караваева и что он подбивал к ней клинья исключительно потому, что она — твоя жена... Думаю, что он и бросил ее только потому, что она отказалась просить у тебя денег для него...

— Наконец-то ты понял это.

— Да все об этом говорят.

— Меня не интересует, кто и о чем говорит. Я хочу, чтобы она вернулась ко мне. Но ее, как говорит Аля, мучают угрызения совести, она испытывает чувство вины... А я знаю Любу — она не вернется... И пропадет...

Сергей вздохнул и вцепился пальцами в портфель. Отвернулся к окну. Майское солнце играло в витринах открывающихся магазинов, сверкало в стеклах проезжающих мимо машин... Москва оделась в пышную нежную зелень, попадавшие в поле его зрения женщины выглядели празднично, свежо... Он представил себе Любу, одиноко бре- 143 дущую по тротуару и прихрамывающую... Какую же ножку она себе повредила? Правую или левую? Он забыл спросить у ее подруги... У Любы такие красивые ноги, и вся она такая беленькая, стройная, нежная... Что с ней случилось в тот вечер? Почему она ушла с тем парнем? Может, и правда испытала к нему сильное сексуальное чувство? Но она никогда прежде не была страстной, хотя и старалась отвечать на его чувства... В ней было так много нераскрытости, стыдливости, и это ему так нравилось... И вообще, он был ее первым и, как он считал, единственным мужчиной. Они прекрасно жили два с половиной года... Пока не случился этот проклятый день рождения... И хотя прошло уже полгода с того времени, как Люба ушла от него, он никак не мог выбросить из головы то счастливое время, что они прожили вместе. После женитьбы все изменилось в судьбе молодого, известного в Москве архитектора Сергея Борисенко. Его жизнь, прежде наполненная исключительно работой, теперь была разделена на две части, первую из которых занимали дела, вторую — его тихая и ласковая жена Люба, его отношения с ней, приятные семейные заботы, обустройство новой квартиры и бесконечное тепло, переполнявшее теперь его существование. Его тянуло домой, ему хотелось как можно скорее оказаться рядом с женой, ужинать вместе с ней, разговаривать, лежать с ней на диване перед телевизором, мечтая о детях или покупке загородного дома... Нравилось ему делать ей подарки, он испытывал подлинный восторг, когда ему удавалось угодить ей, доставить радость. Он мог подолгу

целовать ее бледно-розовые теплые губы, играть

ее тяжелыми каштановыми волосами, обнимать ее в темноте, крепко прижавшись к ее ставшему таким родным телу. Сам не искушенный в физической любви, он постигал эту приятную науку с наслаждением, и ему казалось, что и Любе доставляет это удовольствие, что и она вместе с ним каждый раз открывает для себя что-то новое, прежде не изведанное... Они как повзрослевшие дети учились любви...

Теперь же, вспоминая об этом, он почему-то испытывал жгучий стыд и связывал это с чувством вины: а что, если он сам во всем виноват и Любе не хватало чего-то большего в интимной жизни? Только в этой сфере их отношений Сергей испытывал неуверенность (причем именно в силу своей неопытности), поскольку во всем остальном Люба должна была быть счастлива. Они были молоды, здоровы и очень богаты. Перед ними простиралась долгая и счастливая жизнь... Так что же произошло тем вечером на дне рождения Вити Караваева, чем так заворожил, примагнитил к себе нежную и не искушенную в любви Любу парень, имени которого так никто и не вспомнил? И как он вообще оказался на той вечеринке? Караваев потом клялся, что видел его у себя вообще первый раз... Сошлись на том, что этот незнакомец со жгучими черными глазами и длинными волосами — проходимец...

— Радуйся, — сказал ему как-то Виктор на ухо, обдавая коньячным духом (друзья ужинали в ресторане, изливая друг другу душу), — что он Любу твою не раздел и не ограбил, а потом зарезал прямо на лестнице, что она вообще жива... Она же вся сверкала брильянтами в тот вечер...

Вот Витька — единственный, кто поддерживал его, кто понимал его страдания и не осуждал за мягкотелость и готовность простить сбежавшую жену.

— Из всех зол всегда следует выбирать меньшее, — похлопывал он Сергея по плечу. — Это она сейчас не может к тебе вернуться, а потом вернется... Все принципы рано или поздно упираются в голод, а голод — это, скажу я тебе, страшная вещь...

И хотя он был прав, Сергею все равно было неприятно, что разговор о голоде идет применительно к его жене, Любе, что это она голодает, что она брошена, что у нее долги...

Это люди Виктора Караваева разыскали Любу, узнали, где она снимает квартиру (причем одна), что работает кассиршей (!!!) в расположенном рядом с ее домом супермаркете. Сергей поехал к Любе, но когда она, открыв дверь, увидела его, тотчас захлопнула ее... Они разговаривали через дверь, тихо, как очень близкие, но расставшиеся навсегда люди... Он говорил, что готов принять ее, что простил и хочет, чтобы они снова жили вместе. Люба же тихо плакала за дверью и говорила, что ей стыдно и что она никогда не вернется к нему, что она должна заплатить за свою ошибку, за предательство и что после всего того, что она натворила, между ними все равно уже никогда не будет тех, прежних, отношений, которыми они вместе когда-то дорожили... И что это справедливо, что она живет теперь так, как живет...

Он приходил потом еще раз, знал, что она дома, но она так и не открыла дверь... А позже, познакомившись с ее подругой Алей, которая время от времени навещала Любу, Сергей, чувствуя, что с женой происходит что-то нехорошее, опасное (к тому времени он уже знал, что Люба не ходит на работу, возможно, болеет), попросил помочь ему передавать Любе хотя бы продукты и лекарства.

— Ей нужны успокоительные средства, — призналась Аля.

Сергей нашел ее в супермаркете, за кассой — на своем рабочем месте. Говорили быстро, поскольку была очередь.

— Вот, это продукты, которые ей надо передать... Что еще? Может, деньги?

— Она может догадаться, — закатила глаза Аля, маленькая полненькая брюнетка с усиками над верхней губой. — Нет, продукты я ей так и быть принесу, скажу, что от меня лично... Как и всегда. А вообще-то у нее депрессия. Она говорит только о вас, о том, что...

Но она так и не успела договорить. Очередь возмущалась, да и невозможно было дальше продолжать этот разговор в присутствии посторонних людей. Ярко освещенный огромный супермаркет напоминал гигантский аквариум с плавающими в нем разноцветными фигурками... И что-то праздничное и вместе с тем неестественное было в этом обилии красок, света, шума... Особенно рябило в глазах возле стеллажей с фруктами. Апельсины резали глаза своей флюоресцентной оранжевостью... Сергей снова сделал круг, толкая впереди себя корзину, и вновь оказался возле кассы...

— Вот, гранаты... можно ваш телефон, Аля?

Она быстро нацарапала на клочке бумаги номер и протянула ему.

— Она очень плоха... Но я постараюсь убедить ее в том, что вам надо хотя бы встретиться и поговорить... нормально, как цивилизованные люди... Поверьте, мне ее и вас искренне жаль... Знаете, — добавила она шепотом, — у нее волосы начали выпадать...

...Он очнулся. Григорий что-то говорил ему, но он никак не мог воспринять смысл его слов.

— Сережа, что с тобой? У тебя лицо белое как бумага, — Гриша внимательно посмотрел на брата. — Тебе плохо?

— Нет, нормально. Только горло болит. Глотать больно. Проклятье...

— Я-то думал, что у меня брат — здравомыслящий человек... Ты оглянись только! Посмотри, какое восхитительное утро! Весна, брат! Какой воздух...

— С воздухом ты явно перебрал... — сухо заметил Сергей. — Где это ты в Москве, да еще и в самом ее центре, нашел свежий воздух?

— Все равно... Небо какое... нежное, голубое...

— Не старайся... Из тебя все равно бы не вышел поэт.

Они приехали на место. Машина подрулила к вычурному, украшенному лепниной бледно-желтому особняку — офису архитектурно-строительной фирмы, которой руководил Сергей.

Выйдя из машины, он задрал голову вверх — ярко-голубое небо, насыщенное солнечным светом, ослепило его...

— Какое холодное солнце, — сказал он сам себе и быстрым шагом направился к крыльцу.

Григорий едва поспевал за ним...

2

«Почему они все на меня смотрят? Неужели я стала такой заметной и все видят, что мне худо, что я стала такой слабой да к тому же еще и хромой?»

Она шла, как ей казалось, быстро. Но на самом деле медленно. И каждый шаг давался с трудом. И если тело не хотело слушаться, то разум был ясным, как и этот чудесный день, наполненный солнцем... А разумом она понимала, что дальше так продолжаться не может, что непозволительно вот так выставлять себя жертвой, чтобы люди испытывали к тебе исключительно жалость. Зачем Аля таскает ей продукты? Неужели она не верит в то, что она, Люба, выйдет на работу, что она в состоянии работать, тем более что на кассе ей не придется особо-то напрягаться физически, там важна сноровка и реакция... Вот! Реакция. А она у нее в последнее время стала запоздалой. А люди не любят ждать, они нетерпеливые и грубые. Им подавай здоровых кассирш, у которых свертки и пакеты мелькают в руках, как будто бы они не живые женщины, а роботы. Штрих-коды. Мазнул малиновой светящейся полоской по штрих-коду — и готово дело! Пусть ты устала, пусть к вечеру чувствуешь себя мерзко и не хочется ничего из того, что проходит через твои руки, особенно еды, но все равно ты возвращаешься домой с чувством того, что ты — такая же, как и все, и что тебе тоже положены какие-то честно заработанные деньги. Без денег же никуда, они необходимы не только для того, оказывается, чтобы тратить их в свое удовольствие, а чтобы просто выжить: чтобы было чем заплатить за жилье, чтобы купить самую простую еду...

Надо работать, работать... А для этого неплохо было бы доковылять до супермаркета, разыскать Алю и попросить ее устроить ей встречу с Валентиной Николаевной, той самой, что принимала ее на работу в первый раз. Приятная и толковая женщина. Они всегда нормально ладили. А то, что Любе пришлось неожиданно уйти с работы, — так кто от этого застрахован. Сегодня здоровье есть, завтра — нет его...

Главное, добраться до супермаркета... Почему так трудно дышать? И отчего слезы струятся из глаз? Так нестерпимо бьет в глаза солнце, словно испытывая ее терпение, ее выносливость...

И эти нелепые деревья, разряженные в пух и прах... А запах... Запах тонколистных молодых тополей, и эти прозрачные длинные тени, дробящие солнечные потоки... Какое сегодня число? А год? А месяц?

Какие-то женщины, стремительно пронесшиеся мимо нее в цветастых платьях, напоминающие бабочек, на мгновение словно окаменели и возрились на нее, не сговариваясь, словно увидели что-то непонятное, невероятное, не поддающееся объяснению... Ну не три же глаза у нее... И лицо не зеленого цвета, не синего... Она смотрелась сегодня утром в зеркало: бледное осунувшееся лицо с небольшой угревой сыпью... У нее явно нарушен обмен веществ, это вполне естественно в ее состоянии... Она плохо питается, плохо спит, вернее, почти совсем не спит...

— Девушка, вам не холодно? — услышала она над самым ухом и вздрогнула. И тотчас раздался дружный смех обогнавших ее подростков, стайка которых тотчас же скрылась за углом дома...

Она остановилась напротив зеркально переливающейся витрины, чтобы посмотреть в свое отражение и понять, чем же она так привлекает внимание прохожих, и когда увидела, то чуть не захлебнулась собственным криком... На нее смотрело странное существо, закутанное в потертую кроликовую шубку, ноги засунуты в короткие замшевые красные сапоги, на руках — черные перчатки. А на голове — и это самое удивительное и страшное — синий берет с брошкой.

Она зажмурилась... Что с ней происходит и как она могла так нелепо и по-зимнему одеться, да еще и в солнечный теплый майский день?! Неужели она сходит с ума? И в таком виде она вышла из дома как раз в тот самый день, когда ей пришло в голову начать новую жизнь и заняться поисками работы? Что же делать? Возвращаться домой, чтобы переодеться (но тогда, если она вернется, дороги не будет, и ей уже не надо будет снова отправляться в супермаркет устраиваться на работу — если верить приметам, ей все равно не повезет), или же снять с себя эту чудовищную, страшную, побитую молью шубу (доставшуюся ей по наследству от прошлых жильцов квартиры) прямо здесь, на улице, а также переобуться и купить в ближайшем магазине легкую обувь? Но где взять деньги?

Она стояла так и раздумывала, пока не увидела Алю. Та находилась неподалеку, в тени большого тополя, и кормила собаку. Залитая солнцем, во **151** всем розовом, Аля, устроив два больших пакета на асфальте, не спеша, с удовольствием бросала двум бродячим отощавшим псам печенье. «Вот и я, наверное, выгляжу, как эти собаки...»

— Аля! — крикнула Люба, и на этот окрик ушло так много сил, что голова ее закружилась.

Та уронила печенье, увидела Любу и сразу же, подхватив пакеты, двинулась с улыбкой ей навстречу.

— Люба, что ты здесь делаешь? — И тут же, вероятно оценив ее наряд, нахмурилась и даже как будто бы хотела отвернуться, чтобы не видеть ее. — Люба... что с тобой? Почему ты в шубе?

— Не знаю... — чуть не плакала Люба. — Не понимаю, что со мной... Как будто бы и не было этих последних месяцев и я вышла в шубе по инерции... Словно на улице зима... Я хотела найти тебя и попросить устроить меня обратно, в супермаркет... Я не могу одна сидеть дома... Я должна работать... Я должна что-то делать, жить, ты понимаешь?!

— Ладно, разберемся... Пойдем.

Они вернулись домой. Взмокшая и ослабевшая, Люба сняла с себя шубу. Повесила ее на вешалку, разулась, прошла в комнату и рухнула в кресло. Убогая квартира с потемневшими, кофейного цвета обоями и продавленным диваном с коричневой обивкой. Пожелтевшие от времени занавески на высоком узком окне.

— Это продукты... Тебе надо хорошенько поесть, а потом мы с тобой не спеша решим, как тебе жить дальше... — Аля энергичными движениями выкладывала из пакетов продукты. — И в следующий раз, прежде чем тебе выходить на улицу, смотрись в зеркало.

— Скажи, я что, на самом деле сошла с ума? — шепотом спросила Люба.

— Нет. Просто ты скучаешь по своему мужу, вот и все, — следуя своему убеждению, подкрепленному ее договоренностью с Сергеем, уверенно проговорила Алевтина, внутри себя радующаяся тому, что делает правое дело, спасает человека. — И стоит тебе только принять решение, как сразу все переменится, ты увидишь, как мир засверкает вокруг тебя радужными красками, ты вздохнешь полной грудью и поймешь, что воздух-то на улице сладкий, что весна, что наступила пора любви, а не депрессии... И что депрессия, из которой ты пока никак не можешь выбраться, — всего лишь временное явление, и что только от нас самих зависит, как мы будем жить завтра...

— Да ты философ, — заметила Люба. — А к мужу я все равно не вернусь. И не потому, что боюсь его или еще чего там... нет, все гораздо хуже. Я люблю его, но поняла это слишком поздно... Если бы ты только знала, какой он... Да если бы он только увидел меня сейчас, в каком я состоянии, он бы взял меня на руки, принес домой... Искупал бы в ванне, накормил бы меня...

Она тихонько заскулила.

— Он честный, порядочный человек, а я... я — ничтожество...

— Ты что, с ума сошла? — замахала руками Аля.

— Ну сошла и что дальше?

— Я не в том смысле... Разве можно так говорить о себе? Ведь если ты не будешь любить себя, 153 то и другие тебя тоже не будут любить... Это же азбука!

— Но что поделать, если я себя на самом деле не люблю?

— А ты полюби себя... Сначала поешь вот... Гранаты... Они очень полезны. Бутерброд, хочешь, я тебе сделаю?

— Ты столько денег тратишь на меня... Когда я с тобой расплачусь?

— А ты радуйся. Ведь это говорит о том, что я верю в то, что ты скоро поправишься, устроишься на работу, заработаешь и вернешь мне... Мы же с тобой подруги...

— Как бы мне хотелось сделать что-нибудь приятное для тебя... Думаю, сделав тебе подарок, я получила бы огромное удовольствие... Там, в моей прежней жизни, я часто делала подарки подругам...

— И где они сейчас, эти твои подруги? — Аля бросила презрительный взгляд в окно, словно подруги столпились где-то там, под окнами.

— Они-то остались, это меня нет. С ними все в порядке, в отличие от меня. Они-то своих мужей не предавали, напротив, они держатся за них и очень крепко... и, думаю, продолжают держаться... После того, что я натворила, разве могла я отвечать на их звонки, что-то объяснять? Тем более что я до сих пор не могу понять, как так могло случиться, что я поцеловалась с этим Эролом в ванной комнате у Караваева...

— Я вот никак тоже не пойму: ты что, тогда много выпила, что ли?

154   — Не знаю...

— А может, этот Эрол твой подсыпал тебе что в стакан?

— Тоже не знаю... Но только мне вдруг стало как-то легко на душе, смешно... я даже смутно помню, как вышла с ним на лестничную площадку, как целовалась, а потом мы спустились с ним на лифте вниз, взяли такси и приехали сюда...

— А что потом?

— Утром его уже не было. И колец моих тоже... И колье...

— Он ограбил тебя, и никого ты не предавала... Думаю, этот тип нарочно пришел к Караваеву, чтобы снять какую-нибудь дамочку, усыпанную драгоценностями... Он сидел рядом с тобой?

— Да... Конечно, иначе как бы мы познакомились?

— Послушай, мы уже говорили с тобой об этом... Я понимаю: для тебя это неприятные воспоминания, но я хочу сказать тебе об одном — ты ни в чем не виновата... Этот Эрол (ну и имечко! Наверняка он его выдумал!) подсыпал тебе в вино или сок что-то такое, после чего ты перестала отвечать за свои поступки...

— Да какая теперь разница.

— Большая! Если ты не виновата, значит, тебе не должно быть стыдно возвращаться к своему Сергею.

— А откуда ты знаешь, как зовут моего мужа? — Люба повернула голову и внимательно посмотрела на подругу. — Ты что, с ним знакома?

— Люба, ты же сама сколько раз упоминала его имя... — Аля говорила чистую правду.

— Ну и ладно... Все равно... ничего уже не вернуть...

— Тебе надо было вернуться сразу же после того, как ты пришла в себя...

— Но разве он поверил бы мне, что между нами ничего не было? Что он привез меня сюда, ограбил и исчез так же внезапно, как и появился...

— А хозяйка квартиры? Она что-нибудь о нем знает?

— Нет. Она, когда увидела меня, подумала, что мы с ним вместе, и потребовала плату... Ей все равно, кто и с кем живет... Она даже имени его не знает... Я же не могла ей сказать, что не имею к нему никакого отношения, что меня сюда просто привезли, как овцу на заклание...

— Хорошо еще, что он не изнасиловал тебя.

— У меня были брильянты.

— Но ты все-таки как-то продержалась некоторое время, платила за квартиру, чем-то питалась...

— У меня на ноге была платиновая цепочка и заколка для волос была тоже из белого золота, усыпанная настоящими рубинами... Эрол, вероятно, подумал, что это обычная дешевая заколка... Словом, он увидел то, что увидел... Ладно, хватит об этом... Я устала... Аля, спасибо тебе за все... Как говорит Сергей: Родина тебя не забудет...

Подруги обнялись.

— Я эгоистка страшная, мы постоянно говорим только обо мне... А что у тебя? Как дела? Помнится, у тебя были долги... Ты ремонт закончила?

— Еще нет, но долги растут, — искренне призналась Аля, совершенно забыв о том, что она привезла подруге продуктов на довольно большую сумму. При долге в три тысячи долларов благотворительностью заниматься затруднительно. Но и раскрываться, признаваться в том, что все это купил для нее Сергей, она тоже не имела права.

— Аля... Ты моя хорошая... — прослезилась Люба. — И ты при таких долгах покупаешь мне икру... Интересно, сколько она сейчас стоит?... Подожди... Одна баночка, помнится, в нашем супермаркете стоила тысячу рублей.

— Нет, эта подешевле будет, моя знакомая привезла из Астрахани... — порозовела не привыкшая лгать Аля.

— Ладно, даст бог — расплачусь.

Аля вдруг вспомнила, что ей надо срочно домой, что должен прийти мастер-сантехник, что она опаздывает. Уже в передней, прощаясь, она пообещала поговорить с Валентиной Николаевной, чтобы Любу восстановили на работе, и уже за минуту перед тем, как уйти, не выдержала и сказала:

— Я с парнем одним познакомилась... Приятный такой молодой человек... Пригласил меня в субботу на свидание, а мне пойти не в чем, представляешь? Пересмотрела весь свой гардероб и поняла, что совершенно не готова к свиданиям... Раньше-то как было? Работа — дом, дом — работа. А сейчас мне надо выглядеть... У меня только джинсы, майки, свитера... Ну ладно, что-нибудь придумаю... А ты держись... Все, я пошла...

Она поцеловала Любу и ушла.

И с ее уходом квартира словно умерла. Стало так тихо, нехорошо, словно в дом снова вернулась болезнь...

Сон пошел ей на пользу. Она проснулась в три часа дня. Квартира наполнилась душным желтым солнцем. Люба поднялась, подошла к окну и распахнула его. И тотчас в комнату хлынул свежий, живой воздух. Она вздохнула полной грудью... Потом встала на стул и сняла грязные занавеси, собрала все, что показалось ей несвежим (кухонные полотенца, носовые платки, салфетки), и сунула в корзину с грязным бельем.

Окна помыла простой теплой водой и вытерла насухо при помощи старых газет. Не понадобилось ничего из той рекламируемой химии для мытья окон, чем пользовалась в свое время ее домработница... И стало легче дышать. Потом она прибралась на кухне, вычистила плиту...

Когда в подъезде мальчишки рванули петарду, она выронила кастрюлю... Та упала со страшным грохотом на пол... Откололся кусок эмали... Мысленно она купила и новую кастрюлю, и новую сковородку, потом мысль плавно перетекла к Але, так захотелось сделать ей что-то хорошее, полезное, купить ей, к примеру, красивое платье, туфли... Сколько же платьев и красивой обуви осталось в ее прежней жизни, в прежней квартире, прежнем шкафу... Сейчас же в старом желтом шкафу аккуратной стопкой лежали две пары джинсов и свитера, свитера... Она вспомнила Алю, у которой гардероб был примерно таким же... Только в отличие от Любы она жила в собственной квартире, доставшейся ей в наследство от тетки...

Люба вышла с мусорным ведром из квартиры, оставив ее приоткрытой, поднялась на один лестничный марш вверх — к мусоропроводу. Навстречу ей спускался молодой мужчина в джинсовой кепке, надвинутой на глаза. В руках — кричащий, ярко-красный пакет.

До мусоропровода она не дошла, остановилась, уставившись на лежащего ничком на полу, на черно-белых, шахматных плитках пола, залитого большой лужей крови, человека. Спутанные грязные волосы, джинсовая одежда, потертые коричневые башмаки. Кровь была свежей, не успела затянуться пленкой. Его только что убили. И ей почему-то было не страшно. Удивительное дело (мысль ее стремительно летела куда-то, навстречу какому-то логическому объяснению), ей не страшно потому, что все самое страшное ей пришлось пережить в стенах этой ужасной, старой, пропитанной запахами беды и подгоревшего лука квартире... Больше того, она почувствовала в себе прилив сил. Он, этот несчастный, был убит и не дышал... Она опустилась перед ним на корточки и положила палец на шею... Потом потрогала место на руке, где мог бы прощупываться пульс... Он был мертв. А она, Люба, была еще жива... Этого человека застрелили, а она, по сути, здорова. У нее ничего не болит... Но должна же она сделать что-нибудь для этого несчастного! Хотя бы вызвать милицию, чтобы по горячим следам схватили преступника, скорее всего, это тот самый парень в надвинутой на глаза джинсовой кепке...

— Я сейчас, — сказала она, обращаясь к мертвецу. — Мигом...

Так, с полным ведром, она вернулась домой и хотела было уже броситься к телефону, до него оставалось всего пару шагов, как сзади ее кто-то **159** больно схватил за ворот рубашки, да так, что она застонала...

— Стой тихо... — услышала она тихий мужской голос.

Потом захлопнулась дверь ее квартиры, следом щелкнули запираемые замки... Все. Она поняла, что произошло. Убийца воспользовался тем, что она оставила дверь квартиры приоткрытой, и вошел туда. Спрятался...

— Я стою... — прошептала она. Надо было притвориться, что она ничего не поняла. Что она понятия не имеет, кто мог войти в ее квартиру: — А вы кто? Грабитель? Так у меня ничего нет. Я безработная. У меня только продукты... мне подруга принесла... Я вообще-то болею...

— Да заткнись ты, балаболка.

Он схватил ее за руку и резко повернул к себе. Так и есть — джинсовая кепка на глазах...

Только теперь в лицо ей почти упиралось дуло пистолета. Того самого пистолета, который, возможно, еще был теплым от того первого и единственного выстрела, лишившего жизни парня, лежащего теперь в луже крови возле мусоропровода...

— Где ведро? — спросил убийца.

— Зачем тебе ведро? — удивилась Люба. А потом поняла — по содержимому мусорного ведра (в случае, если бы она бросила его на месте, рядом с трупом) можно было бы установить, кому оно принадлежит, следовательно, она стала бы для работников милиции свидетелем... Или что-нибудь вроде этого... — Да вот же оно, на полу... — Она

осторожно повернула голову к двери.

Парень снял кепку, и она увидела розовый ободок — рубец от тесной кепки на мокром от пота лбу. Лоб был низким, глаза маленькими, бегающими. Зато нос и рот у преступника были крупные. Да и вообще он был настоящим уродом.

— Значит, так, — сказал он тихо, но так, чтобы она его услышала. — Я поживу тут у тебя пару-тройку дней, пока все не утрясется. Не трону тебя, если не сделаешь глупостей...

— Только телефонный кабель не перерезай, — сразу предупредила она, — потому что, повторяю, за мною присматривают, как за больной... И если будут проблемы с телефоном, вызовут мастера, если же я не открою дверь — ее взломают или же... Если придет моя подруга, у нее есть ключи... надо что-нибудь придумать, вести себя естественно...

Убийца стоял и смотрел на нее, пытаясь понять, издевается она над ним или нет.

— Я серьезно... Если не веришь, пойдем, я тебе кое-что покажу...

Он пожал плечами, они вместе вошли в комнату, и он увидел разложенные на столе продукты.

— Видишь? Меня навещают, приходят ко мне... Я могу сказать, что ты мой друг, родственник...

Она хотела, чтобы как можно скорее прошли эти два дня и он исчез из ее жизни. Она сделает все, чтобы ему было здесь спокойно. Ей нет дела до того, кого он убил... Вернее, она сделает вид, что ей нет дела. На самом деле, когда он уснет, она, возможно, позвонит в милицию...

— Если ночью позвонишь в милицию, я застрелю тебя... — сказал он, словно прочитав ее мысли. — От твоей головы не останется ничего, как и от его головы... Ты видела его?

Она не переставала удивляться себе. Почему она его не боится? Почему ведет себя так, словно ей приходилось прежде каждый день встречаться с убийцами? Куда делись все ее страхи? Это неестественно... или... Или же именно такая встряска требовалась ей для того, чтобы прийти в себя?.. Это была спасительная мысль, придававшая ей силы...

Сначала Эрол — мошенник и грабитель, теперь — убийца... Почему она притягивает к себе таких людей? Точнее — нелюдей?

— Тебя как звать? — спросил он ее.

— Люба. А тебя?

— Называй Саша. Нам жить с тобой здесь... Надо будет как-то обращаться друг к другу, — сказал он самым мирным тоном.

И тут он, увидев диван, подошел и рухнул на него, раскинул руки-ноги. Он отдыхал, приходил в себя после напряженных часов, минут, секунд... Ведь прежде, чтобы совершить то, что он совершил, ему надо было все обдумать, подготовиться, достать пистолет, выследить жертву... За что он убил того парня?

— За что ты его? — спросила она, подошла к столу, села на стул и взяла гранат. Принялась чистить.

— За дело. У тебя есть большая сумка? Спортивная?

— Нет. У меня вообще ничего нет. Только хозяйственная, да и то не моя — я нашла ее на балконе, она страшная, но если ее отмыть, то туда можно что-то положить...

— Нет спортивной сумки? Как же ты живешь? — спросил он ее, не открывая глаз.

— Не знаю. Сама себе удивляюсь.

— Замужем?

— Нет. Я живу одна и давно.

— А парня у тебя нет?

— Нет.

— Теперь будет. Правда, всего на два дня. Ты чего страшная такая? Наркоманка, что ли?

— Нет.

— А чего хромаешь?

— Ногу подвернула.

— Понятно. Ладно, тащи сюда свою хозяйственную сумку...

Она вышла на балкон, нашла среди запылившегося хлама сумку, отнесла ее в ванную комнату, почистила, протерла мокрым полотенцем. Вот теперь руки ее начали дрожать. Она вдруг представила, что там, возле мусоропровода, лежит она в луже крови... Какая ужасная, пошлая смерть.

Вернулась в комнату и увидела, что Саша-убийца спит. И даже похрапывает.

— Принесла? — спросил он ее, прервав на мгновение свой сон.

— Да. Вот, смотри...

Он тотчас встал, увидел большую, черную, в белую полоску сумку и покачал головой.

Потом выругался.

— Извини... Это не мое, — сказала Люба.

— Тебе не идет эта прическа... затянула узел на затылке... распусти волосы... — сказал он, и она чуть не выронила сумку.

— Может, еще и раздеться? — Она с трудом разлепила губы.

— Неа... мне не до этого. Как-нибудь потом, лет эдак через пять, когда я сюда вернусь... **163**

Он резко, пружинисто встал, достал из-под стола большой красный пакет, подхватил сумку и скрылся со всем этим в передней. Она слышала, как он хрустит пакетом — перекладывает что-то в сумку.

Потом попросил ее вернуть сумку на балкон.

— Я туда не пойду, вдруг кто увидит... — сказал он.

Она сделала так, как он просил.

— У тебя хлеб есть?

— Есть.

Она унесла часть продуктов в холодильник, часть разложила на тарелки, вскипятила воду, заварила чай.

— Сейчас будем есть...

Уже в кухне, собираясь выложить из одного из пакетов, принесенных Алей, оставшиеся продукты, она обнаружила знакомую коробку — золотую с оранжевым — французские трюфели. И вдруг почувствовала, как волосы на ее голове зашевелились... Как по спине словно кто-то ласково и ознобно провел рукой... Это были ее любимые конфеты.

«Сережа...»

На самом же дне пакета ее ждала еще одна удивительная находка: бледно-бирюзовый пакетик, фирменный аптекарский «36,6», а в нем — еще более знакомый набор лекарств, которыми Сергей лечился от ангины...

Все остальное уже воспринималось ею по-другому, более легко, почти весело... Она понимала, что это только начало истерики. Она кормила убийцу бутербродами с икрой, купленной для нее Сергеем...

Теперь она нисколько не сомневалась в том, что все эти продукты, которые ей якобы покупала Аля, на самом деле были куплены для нее Сергеем. Он не забыл ее, он продолжал думать о ней и заботиться...

Но эти лекарства... Вероятно, он забыл выложить их из пакета. Купил для себя, но забыл выложить... И что же это теперь получается? Что у него ангина, вот что получается! А она, его жена, лучше всех знает, как тяжело он всегда болеет ангиной, какой высокой температурой она сопровождается и каким беспомощным он тогда себя чувствует. И что никто, кроме нее, не знает, как его и чем лечить... Никто, никакие домработницы в мире или секретарши не смогут облегчить ему боль в горле...

Теперь только бы этот тип, этот Саша, который на самом деле никакой и не Саша, не застрелил ее... Сейчас, когда она знает, что нужна Сереже, что она готова сделать первый шаг навстречу ему, ей надо приложить все усилия, весь свой ум (если таковой, конечно, остался), чтобы не допустить трагедии... Пережить эти два дня. Вытерпеть. Стиснуть зубы и молчать, стараться быть незаметной, даже, если понадобится, ходить на цыпочках, чтобы только не нервировать своего незваного гостя — опасного, как дикий зверь...

Он ел жадно, чавкал, и взгляд его при этом был отсутствующий — он о чем-то думал...

— Значит, так, — вдруг он сказал в самом конце ужина с набитым ртом. — Сейчас уже кто-то обнаружил труп, позвонил в милицию... Пойдут по квартирам, уж я-то знаю... Обязательно зайдут и к тебе. Ты откроешь со спокойным видом **165** (я сзади буду стоять и держать пистолет, прижатый к твоей спине, у меня нет другого выхода) и ответишь на все вопросы: ничего не знаю, ничего не видела, не слышала... Если они захотят пройти в квартиру, впустишь... Я буду сидеть в кухне и пить чай. Ты скажешь, что я — твой парень, что меня зовут Саша, что я — слесарь автомастерской, понятно?

— Понятно.

— Если же придут твои люди — познакомишь меня с ними, скажешь, что мы давно знакомы, что я пришел к тебе... Хотя не думаю, что нужно объяснять, зачем к молодой бабе пришел в гости мужик... Это нормально, естественно...

«Только не для меня», — подумала она.

И в эту минуту раздался звонок в дверь.

— Это за мной, — прохрипел Саша. — Иди открывай и не волнуйся... Ты запомнила все, что я тебе только что сказал?

— Запомнила.

Она встала и пошла к двери. Заглянула в «глазок», но ничего Саше не сказала, не посчитала нужным успокоить его, что, мол, это не те, кого он ждал...

На пороге стояла сияющая Аля.

— Люба, не ожидала?!

Она казалась возбужденной.

— Понимаешь, я не выдержала, пошла к соседке, заняла у нее денег и все-таки купила это платье... И мне так захотелось показаться тебе в нем... Ну же! Ты что, не впустишь меня в дом?

— Заходи, ужасно рада, что ты пришла...

Она тотчас почувствовала, как в спину уперлось что-то твердое — Саша подошел совсем близко и ткнул ей в спину пусть и не пистолетом, но кулаком — как предупреждение...

— Привет! — бросил он через плечо Любы, здороваясь с остолбеневшей от удивления Алей. — Саша.

— Аля... Алевтина... Так у тебя гость? Вас на самом деле зовут Саша? Или как-нибудь по-другому?

Она сказала это таким нехорошим тоном, что Люба сразу поняла — она подумала, что это спустя полгода к ней вернулся мерзавец Эрол.

— Это Саша, мой давний приятель... Проходи, Аля...

— Я помешала?

— Нет, ты не помешала, — ответил за Любу Саша.

— Я тебе рассказывала про него, просто ты забыла... — Люба старалась выглядеть веселой, и ей казалось, что у нее это получается неплохо.

— Ладно, я пойду... Не стану вам мешать... Дело молодое... — Аля попятилась к двери.

— Девчонки, что вы такие скучные, нервные... Давайте повеселимся... У нас водочка найдется? — Саша обращался с Любой так, словно они на самом деле были знакомы сто лет.

— Только спирт... Для инъекций... — вспомнила Люба. — Но если его разбавить...

— Так давай, разбавляй!!!

Через четверть часа они снова сели как бы ужинать. И что самое удивительное, даже Аля поддержала эту игру, возможно, подумала, что Саша — на самом деле знакомый Любы, если вообще не ее любовник... Все немного выпили, и Саша первым вспомнил о платье, которое купила Аля.

— Так ты продемонстрируй нам его, а мы оценим...

Он был неплохим актером, так, во всяком случае, казалось Любе.

Аля ушла в спальню и вернулась через некоторое время в платье — черном, узком, украшенном двумя асимметричными красными розочками — у ворота и на талии... Черные чулки, черные туфли на шпильках. Она настолько преобразилась, что в этой элегантной девушке было сложно узнать кассиршу Алю из супермаркета.

— Шикарно, — развела руками Люба. — Да ты просто красавица...

— Супер! — Саша резким движением поднял вверх большой палец правой руки. — Просто супер! И сколько же, интересно, стоит такое платье?

Он действительно вел себя естественно, как может вести себя грубоватый и невоспитанный парень, далекий от таких понятий, как такт...

— Дорого, — вздохнула Аля. — Четыреста у.е.

— Ну что, подарим ей платье? — Саша вдруг обнял Любу за плечи и потряс ее. — А, Любаша?

— Не знаю...

— А я знаю!

С этими словами он полез в карман, достал свернутую в тугую трубку пачку евро, стянутую розовой резинкой, развернул ее, отсчитал пять купюр и протянул Але:

— Вот, подружка, бери... нам с Любашей не жалко...

Люба ничего не понимала... Если с самого начала он вел себя нормально, почти естественно, 168 как если бы он был ее парнем, то теперь он явно перегнул палку... Возможно, ему нельзя пить? Тем более слегка разбавленный спирт.

Аля от денег отказалась. Сказала, что не может принять такой подарок. Что у нее тоже есть парень и он сам решил ее финансовые проблемы...

Саша пожал плечами, но деньги обратно не взял.

— Я тебе дал, а уж возьмешь ты или нет — твое дело.

Аля засобиралась домой. Вспомнила, что у нее еще полно дел дома...

До двери ее провожал Саша. Люба лишь успела помахать ей рукой. Сказать уж тем более ей не получилось.

Аля ушла, Саша, мрачный, вернулся за стол и опрокинул в себя еще полстакана разбавленного спирта.

— Как ты думаешь, она ничего такого не подумала? Не догадалась?

— Откуда ей что-то знать... Она-то здесь не живет... Мусор не выбрасывает...

— Странно все это... Столько часов прошло... неужели никто не заметил? Не позвонил в милицию?

...Спать она постелила ему в большой комнате. На продавленном диване. Он не возражал.

— Учти, пистолет мой под подушкой... не глупи... Будешь умницей, я и тебе отстегну...

— Послушай, а если придут ночью... Ты можешь не разобраться, что к чему. Начнешь пальбу, пристрелишь меня... Что делать мне, если позвонят?

— Разбудишь меня, я переберусь к тебе на кровать, вроде мы вместе спим, понимаешь? **169**

— Ладно...

— А вообще-то было бы лучше, если бы прямо сейчас вместе легли...

Он уснул, так и недоговорив. У Любы сна не было. Она отправилась на кухню мыть посуду. Часть времени уже прошло, осталось совсем немного, каких-нибудь тридцать шесть часов... Главное, чтобы пришли из милиции, поговорили с ней и ушли. И тогда он успокоится...

И все же она уснула под монотонное звучанье телевизора. Ей снилось, будто бы она идет по улице в шубе, и снова все оборачиваются на нее, тычут пальцами, смеются ей в спину... А потом ей навстречу вылетел трамвай, он становился все больше и больше и грозился уже раздавить ее, как вдруг раздался характерный травмайный звонок, словно водитель только заметил ее... Он звонил, звонил до тех самых пор, пока она не пришла в себя... Открыла глаза. Рядом с ней стоял бледный, трясущийся Саша. В руках его была свернутая постель.

— Звонят. В дверь... Открывай... А я лягу... — Он спрятал постель под кровать и лег. — Послушай, я скажу тебе только, что эти деньги ему достались легко и он вполне мог бы ими поделиться, все-таки не чужой он мне...

— Это ты о том парне, который там... наверху?

В дверь продолжали настойчиво звонить.

— Нет, я про того, кого мы... там, в машине, рядом с банком... Это на соседней улице... Это был мой сводный брат... Ему вообще везло в жизни, а меня по его вине отправили на зону. Я его девчонку спас... А сам попался... Пока я сидел, он поднялся, а мне помочь не захотел, он стыдился меня... его люди один раз даже выставили меня из его офиса... Но это уже наши, так сказать, семейные дела...

— А тот? Которого ты застрелил у лифта? Он кто тебе?

— Никто. Вместе сидели. Напарник мой. Как деньги взял, так деру... Я его здесь и догнал. Сука... Он что, не знал, что у меня тоже ствол имеется? Ладно, открывай...

Она подошла к двери, заглянула в «глазок». Мужчина. Высокий, крепкий. В штатском. Вероятно, следователь.

— Борисенко Любовь Александровна? — спросил он, когда она открыла дверь.

Однако они хорошо осведомлены, эти следователи-милиционеры. Откуда им известна ее фамилия?

Она услышала, как сзади послышалось шлепанье босых ног — из спальни вышел Саша.

— В чем, собственно, дело? Ты чего это открываешь кому ни попадя? — спросил он нарочито развязным, недовольным тоном разбуженного мужа, любовника, сожителя...

— Ваш муж, Борисенко Сергей Николаевич, попал в автокатастрофу, сейчас находится в больнице и очень просил вас приехать к нему... — сказал человек очень тихо, так, что его могла слышать только Люба.

— Не может быть...

— Вы о чем шепчетесь? — Саша придвинулся к ней сзади вплотную и грубо схватил за руку, дернул... — Сука...

Она обернулась, чтобы сказать ему, что ей надо срочно уйти, что ее ждут, как тут же почувствовала слева, пониже ребер, острую жгучую боль... Когда на лестнице послышался шум и грохот — это группа людей, одетых в камуфляжную форму, рассыпалась по лестничной клетке, некоторые из которых ворвались в квартиру, — она уже ничего не слышала, ее подхватили на руки, истекающую кровью, с ножом в боку... Телохранитель Сергея Борисенко, опустив ее на пол, в шоке от всего происходящего уже набирал номер «Скорой помощи»...

— Его подстрелили, я думаю, когда он находился в воздухе... Он же рванул к балкону, хотел то ли выпрыгнуть, то ли найти пожарную лестницу, чтобы спуститься, словом, он растерялся, — тараторила возбужденная Аля, теребя носовой платок. Она сидела на узком больничном стуле и держала руку Любы в своей руке. — Представляю, какого ужаса ты натерпелась. Надо же, оказаться в одной квартире с таким матерым убийцей... Да ты знаешь, что он застрелил сначала того бизнесмена, который вышел из банка с кейсом, набитым деньгами... потом своего напарника... Он — настоящий зверь... Я когда только увидела его, так сразу поняла, что случилось... У нас в супермаркете только и говорят об убийстве. Банк-то на нашей улице, через дом... Потом одна покупательница сказала, что в доме, в котором она живет, труп... Что приехала следственная группа... всех опрашивают... И даже тогда я еще не связала это никак с тобой... Честно скажу, я отпросилась на полчасика, чтобы купить платье... Денег взаймы взяла у одной девчонки, сказала, что через месяц отдам с процентами... И потом — сразу к тебе...

— Ты молодец... — произнесла, морщась от боли, Люба. — Сразу поняла, что это никакой не мой знакомый...

— Ну да! Сразу позвонила в милицию, все объяснила, сказала, что тебе очень опасно находиться с ним в одной квартире, но что надо действовать очень осторожно... Кто бы мог подумать, что почти одновременно с группой захвата в подъезде появится этот человек...

— ...телохранитель Сережи... Я тоже сначала не поняла, что все это значит... Подумала, что это какой-то спектакль, направленный на захват Саши... этого убийцы...

— И он тоже так подумал, потому и всадил тебе нож... Больно?

— Пока еще больно... Но главное, что все закончилось... И спасибо тебе...

Дверь в палату открылась, и появилась коляска, в которой сидел перебинтованный человек. Высокий, крепкого телосложения мужчина толкал коляску впереди себя.

— Сережа... — Люба схватила протянутую руку и крепко сжала ее. — Сережа...

Теперь и Люба узнала в перебинтованном мужчине Сергея.

— Ладно, я, пожалуй, пойду... — В последнюю минуту она поймала исполненный благодарности взгляд Сергея Борисенко.

— Как твое горло? — спросила Люба, давясь слезами. — Болит?

Телохранитель тоже молча удалился, оставив их вдвоем.

— Болит... Тебя же нет, вот и болит... Еще и нога сломана, и сотрясение... А ты как?

— Нормально... замечательно... ты прости меня...

Она хотела подняться, чтобы поцеловать его, но не смогла, резкая боль в боку приковала ее к постели.

...Они говорили долго, не могли наговориться... Потом пришла медсестра с металлическим подносом, полным шприцов и ампул...

— Пора спать.

Телохранитель увез Сергея в палату.

— И как это вас угораздило впустить к себе домой бандита? — спрашивала, всаживая иглу в бедро Любы, разговорчивая медсестра. Она была вся в розовом, чистая, благоухающая духами.

— И сама не знаю... пошла вот мусор выносить, дверь оставила открытой... — ответила Люба. Она чувствовала легкий озноб и понимала, что у нее поднялась температура.

— У нас в больнице только о вас и говорят... что вы в рубашке родились... Он же настоящий убийца... Страшный человек... Тот, кого он убил, говорили по телевизору, его сводный брат, такой же в прошлом бандюга... Он вышел как раз из банка, с наличными, у него в кейсе было что-то около двухсот тысяч евро, не очень-то и большая сумма, но, думаю, ему на карманные расходы хватило бы... Очень богатый человек... Так вот ваш бандит пристрелил его, потом своего напарника... И ведь рука не дрогнула у человека! Да, что самое интересное...

174   Сестра поставила капельницу.

— ...денег-то в квартире не нашли... Думаю, он успел куда-то спрятать кейс... Все перерыли, даже в мусоропроводе искали — бесполезно... Как пришли денежки, так и ушли... А парня-то этого застрелили... при попытке к бегству... Так что можете спать спокойно, никто вам не отомстит... Болит рана?

— Болит...

— Скоро пройдет... У нас отличные хирурги. Спите спокойно... Да, вы извините меня за мое любопытство.. А это правда, что этот человек, который к вам сейчас заезжал... Борисенко, Сергей Николаевич — ваш родстенник?

— Он мой муж, — едва слышно ответила Люба.

Сестра некоторое время смотрела на нее изумленно, после чего молча вышла, тихо прикрыв за собой дверь.

Люба набрала номер Али.

— Ты еще не спишь, подружка?

— Люба? Ты? Я-то думала, что тебе вкатили снотвор...

— Тихо ты... Слушай... У тебя ключи от моей квартиры есть?

— Есть.

— Поезжай туда, там уже никого нет, все тихо-спокойно.

— Ты хочешь, чтобы я забрала твои вещи? Ты что, дорогая моя, с ума сошла? Да у тебя сейчас начнется совсем другая жизнь... У тебя знаешь сколько шмоток появится...

— Аля! Слушай меня внимательно, — резко оборвала она ее и принялась говорить медленно, тщательно проговаривая заплетающимся от укола языком каждое слово: — Там, на балконе, среди **175** хлама — старая и очень страшная хозяйственная сумка... Такая черная, увидишь... Она завалена мешками с валенками, пустыми консервными банками, ящиками с пивными бутылками... Ты слышишь меня?

Аля молчала.

— Аля, ты что там, уснула?

— Люба... Они же ничего не нашли, — наконец отозвалась Аля. — Думаешь...

— Поезжай. Они там. Думаю, тебе хватит, чтобы расплатиться и за ремонт, и за платье... Ты же мне жизнь спасла... А теперь мне пора спать. Пока...

...Она проснулась рано утром. Вспомнила свой звонок Але, и ей стало не по себе... Неужели она рассказала ей про сумку на балконе? Зачем? Как она могла так поступить? Неужели у нее было так велико желание отблагодарить ее, что она стала чуть ли не соучастницей преступления, воровкой, по сути?.. А Аля? Как поступила она? Люба взяла телефон в руки. Рука была вялая, слабая.

Она не отрывала глаз от дисплея... Она звонила Але ночью... Вот. «Исходящие звонки». Но в телефоне звонок не отразился. Разве такое может быть?.. Она набрала ее номер. Замерла, прислушиваясь к длинным гудкам.

— Аля...

— Люба? Как ты, подружка? — услышала она в ответ сонный голос. — Жива-здорова?

— Аля... Скажи, я тебе ночью не звонила?

— Ночью? Нет, а что?

— И ничего про сумку не говорила?

— Нет... А что случилось? Ты потеряла сумку?

— И про балкон тоже ничего не говорила?

— Какой такой балкон? Ты спишь, что ли, еще? Может, тебе приснился сон? Про сумку, балкон... Нет, ты мне не звонила... Что случилось? Что-нибудь серьезное?

— Ладно, прости... Я тебя разбудила... Сейчас только пять утра...

Она набрала другой номер.

— Сережа? Извини, что я так рано...

Он сказал, что уже не спит, что готов прямо сейчас приехать к ней в палату на своем новом «мерсе»-коляске.

— Нет-нет. Не надо. Просто попроси, чтобы узнали номер следователя, того самого, что занимался моим делом. Это очень важно. Мне надо ему кое-что сказать.

— Без проблем.

— Пришли мне эсэмэску.

— Ты как вообще?

— Нормально...

— Вспомнила что-то важное?

— Да, очень...

— Тогда жди сообщение. Я ужасно соскучился по тебе...

Через четверть часа она уже разговаривала со следователем.

Она отключила телефон, закрыла глаза. Сон мягко окутал ее, разгоряченную, уставшую, счастливую...

ТАТЬЯНА УСТИНОВА

• ВОЛШЕБНЫЙ СВЕТ •

> Я стою в ожиданье,
> Когда вы вернетесь домой,
> Побродив по окрестным лесам.
> Очень долгим он кажется,
> Ваш выходной,
> По земным моим быстрым часам!
>
> *Ю. Левитанский. Ожидание*

ата? Таточка, это ты?

Она чуть не уронила мобильный. Чашка с кофе, которую она элегантно держала на весу, на блюдце не ставила, накренилась, и кофе выплеснулся на юбку.

— Черт, вот черт возьми!

— Таточка, к чему ты поминаешь черта?

Тата, кое-как приткнув чашку на стол, пятерней стряхивала коричневые пятна с тонкой светлой ткани. С каждым движением получалось все хуже и хуже, пятна расползались и приобретали

178 хвосты, как кометы.

— Тата, ответь мне! Я туда попала или я не туда попала?!

Тата, плечом придерживая трубку, заскулила жалобно:

— Бабушка, почему ты звонишь с какого-то странного телефона?

В трубке помолчали, а потом сказали тоном оскорбленного царственного достоинства:

— Почему со странного? Я телефонирую с совершенно нормального аппарата! По крайней мере, на вид он совершенно обычный!

— Кто?!

— Телефон, — пояснили в трубке. — А что ты имеешь в виду, когда говоришь, что телефон странный?

Тата шумно выдохнула и перестала отряхивать юбку. Теперь по дороге на совещание придется прикрывать пятно ежедневником, словно ей так удобно — носить ежедневник на бедре, как индийская женщина кувшин.

— Бабушка, что это за номер? Ты что, не дома?

— Ну, конечно, нет, моя дорогая.

— Господи, куда тебя понесло?

В трубке фыркнули, но и фырканье было царственное.

— Сегодня рождение у Юлии Цезаревны, разве ты забыла?

Тата понятия не имела, когда именно день рождения у Юлии Цезаревны, лучшей бабушкиной подруги.

— Ты, конечно же, поздравишь Юлечку, когда я передам ей трубку, но, Тата, я звоню по совершенно другому поводу! Ты помнишь, что сегодня пятница?

— Смутно, бабушка, — пробормотала Тата. Проклятые пятна на юбке не давали ей покоя, и она все косилась на них, прикидывая, как именно можно минимизировать потери. Может, перевернуть юбку задом наперед?

Нет, выйдет еще хуже. Тогда пятна будут сзади, что уж совсем... неприлично.

— Что значит смутно? Если ты смутно помнишь такие вещи, значит, тебе нужно принимать специальные капли для головы. Они продаются в аптеке. Я принимаю, и, слава богу, у меня с памятью все прекрасно.

— Прекрасно, — эхом повторила Тата.

— Так вот. О чем я говорила?.. Ты меня сбила, и теперь я не могу вспомнить, о чем говорила. Решительно.

— Ты сказала, что сегодня пятница, бабушка.

— Ах да! Вот именно, сегодня пятница. О чем нам это говорит?

— И о чем нам это говорит?

— Это говорит о том, что вчера был четверг, а нынче нужно ставить куличи.

Тата взялась рукой за лоб.

Куличи! Вчера и вправду был Чистый четверг, и как это она позабыла? Ей срочно нужно принимать капли для головы.

— Надеюсь, — продолжала в трубке бабушка, — мы все соберемся у тебя, как обычно. Ты, конечно же, всех обзвонила, Таточка?

— Конечно, конечно, бабушка! — лживым голосом поклялась Тата.

Вот почему для бабушки не имеет значения, что тебе сорок лет, что ты вроде бы успешная женщина, много повидавшая в жизни, кажется даже

на грани развода, мать двоих детей, требователь-
ный начальник, исполнительный подчиненный,
умница-разумница и просто красавица?!

Когда звонит бабушка, хочется одернуть пе-
редник, посмотреть, все ли в порядке с косами,
не растрепались ли, вымыть руки, на всякий
случай приготовить дневник и быстренько придумать, что бы такое соврать половчее, если бабушка станет спрашивать, ходила ли она вчера на
музыку!..

— Тогда все в порядке, — величественно проговорила бабушка. — А я думала, ты забыла и опять
все заботы лягут на мои плечи. И я искренне надеюсь наконец-то застать дома твоего мужа. — Это
было сказано с нажимом, с намеком, с дальним
прицелом и еще черт знает с чем. — Если он не
понимает, скажи ему, что это становится непри-
личным! Не заставляй меня ему звонить.

— Не надо ему звонить, — быстро сказала
Тата, — что ты, бабушка!

— Юлечка, иди, дорогая, Таточка хочет тебя
поздравить с рождением.

— Таточка не хочет, — пробормотала Тата
мимо трубки, чтобы бдительная бабушка не услышала, и тут же возликовала, уже непосредственно
в трубку: — Юлия Цезаревна, дорогая Юлия Цезаревна, я вас поздравляю с днем рождения! Живите
до ста лет...

— Чего это ты мне так мало отмерила? — немедленно вспылила Юлия Цезаревна. — До ста!
Что тут до ста осталось-то? Я и замуж не успею
сходить!

Кое-как отделавшись от старух, Тата позвонила матери:

— Мама, сегодня пятница!

— Я знаю, она мне утром звонила. Она сегодня на именинах. Спрашивала, кто будет обзванивать родственников.

— А ты?

— Я сказала, что обзвоню.

Тата пришла в отчаяние:

— А я сказала, что я уже всех обзвонила.

— Врать нехорошо, — подумав, сказала мать. Она что-то смешно жевала, в трубке хрупало, как будто кролик пасся.

— Мама, ты жуешь как кролик! А зачем ей дался мой муж? С этим надо что-то делать, потому что его точно не будет, и я даже не знаю...

Хрупанье прекратилось.

— Как не будет? Опять не будет? На Новый год не было, на Восьмое марта тоже не было и опять нет?! Таточка, ты от меня что-то скрываешь! Говори сейчас же.

— Мама, — сказала Тата твердо. — Я ничего от тебя не скрываю. Просто у него много дел, ты знаешь. Сначала он в Милан улетел, потом в Улан-Удэ, а сейчас, кажется, в Югорске. Или нет, нет, в Ханты-Мансийске.

Мать помолчала.

— Тата, вы что, разошлись? — спросила она дрогнувшим голосом. — Ведь происходит что-то такое... ужасное, я же чувствую! И Тёма на себя не похож, и Тюпа!

Тёма и Тюпа — великовозрастные сыновья Таты — бабушке представлялись младенцами в люльках, которых надлежало укачивать, кормить с ложечки и оберегать от всяческих жизненных невзгод.

— Никто ни с кем не разошелся, — бодрым фальшивым голосом уверила врушка Тата. — Мам, я сейчас пойду отпрашиваться с работы и постараюсь вечером приехать пораньше. И как это я забыла про то, что вчера был Чистый четверг! И главное, почему всегда я? Почему у Шуры никто никогда не собирается? Пусть бы Шура пекла и отпрашивалась с работы!

Шурой звали двоюродную сестру.

— У Шуры? — переспросила мать. — В Марьино?

Это верно.

Собрать в Марьино всех родственников, коих в разные годы насчитывалось до двадцати человек, напечь на всех куличей, наделать пасхальных пирогов, творогов, окороков, да принять, да накормить, да уложить, да ухаживать весело, от души, так, чтоб Пасха на самом деле зажглась веселым, утешительным светом, — где это видано?! Да и не поедет никто в Марьино! Все давно привыкли собираться в Боженке, в огромном, старом и бестолковом доме Татиного мужа. Пожалуй, никто из родственников и не помнил, когда собирались у бабушки на Тверской или в доме Татиных родителей в ближнем пригороде, где вокруг были только научные институты за заборами да свекловичные поля до горизонта!

— Таточка, — говорила тем временем мать, — я сегодня приеду и тебе помогу. Ты можешь с работы не отпрашиваться, моя девочка. Я тесто сделаю, и мы вместе начнем печь.

— Ну да, — неопределенно согласилась Тата.

Все это отлично, но теста для куличей требовалось примерно ведро, и им обеим было совершенно понятно, что мать в одиночку это ведро не одолеет и все ее прекраснодушные предложения — просто так, чтобы дочь оценила ее готовность помочь, и больше ничего.

Конечно, никто не горел желанием отпустить ее с работы, да еще в конце недели, да еще перед Пасхой!

— Всего на полдня, — храбро улыбнулась Тата, когда Павел Петрович вопросительно поднял брови.

— Татьяна, — помолчав, внушительно заговорил Павел Петрович, пропустив мимо ушей упоминание про «полдня», — я, конечно, вас отпущу, но не могу сказать, что вы этой просьбой доставляете мне удовольствие.

— У меня там отгулов накопилось почти на две недели, — тут Тата улыбнулась обворожительной улыбкой, — и все материалы я сдала...

— Рекламная кампания набирает обороты, и мне хотелось бы, чтобы вы отследили ее ход, провели, так сказать, грамотный мониторинг, чтоб мы могли оценить рентабельность и внести коррективы в планы следующего квартала...

Тата слушала, кивала, время от времени записывала в ежедневник, который держала на бедре? — сидеть при этом приходилось изогнувшись, как индийской женщине во время нанесения рисунков хной на подошвы ног!..

Вот далась ей эта индийская женщина!..

Она слушала, кивала, записывала и думала все время об одном и том же — жизнь не удалась.

В последнее время это стало совершенно очевидно.

Муж, которого месяц нет дома.

Тёма и Тюпа — дети — совершенно отбились от рук.

Лялька — собака — пребывала в грусти.

Ей самой на днях стукнет сорок.

Опять весна на белом свете, а кажется, только что была предыдущая весна, и в этой серой череде как будто невыспавшихся, тревожных дней особенно ощущается скоротечность времени.

И так пройдет вся жизнь, и ничего не останется, никаких шансов что-то поправить, изменить, прожить заново!

Почему весной особенно тревожно?..

— ...и при этом совершенно необходимо, — продолжал бубнить Павел Петрович где-то очень далеко, за поворотом сознания, — сохранить лидирующие позиции...

Тата знала, что он ее отпустит, но не откажет себе в удовольствии провести краткий лекторий, цель которого сводится к одному — тебе, матушка, в отгулы захотелось, а у нас тут работы невпроворот, ты это прочувствуй, прочувствуй хорошенько!

И как это она забыла про то, что вчера был Чистый четверг, а сегодня, следовательно, уже пятница?! Куличи нужно печь как раз в четверг, но Тата не придерживалась строгих православных традиций. Самое главное, чтоб куличи были и чтоб накануне Пасхи!

Конечно, начальник ее отпустил, и, чувствуя себя отчасти изменницей родине, отчасти предательницей корпоративных интересов, Тата вернулась к себе в кабинет и стала рассеянно собираться, прикидывая, что именно нужно купить по дороге. Получалось что-то очень много, а денег у нее было маловато.

В этот момент позвонил Тёма:

— Ма-ам?

— А-а?

— Здорово! Ты когда приедешь?

— Сынок, я сегодня пораньше. Меня отпустили с работы, я буду куличи печь. У нас в субботу гости.

— Вот е-мое! А какие гости у нас в субботу?

Тата вздохнула и завела:

— Родственники. Бабушка с дедушкой, прабабушка...

— С прадедушкой? — перебил непочтительный Тёма. — Наша прабабушка наконец-то завела себе прадедушку?

— Тём, — сказала Тата педагогическим голосом, — ну что ты говоришь?

— Я шучу, — пояснил сын. — Это такая шутка. Ты что, не въезжаешь?

— Еще тетя Шура, Аня, Сашка, Машка, дядя Володя...

— Е-мое!

— Лера, Сережа...

— Вот е-мое!

— Тём, мне надоело это дурацкое выражение!

— Мне тоже много чего надоело, — сказал сын угрюмо. — Особенно мне надоел этот придурок Тюпка! Мам, зачем он все время лезет в мой компьютер?

— Наверное, хочет поиграть.

— Не, а почему в мой-то?

— А потому, что у него нет своего.

— Своего компьютера у него нет, а свои родители у него есть? — осведомился сын. — Эти роди-

тели могут, в конце концов, купить ему отдельный

компьютер? Ну просто для смеха, чтобы он не лез в мой?!

— Тём, давай мы с тобой об этом дома поговорим. Мне сейчас нужно ехать и еще в магазин забежать...

— Не, а почему он в мой-то лезет?

— А своего у него нету!..

И тут ее сын заржал — радостным мальчишеским смехом. В этом он был похож на отца. Тот никогда не умел всерьез раздражаться по пустякам, мусолить обиду, дуться, злиться!..

Самая продолжительная ссора с мужем длилась, помнится, пятнадцать минут. Из них минут пять они препирались, потом разошлись по разным углам, а потом он пришел из своего угла и сказал, что так невозможно, что он так не хочет и не умеет, давай скорей мириться!..

— Ма-ам!

— А-а?

— А может, ты, наоборот, сегодня попозже приедешь? У тебя на работе нет заседания или совещания? Или этого, как его, педикюра?

— Нет, — сказала насторожившаяся Тата, — а что такое? Ты опять назвал полный дом дружбанов и не предупредил меня?

— Назвал, — покаялся Тёма. — И не предупредил.

— Артём! Сколько раз я тебя просила!..

— Вообще-то я папе сказал, — сообщил сын делано безразличным тоном. — А он заявил, что будет тебе звонить и все передаст.

— Когда ты ему сказал?! Как?!

— Очень просто, по телефону! Он звонил, спрашивал, какие у меня планы на жизнь, ну, **187** я ему и сообщил, что сегодня все придут — и Димон, и Влад, и Женька!

Тата помолчала, собираясь с мыслями.

— Он тебе звонил... сегодня?

— Ну да. Как только я из школы приехал. Я ему сказал, чтоб он тебе сказал, а он сказал, что скажет...

— А почему ты сам мне не позвонил?

— Ну, ма-ам, — протянул Тёма, — я же знаю, что ты будешь ругаться! А папа никогда не ругается.

В общем, все это шито белыми нитками.

Ее сын, как и все остальные в семье, чувствует неладное и пытается как-то нащупать почву под ногами. Ну, если родители не разговаривают, может, их хитростью заставить?! Пусть отец скажет матери про дружбанов, что ли!.. Тёма его попросит, отец позвонит матери, и они о чем-нибудь поговорят, и болотная зыбкость, опасная для всякого, кто в нее наступает, станет чуть потверже и не такой страшной?..

Нет, Тёма взрослый и умный и прекрасно знает, что люди, бывает, разводятся, у них в классе половина родителей поразвелись, ну и что? Только к его, Тёминой, семье это не имеет никакого отношения. Не может иметь. У них все по-другому, и родители не такие, как все остальные, а особенные, молодые, красивые, продвинутые! И однажды Тёма видел, как они целовались. Он вышел на крыльцо позвать собаку и вдруг увидел их под падающим снегом — они стояли и целовались, как малолетние, и это продолжалось и продолжалось, и Тёма, улыбаясь тонкой улыбкой умудренного жизнью старца, вернулся в дом, аккуратно прикрыл за собой дверь и даже Тюпку не пустил на улицу, заманил своим драгоценным компьютером, чтобы ребенок не мешал родителям целоваться под снегом!

А потом все кончилось.

Отец все время в командировках.

Мать все время на работе.

Только Тюпка все лезет и лезет играть на компьютере, придурок!..

Пообещав, что будет ехать долго, как можно дольше, чтобы Тёма успел замести следы, Тата вышла на улицу и вдохнула немного весны.

Весна в Замоскворечье пахла талой водой, автомобильным выхлопом и чуть-чуть вербой, уже надувшей трогательные пухлые щечки. Одинокая захудалая вербочка как раз притулилась возле суперсовременного крыльца, выложенного темным мрамором и облагороженного с двух сторон голубыми елями в кадках. Тата спустилась с крыльца и понюхала вербочку.

Ордынка шумела машинами, копошилась людьми, сияла огнями магазинчиков и ресторанов, где рано зажгли свет, и во всем этом мире верба все равно пахла весной.

— Уже уходите, Татьяна?

Тата открыла глаза — оказывается, она их закрывала.

Он стоял у нее за спиной и улыбался.

Он пришел к ним на работу совсем недавно, встречались они всего раз пять, и он Тате... нравился.

Он хорошо улыбался, хорошо выглядел, кажется, много знал, и на Восьмое марта, праздник всех трудящихся женщин, неожиданно принес ей **189** мимозы. Не те, что продаются в ларьках или даже в роскошных цветочных магазинах вроде «Садов Семирамиды», а какие-то необыкновенные, невиданные и вовсе не похожие на желтые метелки, а вправду похожие на цветы, пахнущие сладко и остро. Они никуда не помещались, эти необыкновенные мимозы, топорщились, вылезали из всех ваз, и их бархатные листочки деликатно цепляли Тату за ноги, когда она проходила мимо, наконец пристроив их в ведро, выпрошенное у уборщицы Марьи Сергеевны.

Они были похожи на весну, только не московскую, остоженскую, а на южную, победительную и самодовольную, сиявшую сотней желтых пушистых шариков!

И Олег был похож на весну.

— Вы уходите или только пришли, Таня?

Тата неожиданно сообразила, что рассматривает его почти неприлично.

— Я ухожу, Олег, — и она состроила официальную улыбку коллеги и старшего товарища. — Мне сегодня нужно пораньше домой.

Улыбку он не принял.

— А можно мне вас проводить?

Вот этого Тата не ожидала. В предложении «проводить» было нечто старомодное, из школьной жизни.

— Вы можете меня проводить только до машины, Олег. Вот, кстати сказать, и она.

Он посмотрел на ее машину, залитую с одного бока водой из лужи, и пожал плечами:

— Ну, можно ведь до нее дойти каким-то другим путем.

— Каким... другим путем?

— Вот так, — он кивнул головой куда-то в сторону. — Хотите, я вам покажу свой любимый магазин? Он здесь рядом.

— Магазин? — как попугай переспросила Тата.

Ей тут же представились ряды вешалок, а на них пиджаки и брюки. И еще как она заходит, а Олег говорит ей — ну вот, это мой любимый магазин.

Или нет, нет, не так. Длинные прилавки с сосисками, колбасами и сырами в вакуумной упаковке, отдельно молоко и яйца в коробках. И Олег говорит — ну вот, это мой любимый магазин.

Ей, конечно, надо в магазин, и как раз где продаются яйца, мука и масло, но Олег тут совсем ни при чем!..

— Олег, спасибо за предложение, но мне правда нужно ехать.

— Вы меня не поняли, — сказал он и засмеялся. — Вы простите меня, Таня, должно быть, я как-то неправильно выразился. Здесь, на Ордынке, есть чудесное место, где продается всякий хлам. Старинные светильники, абажуры, сталинские торшеры и прочая ерунда. Там работает мой приятель. Я иногда к нему захожу просто поболтать или посмотреть, что именно он нашел на очередной помойке. Давайте зайдем?..

Тату никто не приглашал на свидания, наверное, лет триста, а может, восемьсот. Последнее свидание — как раз восемьсот лет назад — закончилось полным фиаско, да и свиданием в полном, так сказать всеобъемлющем, смысле слова это никак нельзя было назвать.

Позвонил бывший однокурсник и пригласил Тату в театр. Она долго собиралась, наводила кра- 191 соту — однокурсник, шутка ли!.. Столько лет не виделись, и поразить его воображение своей не только не ухудшившейся, а значительно улучшившейся красотой очень хотелось.

В общем, Тата собиралась, собиралась, поехала, и уже непосредственно в приюте Терпсихоры, или, быть может, Мельпомены, однокурсник объявил, что у него всего час. Так что вскоре ему придется уйти, видимо, даже не дожидаясь конца действия.

И — самое смешное! — он так и сделал. В середине действия он встал, а сидели они в четвертом ряду, повернулся спиной к сцене, на которой страдал главный герой, и, извиняясь перед потревоженными зрителями, стал пробираться к выходу.

А Тата осталась досматривать, красная как рак и глубоко несчастная. Ей казалось, что главный герой со сцены теперь смотрит только на нее, как на главную сообщницу негодяя, и с отвращением смотрит, и она готова была провалиться сквозь пол, прямиком в театральный подвал.

Так Тата и не поняла, для чего однокурсник все это проделал!.. То ли, увидав Тату, он так перепугался ее улучшившейся за годы разлуки красоты, то ли у него и вправду что-то случилось, только на свидания она больше не ходила.

Да, собственно, и не приглашал никто!..

А Олег пригласил? И это свидание или не свидание? Как понять?

Конечно, хорошо, что в сорок лет к делу подключается голова, и можно этой самой головой придумать правильное объяснение чему угодно, и разложить по полочкам эмоции, и разобрать по

косточкам чувства, и не дать противоречиям стать

совсем противоречивыми, а непониманию совсем непонятным.

Конечно, хорошо, что в сорок у тебя появится то, что в умных книгах называется «жизненный опыт», и этим самым опытом можно и должно воспользоваться, чтобы не попасть впросак.

Конечно, в сорок все не так страшно, как в восемнадцать!

Все гораздо страшнее.

Олег смотрел на нее и улыбался, и она пребывала в полном смятении чувств.

— Я безопасен, Тата, — сказал он наконец, почему-то назвав ее домашним милым именем. Из всех мужчин на свете до сегодняшнего дня ее так называл только муж. — Ей-богу!.. И в посещении антикварного магазина нет ничего предосудительного, клянусь вам!

Тата немедленно почувствовала себя идиоткой.

— Да ничего я не боюсь, — пробормотала она. — Просто у меня дел полно. Впрочем, если это не слишком долго...

— Совсем недолго!

И они пошли по тротуару, достаточно далеко друг от друга, но все же как будто объединенные ее согласием.

— Я рад, что встретил вас.

Она посмотрела вопросительно.

— Возле крылечка, — пояснил он весело.

Ему нравилось ее смущать. В ней странно и притягательно сочетались внешняя взрослость и беззащитная детскость, с ней хотелось играть в слова, в «гляделки», декламировать из романтических поэтов и рассказывать истории о том, как охотятся на львов в пустыне. 193

Ему казалось, что она во все поверит.

— Какое у вас славное имя — Тата.

— Татой меня зовут только дома, и это никакое не славное имя, а что-то вроде собачьей клички. У нас собаку зовут Ляля. Ее Ляля, а меня Тата! Очень удобно приучать животное откликаться, всего два повторяющихся слога. Это написано в любой книге по собаководству!

— Вас назвали в соответствии с книгой по собаководству?!

— Да нет, конечно, — сказала Тата с досадой. — Меня и вправду так зовут только дома, и я теряюсь, когда меня так называют...

— Посторонние?

Она кивнула:

— Откуда вы узнали, вот загадка!

— Это никакая не загадка. Вы однажды приехали вместе с какой-то дамой, очень красивой, кажется вашей матушкой, и она все время называла вас Татой. А я услышал, вот и все. И мне не хочется, чтобы вы считали меня посторонним.

Тата открыла было рот, чтоб спросить, кем же тогда она должна его считать, уж не своим ли, но решила не спрашивать.

— А мама у меня в самом деле красивая, — быстро сказала она, чтобы что-нибудь сказать. Ей было неловко.

— Говорят, если хочешь узнать, как женщина будет выглядеть в... зрелом возрасте, достаточно посмотреть на ее мать. И все станет ясно.

— Олег, я и сама в достаточно зрелом возрасте! Мне в апреле стукнет сорок. Или это был такой **194** комплимент?

— Комплимент, — покаялся он. У него были веселые карие глаза с золотистыми точками.

Тата быстро посмотрела и отвернулась.

— А что? Вы не любите комплименты?

Она нехотя пожала плечами.

Как можно не любить комплименты или, напротив, их любить? Комплимент и есть комплимент — вроде сказано что-то приятное, и вроде это хорошо, и в то же время никто не обязан сказанному верить.

Хотя в умных книгах — «Наше счастье в наших руках!», «Как приручить мужчину», «Выиграй войну и обрети ЕГО!» — сказано, что комплиментам необходимо радоваться и в них надо верить.

Тата редко радовалась. И уж никогда не верила!..

Ну, вот она точно знает, что сегодня выглядит плохо, не выспалась, да еще чаю на ночь нахлесталась, потому что перед этим наелась винегрету с солеными огурцами и квашеной капустой, и вид у нее теперь, как у китайского подводника — глаза узенькие-узенькие, заплывшие-заплывшие, а щеки, наоборот, желтые-желтые и раздутые-раздутые, — и ботинки надела не те: во-первых, жмут, во-вторых, как-то на редкость неудачно пережимают ногу повыше щиколотки, от чего нога похожа на бледную перетянутую толстую сардельку, а навстречу ей в коридоре попадается Павел Петрович и говорит: «Вы сегодня особенно прекрасно выглядите, Татьяна Алексеевна!»

По мнению авторов умных книг, Тата должна возрадоваться, посмотреть на себя глазами Павла Петровича и не найти в себе ни одного недостатка, но она-то знает, что их тьма! И вряд ли Павел

Петрович ослеп, оглох, потерял обоняние, осязание и разум, ибо только в таком состоянии можно все эти недостатки не заметить!

Нет, Тата не любила комплименты и не умела им радоваться!

И муж никогда ей не говорил, сколь она прекрасна.

Он был двадцать лет на ней женат, и двадцать лет его комплименты выглядели следующим образом: она спрашивала, хорошо ли выглядит. Он отвечал: ты очень красивая женщина.

При этом он мог смотреть в окно, в телевизор, в журнал или в Тюпину книжку, если Тюпа требовал, чтобы папа ему читал.

Зачем мне на тебя смотреть, я и так знаю, что ты красивая!..

В переводе на нормальный женский язык это означает — отстань от меня.

И Тата отставала. Приучила себя отставать...

Под ногами было скользко и как-то не слишком надежно, а Тата на каблуках, и теперь перед ней стоял практически неразрешимый вопрос — взять Олега под руку или не брать.

Не взять — можно животом плюхнуться в жидкую, размолотую ногами кашу.

Взять — не будет ли это слишком фамильярно и не подумает ли он чего!

Сорок лет — это прекрасный возраст женственности и осознания себя в этом мире. Тата решительно не могла понять, осознала она себя в своей женственности или пока еще нет.

По всей видимости, нет.

Тут — на мысли о женственности — она и поскользнулась, и Олег ее поддержал. Он поддержал ее совершенно естественно, и Тата сказала себе, что это нормально, не мог же он позволить ей плюхнуться! И руку свою на ее локте оставил тоже совершенно естественно, и Тата сказала себе, что это нормально, а вдруг она опять поскользнется!..

— Вы любите весну?

— А? Весну?

Она понятия не имела, любит весну или не любит. Как не имела понятия, любит ли она человечество в целом. Весной она любит весну, зимой любит зиму. Любит, чтоб на Новый год был снег, морозец, и чтоб в Боженке на участке бенгальские огни втыкали в сугроб, и чтобы за нос щипало. В октябре любит запах дыма, опавших листьев, подмороженных яблок, которые, если надкусить, оставляют во рту холодный винный вкус. Летом любит, чтоб было жарко и чтоб можно было носить сандалии с открытыми пальцами — тогда виден красный лак на ногтях — и длинные льняные сарафаны, и чтоб теплый ветер непременно трепал подол! А весной...

Весной ей всегда тревожно, и ничего с этим нельзя поделать.

И сейчас ей тревожно от его руки, от его золотистых глаз, от того, что он рядом, такой высокий, незнакомо пахнущий, в распахнутой куртке!..

Зачем он спрашивает?.. И так все ясно.

— Я люблю Пасху, — сказала Тата, чтобы не отвечать про весну. — Мы всегда куличи печем. Это семейная традиция. Я как раз сейчас должна метаться по магазинам и покупать муку, изюм и масло. В куличи нужно очень много масла. И это очень долгая история — куличи, а я вместо этого, видите, с вами иду к вашему другу!

— Во-первых, я счастлив, что вы идете со мной к моему другу. А во-вторых, куличи можно и в булочной купить. Зачем вы их сами печете?

— В магазине? — переспросила Тата и засмеялась.

Покупать куличи в булочной казалось ей дикостью.

Бабушка Татьяна Львовна говаривала, что чем покупать кулич в магазине, лучше тогда совсем без него!..

Еще Татьяна Львовна говорила, что весь смысл кулича в том, что пекут его с любовью, с радостью, предвкушая еще большую пасхальную радость, а вовсе не в том, чтоб в какой-то определенный день весны взять да и съесть кусок сдобной булки! Ее можно и просто так в любой день съесть, без всякой Пасхи!

А еще Татьяна Львовна говорила, что даже в войну, в эвакуации, когда ничего невозможно было ни купить, ни достать, как-то ухитрялись, меняли на молоко, муку и масло последние вещички или немудреное прабабушкино золото, полученное в наследство, только куличи все равно пекли. И не было за годы войны ни одной Пасхи без кулича!

А еще Татьяна Львовна утверждала, что для этого тайного и многотрудного дела все женщины семьи должны собраться вместе, все должны поучаствовать и все должны думать о любви. И только в этом случае кулич получится такой, каким ему должно быть, — пышный, легкий, пропеченный, с глянцевыми спинками запекшихся изюминок на высокой золотистой маковке.

И все это она рассказала Олегу, радуясь тому, что он слушает так внимательно, с таким искренним интересом, и ей даже жалко стало, когда он вдруг придержал ее за руку и сказал:

— Мы пришли.

С жестяной крыши над крылечком потоком лилась вода, прямо на голый обмороженный куст, каждая веточка была в ледяном панцире. По трубе скатывались оттаявшие льдины, вылетали на тротуар и рассыпались под ногами, как осколки битого стекла. В окошках, забранных чугунными старинными решетками, горел уютный свет и двигались какие-то тени.

— Заходите, Тата. Там внизу тоже интересно, но мы сначала пойдем повыше.

Оставляя мокрые следы на чугунной ажурной лестнице, почему-то напомнившей Тате пьесу Островского, они поднялись на второй этаж.

Олег открыл дверь. Меланхолически прозвонил колокольчик, и они оказались в тесно заставленной комнатушке с высоким сводчатым потолком.

— Да, да! — прокричали откуда-то. — Я слышу!

На стенах висели светильники в виде купидонов и виноградных гроздьев. С потолка низвергались люстры таких размеров, что нижние тонкие стеклянные лепестки почти касались темного паркетного пола. Какие-то эскизы навалены кучей в углу, а на столе с потертой кожаной крышкой валялись свернутые в трубку рисунки, стоял старинный чернильный прибор — одной крышки не хватало, и из чернильницы торчали карандаши, — и ноутбук примостился рядышком, и допотопный черный телефон на стене.

Тата думала, что он тоже продается, но в этот момент он вдруг позвонил — громким, требовательным, залихватским звоном!

Здесь было удивительно тепло и пахло пылью, сухими цветами и, пожалуй, полиролью.

— Нравится? — тихонько спросил Олег.

Тата покивала. Глаза у нее горели.

Она стала разматывать шарф, и Олег тихонько взял его у нее из рук и положил рядом со своим рюкзаком на кожаный обшарпанный диван, стоявший при входе.

Телефон позвонил-позвонил и перестал.

— Я же сказал, иду! — нетерпеливо повторил тот же голос, и теперь Тата поняла, что он доносится откуда-то сверху. — Я здесь! И звонят, и звонят!.. И идут, и идут!..

Со стремянки, широко расставившей латунные ноги в дальнем конце этой необыкновенной комнаты, у самого окна, спустился лохматый молодой человек в очках. В руках у него был купидон, держащий свечной рожок.

— Ага, — сказал молодой человек с удовольствием, — вот это кто!..

— Привет, — поздоровался Олег. — Тата, познакомьтесь, это Игорь, мой приятель. Мы вместе в институте учились. А это Татьяна, моя... коллега. Мы просто гуляли и решили к тебе зайти. Нам ничего особенно не нужно, так что ты не обращай на нас внимания.

— Как же мне не обращать внимания, когда ты приводишь ко мне таких красивых женщин, — лохматый Игорь поклонился Тате. Свитер болтался и шевелился на нем, как будто снятый с человека примерно раза в два больше. — Да еще без предупреждения!

— Здравствуйте! — весело поздоровалась Тата.

Почему-то этому очкастому, отвесившему ей комплимент, она моментально поверила.

— Значит, вы гуляете? И просто так зашли? Ни за что не поверю! Наверняка не просто гуляете и не просто зашли! Скажите, прекрасная Татьяна, может быть, вам все-таки что-нибудь нужно? Может быть, вы художник и оформляете дом како-го-нибудь нувориша, и вам понадобилось нечто особенное? И мой друг вспомнил обо мне, бедном хранителе старины и любителе всякого хлама, и привел вас сюда?

Он трепался как-то так, что Тата моментально простила ему и «прекрасную Татьяну», и подозрение в том, что она «художник».

— Смотрите, какой чудный купидончик! — И он жестом фокусника сунул к самому ее носу бронзовую фигурку. — Обратите внимание, как он лукав и в то же время мудр! Стрела купидона ни-кого не поражает напрасно, не так ли, мой бедный друг? — Это было сказано Олегу. — Нет, что ни говорите, а модерн был лучшим из направлений в искусстве!

— А по-моему, нисколько он не мудр, — за-метила развеселившаяся Тата и взяла купидона, оказавшегося на удивление тяжелым, из рук лох-матого и очкастого. — Да и вообще это просто бронзовая поделка, и хороша она только тем, что отлили ее в девятисотом году!

— В девятьсот восьмом, — поправил лохматый с удовольствием, сложил на груди костлявые руки и подбодрил: — Продолжайте, продолжайте!

— Точно так же, как этот купидон, хороши кобальтовые чашки Ломоносовского завода из сервиза моей бабушки! Лет через пятьдесят о них будут говорить, что это произведение искусства украсит собой любую коллекцию! Художники-реалисты середины пятидесятых годов двадцатого века нашли свой способ выразить протест диктатуре — посмотрите, как глубок этот синий цвет! А какова золотая окантовка! Ее ширина составляет ровно семнадцать миллиметров, и что это, если не намек на пролетарскую революцию семнадцатого года?

— Браво! — одобрил лохматый и, обратившись к Олегу, добавил: — Не только красива, но и умна!..

И Тате это было приятно.

— Ну хорошо же! — Лохматый взял у нее из рук купидона и сунул на заваленный всякой всячиной подоконник. — Шут с ними, с заводскими образчиками литья! А посмотрите вот на это! Вот про это вы никогда не сможете сказать, что это так же хорошо, как кобальтовые чашки вашей бабушки! Венецианское стекло, семнадцатый век. Подлинник, хотя, конечно, многое пришлось восстановить. — Он за руку подвел Тату к низвергающейся с потолка люстре. — Посмотрите, посмотрите! Тут ведь дело не в том, что цена ей — полмиллиона! А в том, как много она повидала на своем веку! Вы только представьте себе! Она висела в какой-то зале — судя по ее размерам, огромной зале. В каком-то доме — судя по ее богатству, в состоятельном доме! Под ней танцевали, принимали гостей, целовались, ссорились, мирились, на ее подвески капал воск многочис-

ленных свечей! Под ней проходили лакеи, про-
бегали дети, проносили усопших!.. А теперь она
здесь, у меня, и, видит бог, как мне не хочется
с ней расставаться!

— Вы ее продаете?

— Я надеялся, что не продам так быстро, —
сказал лохматый почти печально. — Но покупатель уже есть, так что...

И он махнул рукой, словно сожалея о том, что
получит полмиллиона за свою необыкновенную
люстру.

В каморке лохматого они пробыли долго, при
этом хозяин то и дело обращался к ним обоим
сразу, как бы объединяя их, и на Ордынку Тата
с Олегом вышли гораздо более близкими людьми,
чем вошли в магазин.

На улице синели зыбкие весенние сумерки,
сильно похолодало, под ногами хрупал ледок,
и воздух стал колким, утратившим дневные запахи
оттаявшего города.

— Господи, — спохватилась Тата, — какой
ужас! Сколько времени?

— Без... — он посмотрел на часы, — без двадцати шесть.

— Как шесть?! Я давно должна быть дома!
У меня куличи!

— Да-да, я помню, — согласился Олег. — Вы
всегда их печете, потому что глупо покупать их
в магазине. Так сказала ваша бабушка.

— Вы что, смеетесь?

— Ни в коем случае! Поужинать со мной вы,
конечно, не согласитесь? Даже если я пообещаю
вам заказать на десерт кулич?

203

— Мне срочно нужно домой, Олег, — твердо сказала Тата. — Спасибо за экскурсию, но сейчас мне правда нужно ехать!

Как-то так получилось, что они уже добежали до ее машины, а казалось, что до магазина шли довольно долго.

Тата глупо потрясла его руку, открыла дверь, пролезла на водительское место — лезть было очень неудобно, соседняя машина стояла слишком близко, и Тате пришлось извиваться, как индийской женщине во время исполнения танца живота.

Он придержал ее дверь.

— Можно, я вам позвоню?

— Зачем? То есть, конечно, конечно, звоните, я всегда на месте, с девяти до шести.

— Можно я позвоню вам, Тата?

Она перестала метаться, отводить глаза и производить массу совершенно лишних движений. И посмотрела на него из машины — снизу вверх.

В конце концов, что ей терять?!

Ей сорок лет, и она знает о жизни все.

Ее муж пропадает в командировках, и она почти точно знает, что, вернувшись в очередной раз, он объявит, что вернулся в Москву, но не к ней, все кончено, у него теперь своя жизнь, у нее своя, и ей казалось, что она к этому почти готова.

Ее дети почти выросли, чуть-чуть, и она перестанет быть им нужна, у них и сейчас уже свои интересы.

Почему бы нет?..

И она разрешила:

— Позвоните, — и тут же устыдилась, что ломалась так долго и устроила из совершенно пустякового дела какую-то канитель.

Всю дорогу до Боженки она пребывала в задумчивости, вспоминала свое «свидание» в мельчайших подробностях, так же, не выходя из задумчивости, купила в сельском магазинчике все, что нужно для куличей, и, подъехав к воротам, решила, что все-таки позвонит.

Зачем так мучиться? Лучше задать вопрос и получить ответ.

Решительной рукой она достала телефон и нажала одну кнопку.

«Аппарат абонента выключен или находится вне зоны действия сети, — сообщил ей телефон. — Попробуйте перезвонить позже».

Телефону не было никакого дела до того, что решиться перезвонить трудно, и еще неизвестно, решится ли она.

Подумав, она набрала совершенно другой номер.

— Здравствуйте, — сказала она, когда ей ответил женский голос, — можно попросить Максима Владимировича?

Женский голос уверил ее, что Максим Владимирович ответить не может, зато Тата может оставить сообщение, и Максим Владимирович, когда сможет...

— Спасибо, — не дослушав, поблагодарила Тата, нажала «отбой» и еще немного посидела, не открывая дверь. Ей не хотелось выходить. Потом пропела: — О, сколько их упало в эту бездну, отверстую вдали, настанет день, когда и я исчезну с поверхности земли[1]...

И полезла вон из машины.

---

[1] Из стихотворения М. И. Цветаевой.

На дорожке с одной стороны подтаяло, а с другой, наоборот, подмерзло, каблук у Таты подвернулся, и она чуть было не упала со всеми пакетами, которые тащила в обеих руках.

Когда она добралась до крыльца, дверь в дом распахнулась так, что со всего размаху ударилась о стену и начала медленно закрываться, а в проеме показалась огромная ушастая башка. Башка покрутилась из стороны в сторону, акулья пасть растянулась в совершенно ангельской улыбке, и на крыльцо выдвинулась Ляля. Твердый, длинный, упругий хвост заработал, попадая по стенам и сотрясая их до самого основания.

— Марш домой! — велела Тата. — Заходи обратно, ты весь дом разнесешь своим хвостом!

Ой мамочки, сказала Ляля, как хорошо, что ты приехала, вот счастье-то! Дай я тебя поцелую!

И она прыгнула на Тату. От прыжка дом покачнулся, как во время землетрясения, и далеко-далеко, может, в подполе, а может, на соседней железнодорожной станции, что-то упало и разбилось.

— Ляля, у меня руки заняты! Ляля, прекрати лизаться! Дай мне поставить сумки, и мы с тобой поздороваемся!

Ляле некогда было ждать. Она радовалась, как дитя.

Должно быть, небольшой трицератопс, завидев археоптерикса на верхушке каменноугольного древовидного папоротника, подпрыгивал так же жизнерадостно и живо, и стволы доисторических деревьев так же содрогались до основания.

Пятнистая зелено-коричневая, в цвет камуфляжа американского морского пехотинца голова размером примерно с две человеческие поддевала руку хозяйки, чудовищная пасть расплывалась в счастливой улыбке, лапы, напоминавшие те самые стволы доисторических деревьев, клацали по гладким доскам веранды.

— Ляля, дай мне войти!

Ну, подожди, приговаривала Ляля, глядя умильно и умоляюще, сначала поговори со мной! Где ты была так долго?! Я тебя прямо заждалась! Вот смотри, я сейчас брякнусь на спину, а ты почеши меня немножко, пожалуйста, а? Прямо тут, на крылечке! Пока тебя никто не отвлек! Ты меня будешь чесать, а я тебе расскажу, как я жила весь этот длинный день! Ты же была на работе и наверняка очень соскучилась по своей собаке и думала о ней каждую минуту! Да? Да? Да?

Розовый язык такой длины, что было совершенно непонятно, как он помещается даже внутри такой гигантской пасти, высунулся, Ляля прицелилась хорошенько и...

— Ляля! Нельзя! Ты же знаешь, что я этого не люблю!

— Мам, ты чего орешь?

— Если бы хоть кто-нибудь вышел и помог мне с сумками, я бы не орала!

Тёма перехватил у нее пакеты. Он что-то жевал, был босиком и в одной майке, а на улице острый весенний морозец.

— Тёма, немедленно иди в дом! Ляля, на место!
— Дай сумки-то!

Ляля в это время прилегла на передние лапы, шевельнула задом, приготовляясь, и скакнула на Тату. Но Тата была готова. Одновременно с Лялей она прыгнула в сторону, и могучая, литая, вся со- **207** стоящая из мышц туша приземлилась на пол. Веранда затрещала и, кажется, заходила ходуном.

Пока Ляля с горестным недоумением оглядывалась и соображала, почему у нее не получилось обнять хозяйку и изо всех сил прижать ее к своей любящей груди, Тате удалось заскочить в дом.

Следом, толкаясь, влетели Тёма с Лялей.

— Тата, почему ты так поздно?! Ты же еще днем сказала, что выезжаешь!

— Меня с работы не отпустили, мама, — соврала Тата, а Ляля забежала сбоку и опять лизнула ее в лицо. Розовый горячий язык прошелся по всей хозяйкиной физиономии, от уха до уха.

Ну и на том спасибо. Обнять не удалось, так хоть вылизать! По крайней мере, теперь будет пахнуть хорошо, а то несет невесть чем — духами, сигаретами, гадость какая!

На пороге огромной кухни, переделанной из трех комнат старого дома, показалась бабушка в лиловом брючном костюме, с накрашенными губами и мундштучком. В мундштучке дымилась пахитоска.

Мать тут же сделала недовольное лицо и помахала рукой, разгоняя бабушкин дым.

— Тата, собака совершенно распустилась! Зачем ты разрешаешь ей лизаться?!

— Я не разрешаю, — буркнула Тата.

— Я прочитала в газете, что собаки — разносчики всех болезней! То есть нет такой болезни, которую не разносили бы собаки! А она у вас валяется, где хочет, да еще лижется! Немедленно ступай умываться! Иначе я не стану с тобой здороваться.

208   — Мама, когда вы приехали?

— Давно, — сказала мать и дернула плечом.

Из этого следовало, что, как всегда, ее бросили одну, наедине с ведром куличей и кучей детей, как будто она не человек, а прислуга, и никто не обращает на нее внимания, и помощи ни от кого не дождешься.

— Я тебе сейчас помогу, — заспешила Тата. — Ты тесто уже поставила?

Мать ничего не ответила. Значит, не просто обижена, а обижена всерьез.

Сейчас придется умолять, упрашивать, каяться, так или иначе мириться, ибо, не помирившись, нельзя печь куличи!..

— Бабушка, а ты?

— Я?! Разумеется, я не разрешаю вашей собаке на меня прыгать и тем более лизать! Я читаю газеты и знаю...

— Да я не о собаке! Ты когда приехала и кто тебя привез?

— Я приехала полчаса назад, — отчеканила бабушка. — Меня привез Володя. Вот образцовая семья. Никаких собак. Никаких болезней. Дети учатся во французской спецшколе, и еще к ним ходит преподаватель китайского языка. И Володя, между прочим, не пропадает в командировках.

— Мама, — торопливо вмешался Тёма, — у нас сочинение по Чехову. Рассказ называется «Студент». Я нич-чего не понял! Давай ты прочтешь и напишешь! То есть мы вместе напишем, я хотел сказать.

— О господи, — пробормотала Тата.

— Тата, я не могу найти формы! Где формы для куличей?

— Мама, зачем тебе формы, если ты еще не ставила тесто?

— Я хочу их помыть. Заранее. И откуда ты знаешь, что я не ставила тесто?

Тата, на ходу засовывая ноги в шлепанцы, подбородком показала на стол.

— Ничего нет, — сказала она и принялась выгружать из пакетов еду в холодильник. — Ни муки, ни кастрюль, ничего. Если бы ты уже поставила тесто, все вокруг было бы в муке и грязной посуде!

— Подумаешь, какая дедукция!

— Мам, можно я Ляльке на голову шапку надену?

Младший сын Тюпа показался из-за диванной спинки и опять пропал за ней, залег в засаду. Телевизор работал на спортивном канале. Тюпа признавал только мультики и спорт.

— Зачем Ляле шапку?!

— Бабушка Таня, — так ее дети называли прабабушку, чтобы легче было разбираться, где просто бабушка, а где «пра», — сказала, что уши нужно беречь, а то они застынут и будет мутит! А собака ходит без шапки!

— Какой... мутит?!

— Это такая болезнь ухов, — охотно пояснил Тюпа и опять показался из-за дивана. Тата наконец сообразила, почему он не вышел ее встречать.

Там, за диваном, он ел шоколад, что было ему категорически запрещено ввиду сильной аллергии.

Тюпа ел шоколад, прячась за спинку дивана, и рот у него был перемазан, и руки, и даже волосы немного. Тюпа всегда все делал с увлечением — 210 ел, спал, читал, пачкался!..

В этом он был похож на своего отца, который нынче пропадает в командировках.

— Болезнь ушей называется отит, — отчеканила Таня. — Шоколад тебе нельзя! Ты что, этого не знаешь?! Завтра будешь весь чесаться! Мама, кто привез ему шоколад?!

— Я привезла, — объявила бабушка откуда-то из глубины дома. — Ну и что?

— У него аллергия!

— Такой болезни не существует, — твердо сказала бабушка. — Это все выдумки. Существует только неправильное питание и родительская безалаберность!

Тата, покопавшись в специальном «аптечном» ящике стола, сунула Тюпе таблетку от аллергии и стакан с водой, а недоеденную плитку отобрала.

Тюпа заныл, и Ляля немедленно взгромоздилась к нему на диван — утешать.

— Тата, прогони собаку! Собака и ребенок не могут сидеть на одном диване! У нее глисты, и у него тоже будут глисты!

Тата рассеянно доела надкушенную, теплую, подтаявшую Тюпину плитку.

— У него будут не глисты, а аллергия. Прямо завтра. Бабушка, ему нельзя шоколад. Не привози больше, пожалуйста! Если хочешь его угостить, привези, не знаю, яблок, что ли!..

— Я не люблю яблоки! Я шоколадку люблю!

— Мам, этот рассказ «Студент» всего три страницы! Ты его быстро прочтешь!

— А Сережа? — спросила Тата у матери. — Уехал?

— Они с Лерой поехали в магазин. — Мать пожала плечами. — Они приехали, заглянули в твой холодильник и... в общем, поехали в магазин.

Значит, сестра обнаружила, что у Таты есть нечего, и теперь ликвидирует прорыв. Очень на нее похоже.

— А Сашка с Машкой? — Так звали племянниц.

— Они наверху.

— Что они там делают?!

— Они копаются в твоей косметике, мам, — сказал Тёма совершенно равнодушно.

Тата посмотрела на него. У него было такое лицо — вот-вот расхохочется!

— А что делать, мам? Если выгнать их из твоей косметики, они влезут в мой компьютер!

В это время входная дверь распахнулась, что-то грохнуло, Ляля бабахнула чудовищным лаем, как будто пушка выстрелила, скатилась с дивана и тяжелой рысью понеслась к выходу. Мать уронила в раковину жестяную форму. Тюпа заверещал и запрыгал на одной ноге — кажется, в телевизоре кто-то кому-то забил гол.

Светопреставление и всеобщее смятение.

Ничего не случилось. Просто сестра с мужем приехали из магазина.

Пока Тата целовалась с Лерой, Ляля от души вылизывала их обеих под громкие протесты матери и бабушки. Сверху скатились девчонки — кажется, губы у них были накрашены — и моментально переключили Тюпин спорт на сериал «Очарованные в лесу», а может, «Дора Фрукт, расхитительница садов», и Тюпа задал им жару.

Следом за Лерой в дверях показались двоюродная сестра Шура, ее муж, тот самый Володя, что привез бабушку, и их сын Даниил.

Ляля снова забрехала, так что стены заходили ходуном.

Двоюродную сестру Шуру, а также Даниила с Володей Тата терпеть не могла.

Тата терпеть не могла, а бабушка обожала.

С точки зрения бабушки, только они из всей семьи жили «правильно».

— Гос-споди, — сказала Шура с порога, — госсподи, что здесь происходит? И какая вонь! Госсподи, как воняет этой собакой!..

— Мама! — перекрикивая шум, с лестницы заорал Тёма. — Я пока на компьютер пойду! А ты рассказ прочитаешь, да?

— Татьяна Львовна, как вы все это выносите? — Дядя Володя, брезгливо переставляя длинные ноги в каких-то невиданных волосатых брюках, подошел к бабушке и почтительно ей поклонился. Сверкнула его лысина.

— И не говорите, Володя! В моем возрасте уже не под силу весь этот Содом с Гоморрой! Каждый год я говорю себе, что уж в следующем точно не поеду, но Пасха, как же не ехать!..

— Приезжала бы к нам в Марьино, бабушка, — сказала Шура.

Она слегка поцеловала Тату, на Леру не обратила вообще никакого внимания, Сереже кивнула и как была, в теплых ботах, решительно двинулась к телевизору и выключила «Очарованных в лесу», а может, «Дору Фрукт, расхитительницу садов». А пульт от телевизора сунула себе в карман, словно в сейф заперла.

Девчонки заверещали, но Шура была непреклонна и к тому же обнаружила их накрашенные губы.

— Что это такое?! — взревела Шура так, как будто бульдозер завелся. Даже бесстрашная Ляля, не боявшаяся никого и ничего на свете, стала сдавать задом, пока не уперлась Тате в ноги.

Шура взяла обеих малолетних преступниц за подбородки и повертела их головы из стороны в сторону. Девчонки таращили испуганные глаза и покорно вертели.

— Марш умываться! Вы выглядите, как... как женщины легкого поведения!

Девчонки одновременно моргнули.

— Где вы взяли эту гадость?! Кто вам разрешил?!

— Шурочка, успокойся, — фальшивым голосом сказала Тата, — это я им разрешила. Мы просто баловались.

Шура выпустила девчонок, которые проворно, как кошки, стали улепетывать по лестнице на второй этаж.

— Как?! Ты разрешаешь девочкам пользоваться косметикой?! Позволь, но в десять лет это совершенно недопустимо!

— Шура, не переживай! — бодро сказал Сережа, Лерин муж и по совместительству отец преступниц. — Ничего страшного не происходит!

— Как это не происходит?! Ты же отец! Детей нужно держать в узде, спроси у Владимира!

Дядя Володя несколько раз согласно кивнул.

— Даниил и Арсений никогда этого себе не
214 позволяли!

— Если бы Даниил и Арсений красили губы, это была бы действительно катастрофа, — громко сказала Лера, которой было наплевать на Шуру с Володей. — Мам, что ты возишься с этими формами? Отстань от них! Давай быстренько соорудим ужин, всех накормим и разгоним спать.

— А куличи? — с робкой надеждой на избавление спросила мать.

Возиться с тестом ей не хотелось — она вообще терпеть не могла домашние дела, — но сейчас она уже совсем приготовилась исполнять свой долг, и Лерино предложение словно избавляло ее от неминуемого восхождения на костер!

— Куличи мы с Татой поставим без вас!

— Как?! Ночью?!

— А хоть бы и ночью!

Спорить с Лерой никто не осмелился — уж такая она уродилась, что с ней никогда никто не спорил. Даже в детском саду на утреннике она объявляла воспитателям, что изображать лошадку не станет, зато будет изображать белочку, и заставлять ее никто не решался.

Бабушка, и та относилась к ней с осторожным уважением.

Тата всегда думала, что, если бы у нее была какая-то другая сестра, она, Тата, должно быть, давно бы уж совсем пропала!..

В один момент Лера соорудила ужин, рассадила сначала детей — «мама, я не буду мясо, я хочу йогурт и сыр!» — потом выгнала детей и рассадила взрослых.

— Лерочка, ты же знаешь, что картофель на ночь вреден!

— Не ешь, бабушка.

— И салат недосолен!

— Возьмите соль и посолите, Владимир!

— Лерка, у нас на плите что-то горит!

— А! Выключи, я забыла под сковородкой газ погасить.

Наступил некий тайм-аут. Дети возились на втором этаже, оттуда доносились их вопли и тяжелые прыжки Ляли, как будто там учили бегемота прыгать с тумбы на тумбу. Взрослые чинно ели и беседовали о том, какая холодная нынче Пасха, и весны теперь стали не те, и продукты опять подорожали, а муку для куличей следует брать только французскую, потому что у нашей помол нехорош.

Тата жевала и думала об Олеге и о том, как она сегодня гуляла по Ордынке.

И еще она думала о люстре, которая низвергалась с потолка и доставала почти до пола, как сверкающий хрустальный водопад, и о том, что эта люстра наверняка была свидетельницей удивительных событий.

Еще она прикидывала, рассказать Лере о том, что она была почти что «на свидании», или не рассказывать.

Рассказать очень хотелось.

Но тут выдвинулась бабушка. Она выдвинулась во фланг, развернула знамена, пришпорила скакуна и понеслась.

— Тата, где твой муж? Я же тебя спрашивала, будет ли он на Пасху дома, и ты сказала, что непременно будет!

Глаза Шуры зажглись любопытством, а лысина дяди Володи порозовела от удовольствия. 216 Надвигался скандал или, по крайней мере, теплое семейное разбирательство, а что может быть интересней?..

— Бабушка, я ничего такого не говорила! Он улетел на Север и вряд ли успеет вернуться к воскресенью.

— Как?! На Новый год он тоже не успел вернуться!

— Ты все забыла! На Новый год как раз успел.

— Но прилетел тридцать первого числа, а улетел второго или третьего! Я ничего не забываю, потому что принимаю капли для головы.

— Он занят, бабушка, — быстро сказала Лера. — Ты же знаешь, какие у него дела.

— Я знаю, что у него есть семья и дети, — величественно возразила бабушка и вставила пахитоску в мундштучок.

Тата подскочила и подала ей пепельницу. Мать смотрела несчастными глазами — ей не хотелось, чтоб в семье были проблемы, которые она никогда не умела решать, и жалко было Тату.

— У него семья, дети, а он пропадает непонятно где! — продолжала бабушка. — Мальчики совершенно отбились от рук.

— Никто не отбился.

— И собака делает все, что хочет! Еще, боже избави, ты начнешь на свидания похаживать!

Тата уже начала «похаживать», но знать об этом никому не полагалось.

— Я думаю, — вступила Шура, — что они разводятся. Так всегда бывает. Семья всегда узнает последней.

— Типун тебе на язык, Александра! Если они разведутся, дети умрут с голоду.

— Никто не умрет!

217

— Тата, не обращай внимания. Налей мне лучше чаю.

— Мама, не переживай.

— Вы и вправду разводитесь?

— Конечно, нет! — воскликнула Тата, но как-то не слишком уверенно, и ей показалось, что все за столом услышали эту неуверенность в ее голосе. — То есть я думаю, что мы не разводимся.

— А что думает на этот счет твой муж?

Тата не знала, что именно он думает.

Если б им удалось поговорить, наверное, она бы знала, но телефон у него все время выключен, а когда он прилетает в Москву, ему недосуг разговаривать с Татой.

Так уж получилось.

— Н-да, — протянул дядя Володя и пробарабанил пальцами по столу какой-то марш. — Разводы катастрофически сказываются на детях. Ка-таст-рофически!

— Катастрофически, — подтвердила Шура, которая никогда в жизни не разводилась.

— Мальчикам особенно нужны дисциплина и послушание. Только дисциплина и только послушание! Если, конечно, мы хотим вырастить мужчин, а не этих современных... хлюпиков. Мой сын Арсений в этом смысле подает самые радужные надежды.

— В смысле дисциплины и послушания? — уточнила Лера. Она чай не пила, таскала из тарелки овощи и салатные листья. Сейчас она жевала петрушку, которая свешивалась у нее изо рта, как у ослика Иа.

Может, именно из-за петрушки всем показа-
218 лось, что она дразнит розового дядю Володю.

Дядя Володя из розового перелился в красный цвет и отчеканил, глядя поверх Лериной головы:

— Именно в этом смысле, дорогая! Вас с Сергеем это также должно волновать, потому что вы воспитываете девочек, будущих матерей!

— Ну, отцов-то вы уже воспитали, как мы все поняли!

— Арсений — это моя гордость. Даниил гораздо, гораздо более расхлябанный молодой человек. Его захлестнула среда и эта невыносимая компьютерная культура! Он играет в игры!

— Это нормально, — сказал Лерин муж. — Если только он не делает этого сутками.

— Я отвожу ему для занятий на компьютере ровно сорок пять минут, — дядя Володя окинул родственников победительным взглядом — вот какой хороший и внимательный родитель. — За это время он может сыграть несколько прекрасных партий в шахматы на специальном шахматном сайте! А он играет в войну!.. И мне пришлось принять радикальные меры. Я лишил его компьютера.

— Как?!

— Он же взрослый, — жалобно сказала Тата. — Ему же... сколько? Пятнадцать? Или уже шестнадцать? Как можно лишить его компьютера? Он же не Тюпка!

— Гос-споди, ты все называешь своих детей этими собачьими именами?

— Шурочка, позволь мне закончить. Никакого компьютера. Никаких стрелялок. Ничего такого, что развращает молодого человека.

На лестнице произошло какое-то шевеление, и Тата, задрав голову, посмотрела вверх. По бал- **219** кону второго этажа, куда выходили двери спален, кто-то прошел и остановился на площадке.

Тата подумала, что детям давно пора спать, и тут же забыла об этом.

— Даниил заканчивает десятый класс и поедет доучиваться в Воронеж.

Лера перестала жевать петрушку.

— Зачем?!

— Моя сестра заведует там школой-интернатом. Даниил, как зарекомендовавший себя не с лучшей стороны, будет там учиться дисциплине и самостоятельности.

— Сдали бы вы его в Москве в интернат, — сказал Сергей и поднялся из-за стола. — Чего в Воронеж-то тащить!

— Ты не понимаешь. Там он будет под присмотром, и потом, чем дальше от Москвы, тем меньше соблазнов!

— Компьютер и в Африке компьютер, не то что в Воронеже! Или вы думаете, что компьютеров нет именно в Воронеже, что ли?! — с досадой перебил Сергей.

Казалось, он хочет сказать что-то такое, чего говорить ни в коем случае нельзя, особенно за семейным столом, и сдерживается только из соображений политкорректности.

А может, потому, что Лера из-под стола показывает ему кулак.

— Да, — сказала мать. — Бедолага. Мальчишки в этом возрасте такие... трепетные. Им так нужны мама с папой, а вовсе не интернат.

— Дорогая, — перебила бабушка. — Я уверена, 220 что родителям виднее. Кроме того, Владимир совершенно прав относительно дисциплины. Она необходима.

Тата думала, что, если бы так получилось и ее муж вдруг сию минуту приехал домой, все моментально встало бы на свои места.

Все ее родственники слушались его, как солдаты своего полкового командира. Впрочем, его трудно не слушаться.

— Все понятно, — подытожила Лера. — Мы воспитываем своих детей неправильно. Мы не отправляем их в Воронеж к сестре нашего дорогого Владимира. Тата, я пойду разбирать постели, а ты убираешь со стола. Дорогие родственники, спокойной ночи, у нас еще куличи!

Однако угомонить всех удалось только к полуночи.

Тата месила плотное, пахнущее сдобой и ванилью тесто, думала о муже, люстре и Ордынке, когда Лера, позевывая, спустилась сверху:

— Пойдем покурим?

— Подожди, я так не могу бросить. Иначе оно опадет!

Лера заглянула в ведро, над которым трудилась Тата. Готовить она никогда не умела и не любила, зато очень любила поесть.

— М-м, как пахнет! Как в детстве! Помнишь, в булочной продавали куличи и они назывались «Кекс весенний»? Из идеологических соображений?

Тата засмеялась:

— Помню.

— А помнишь, бабушка нам говорила, чтоб мы в школе ни в коем случае не рассказывали, 221 что у нас дома пекут куличи? Мы же были пионерками!

— И комсомолками! — подхватила Тата.

Тесто, пухлое, самодовольное, словно улыбалось ей, и Тата улыбалась в ответ.

— Что, вы на самом деле разводитесь?

— Лерка!

— Ну что?

— Никто не разводится. Пока.

— Что значит — пока?

Тата перестала месить тесто, которое сразу перестало улыбаться.

— Я не знаю, — сказала Тата задумчиво. — Что-то случилось, наверное. Мы никак не можем поговорить, понимаешь?

— Нет, не понимаю. Может, он влюбился?

Тата неохотно пожала плечами:

— Мне кажется, если б он влюбился, я бы знала.

— Тогда, может, ты влюбилась?

Чтобы не смотреть на Леру, Тата посмотрела на тесто, которое теперь хмурилось.

Пасхальное тесто не должно хмуриться. Оно должно только улыбаться! Весь смысл куличей в том, что их нужно готовить... с любовью.

Никакого другого смысла нет.

— Я не знаю, — сказала Тата задумчиво. — Правда, пойдем на крыльцо.

— А твое драгоценное тесто?

— В присутствии куличей, — объявила Тата, — нельзя говорить на скользкие темы!

Лерка фыркнула:

— А что, у нас уже скользкие темы? Или ты, как дядя Володя, считаешь скользкой любую тему,
222 отличную от шахмат?

На веранде было сумрачно и сыро, свет из окна прямоугольниками ложился на широкие доски и на оседающие потемневшие сугробы. Неожиданно потеплело, и влажный ветер казался совсем весенним.

Лера плюхнулась в качалку и вытянула ноги.

— Господи, как хорошо-то! Твой муж — великий человек!

— Почему? — рассеянно спросила Тата.

— Потому что с его деньгами он бы мог тут отгрохать виллу с колоннами и портиками! А он оставил дом столетней давности, только улучшил немного.

Тата вдруг рассердилась:

— Разве он мог вместо этого дома забабахать колонны и портики?! Кем бы он был после этого?

— Татка, что с тобой?

— Я не знаю.

— Ты влюбилась?

Сосны вздыхали, и тяжелые капли падали на крышу со смачным весенним звуком.

— Вроде бы нет. Но я так устала! Лера, я тут неожиданно обнаружила, что я замужем почти двадцать лет. Двадцать!

— Ну и что?

— Ты знаешь моего мужа, — с ожесточением сказала Тата. — Он работает день и ночь. Ему совершенно наплевать на то, что со мной происходит. Он меня не видит и не слышит, иногда месяцами!..

— С чего ты взяла, что ему наплевать? С того, что он не подает тебе кофе в постель? Или не гуляет с тобой вокруг Патриарших прудов? Так он никогда не гулял, насколько я знаю! Он, даже **223** когда за тобой ухаживал, не гулял и не подавал! И двадцать лет спустя тебя это взволновало?!

— Да нет, — чувствуя себя очень глупо, перебила Тата. — Просто мне хочется чего-то... радостного, необыкновенного, понимаешь? Ну, например, чтобы он взял и приехал вот... завтра! Или подарил мне что-нибудь необычайное! Например, вологодские валенки. Он недавно был в Вологде. Знаешь, какой это потрясающий подарок — вологодские валенки? Я просила его привезти, а он забыл.

— И подарил тебе на Восьмое марта, — подхватила Лера, — очередной бриллиант!

Тата кивнула.

— Ужасное горе, — подытожила Лера. — И кофе в постель ни разу не подал, и валенки не купил. Скотина.

— Ты что? Смеешься?

— Татка, — убежденно сказала Лера, — как бы это тебе объяснить... Есть мужчины, совершенно непригодные для оказания галантных услуг дамам. Ну, то есть непригодные решительно! Твой муж как раз такой. Он никогда не станет усыпать твою постель лепестками белых роз и гулять с тобой под дождем не станет тоже! Он работает день и ночь, такую семью содержит! Может, мама с бабушкой позволяют себе не помнить, а я-то точно знаю, на чьи денежки наша бабушка лежит в лучших клиниках, а наша мама посещает музеи Венеции! И кто дал денег на машину Шуре с Володей. И кто Сережу моего на работу устраивал! Твой муж не может одновременно петь, декламировать тебе из Петрарки и заниматься всеми этими делами!

Они помолчали.

Ветер шумел в верхушках темных деревьев, и Тата, зажмурившись изо всех сил, представляла себе, что вот сейчас откроются ворота, и на участок вползет машина, и он выйдет, немного усталый, небритый, так хорошо и знакомо пахнущий, сядет в качалку и скажет: «Не мог же я в самом деле не приехать на Пасху!»

Что-то стукнуло, проскрипело, и Тата открыла глаза.

— Что это?

— Где?

— Какой-то шум.

Лера прислушалась.

— У тебя галлюцинации.

— Нет у меня галлюцинаций! Там кто-то ходит!

Лера выбралась из качалки, подошла к перилам веранды и приставила руку козырьком ко лбу, на манер капитана на мостике океанского лайнера.

— Никого нет! — объявила она, повернулась, подтянулась на руках и уселась на перила. — И все-таки скажи мне, зачем ты с ним поссорилась? Ведь такого быть не может, чтобы он с тобой поссорился!

Тата пожала плечами. Хорошо, что темно, и только прямоугольники желтого домашнего света лежат на сугробах.

Хорошо, что темно, иначе Лерка бы точно увидела, что она покраснела.

— Я сегодня... на свидание ходила.

— С кем?!

— Так, ни с кем.

— Одна то есть ходила?

— Лера! Он из нашего офиса, очень симпатичный. Он пригласил меня в какой-то антикварный магазин, и мы там рассматривали люстру.

Лера помолчала, а потом сказала:

— Прекрасно.

Голос у нее был расстроенный.

Семья сестры казалась ей незыблемой и надежной, самой настоящей, словно сделанной из чего-то очень прочного, ну, хоть из гранита.

И как бы скучно это ни звучало, в этом был смысл и главная сила — они есть, они вместе, они никогда не расстанутся, потому что это невозможно.

И точка.

А тут такие перемены!.. Да еще какие-то люстры и кавалеры из офиса!

Они вернулись в дом, и Тата опять принялась за куличи, а Лера, ничем ей не помогая, все смотрела и смотрела в окно.

Утром и произошло событие, взбудоражившее весь дом.

Из бабушкиной спальни пропал бриллиантовый прабабушкин крест.

Бабушка совершенно точно помнила, что вечером он был с ней — она никогда его не носила ввиду его исключительной тяжести, но никогда и не расставалась. Крест висел на нефритовых четках, которые бабушка почти не выпускала из рук, и все помнили, что за столом четки и крест лежали рядом с бабушкиной тарелкой.

Перерыли все, даже ковры снимали, — крест как в воду канул!

Все было забыто — Пасха, куличи, которые, накрытые кружевными салфеточками, бодро и торжественно сияли на буфете. Дети ползали под столами, двигали диваны, залезали под кресла. Им нравилось ползать и залезать, они думали, что это игра такая, а тучи все сгущались и сгущались, и Тата чувствовала, что гром вот-вот грянет.

Он и грянул.

Бабушка объявила, что крест у нее стащили как раз дети! — и нужен обыск.

Этого никто не ожидал.

Тёма со злыми слезами на глазах заорал, что, если его в этом доме считают вором, он немедленно поступит в Суворовское училище и ноги его здесь не будет, и вообще, где папа?!

Даниил меланхолично пожал плечами и сказал, что его могут обыскивать сколько угодно — он не берет чужих вещей.

Девчонки, перепугавшись за Тёму, на всякий случай заревели тоже, а Тюпа спросил, что такое обыск.

Он ел морковку и смотрел телевизор, включенный на спортивном канале.

У матери был перепуганный и несчастный вид. Лера грызла ногти, а Шура держалась за виски — пребывала в ужасе.

— Бабушка, — сказала Тата твердо. — Мы не станем обыскивать детей. Наверное, мы просто плохо искали. Просто нужно поискать еще.

— Это очень дурной знак, — бабушка раздула ноздри. Голова у нее тряслась, она даже свои пахитоски не курила. — Особенно накануне Пасхи! Куда мог пропасть крест, да еще такой огромный, да еще с бриллиантами?! Если его стащили, ноги моей не будет в этом доме!

Тату вдруг осенила мысль, куда именно крест мог пропасть.

— Бабушка, а ты снотворное на ночь принимала?

— Ну конечно! А что такое?

— Ничего, — задумчиво сказала Тата. — Ничего. Лера, дай детям супу. Я... сейчас.

Она поднялась на второй этаж, обошла галерею, на которую выходили двери всех спален, и заглянула по очереди в каждую.

Потом спустилась вниз — дети сидели за столом, Лера громко и деловито командовала напряженным, звенящим голосом. Тата не пошла через столовую, а кругом, к той двери, которая выходила не на веранду, а в сад.

Этой дверью пользовались в основном летом, и еще ее муж любил выйти покурить именно на эту сторону дома. Но мужа не было, а возле двери стояли ботинки.

Одни-единственные ботинки.

Все было ясно.

— Мне нужно на чердак за пасхальной скатертью, — сказала Тата отрывисто, вернувшись в столовую. — Что бы там ни было, а Пасха на носу! Даня, пойдем, ты поможешь мне дверь открыть.

Меланхоличный Даниил покорно потащился за ней — дисциплина и послушание самое главное, — и совершенно несчастный Тёма проводил их глазами.

На чердаке было холодно и пахло сухими цветами и пылью. Огромный, темного дерева буфет, в котором Тата держала вещи «дальнего пользования» — елочные игрушки, пасхальные и новогод-

228

ние скатерти, надувного тигра, с которым Тюпа летом любил плавать в бассейне, — стоял в самом дальнем углу.

Тата пошла к буфету, а Даниил остался на пороге.

Его меланхоличность как рукой сняло, он озирался даже, пожалуй, с интересом.

— Как тут у вас... красиво, — сказал он, когда Тата вытащила скатерть.

— Здесь много старых интересных вещей, — согласилась Тата. — Зачем ты взял крест, Даня? Ты же понимал, что бабушка его хватится! Причем очень быстро! Зачем?

Даниил попятился, стал отступать к двери и, пожалуй, сбежал бы, если бы Тата проворно не схватила его за руку.

— Тише, — сказала она и приложила палец к губам, — тише, тише!..

— Я не брал! — Рука у него была совершенно мокрой. — Я ничего не брал, правда!

— Даня, — Тата посмотрела в его перепуганные глаза. — Я знаю.

— Ты не можешь знать! Ты ничего не видела!

— Я не видела, но знаю. Вчера ты выходил на площадку, чтобы взять книжку, да? У нас на втором этаже книжные полки. Ты выходил и услышал, как твой отец говорит про Воронеж.

— Ты меня не видела!

— Не видела, — согласилась Тата. — Но я заходила к тебе в комнату. У тебя на подушке лежит детектив. А детективы у нас стоят только на галерее, куда выходят двери из спален.

— Ну и что? Подумаешь, детектив!   **229**

— Даня, послушай меня. Ты взял книжку, услышал, что говорят взрослые, и решил сбежать, да? Для этого ты решил раздобыть денег. Ты дождался, пока все лягут, зашел к бабушке в комнату и взял у нее с ночного столика крест. Только ты не стал его прятать в доме. Ты знал, что в столовой мы с Лерой, ты нас слышал. Ты подождал, пока мы уйдем курить, спустился и вышел с другой стороны дома, где дверь в сад. Я слышала, как она открывалась.

— Я не брал!

— Возле той двери стоят твои ботинки. Они совершенно мокрые. Ты лазал в них по снегу и позабыл перетащить их к другой двери. Так?

Он тяжело дышал, и глаза у него были полуприкрыты, как у больной птицы.

— Я не поеду в интернат в Воронеж. — Он тяжело сглотнул. — Ни за что, никогда! Пусть он делает со мной все, что хочет! Пусть до смерти забьет, только я не поеду!

— Куда ты дел крест?

— Спрятал.

— Где?

Он посопел еще немного, а потом сказал с отчаянием:

— На яблоне! Там такая развилка и вроде дупло! Ты теперь меня выдашь, да?

Тата подумала немного.

— Нам надо спускаться, — сказала она. — Мы и так торчим тут слишком долго. И еще надо сообразить, как его вернуть, этот крест, чтоб никто не догадался!

— Ты меня не выдашь?!

— Приедет мой муж, и он точно придумает, как тебе помочь. Я обещаю, Даня. Ни в какой интернат в Воронеже ты не поедешь!

Он смотрел на Тату, не отрывая глаз.

— А... что можно придумать?

— Я не знаю. Но он всегда что-нибудь придумывает! Ты сейчас тихонько выйдешь из дому, заберешь крест из дупла и оставишь в кармане своей куртки. Я его оттуда возьму.

— Бабушка сказала, что она будет всех обыскивать!

— Не будет, — уверенно заявила Тата. — Мы успеем раньше.

Как заговорщики, они спустились вниз, где продолжались поиски и разбирательства, и Даня тихонько выскользнул в садовую дверь. Тата проводила его глазами.

Когда он вернулся и незаметно кивнул ей, она подмигнула Лере, которая вопросительно подняла брови, забрала Лялю и ушла с ней в мужнин кабинет.

А потом получилось вот как.

Потом из кабинета выскочила счастливая обласканная Ляля. На могучей шее, перевязанной розовой пасхальной ленточкой, у нее болтался бабушкин крест, вспыхивая четырьмя огромными бриллиантами.

Она подбежала к бабушке, взгромоздила на ее стул передние лапы — бабушка отшатнулась — и нежно лизнула ее в лицо.

— Батюшки-светы, крест! Крест нашелся!

И в эту же секунду со второго этажа скатился Тёма.

Он несся по лестнице и орал во все горло:

— Папа приехал!

— Как я рада, что ты приехал, Макс.

— Как я мог не приехать к тебе на Пасху?!

— Ты не отвечал на мои звонки.

В темноте он повернулся и серьезно посмотрел на нее.

— На самом деле ты не хотела меня слышать. Ты звонила просто так, потому что полагается звонить мужу, когда он в командировке. Я так не могу.

— Я так тоже не могу. — Тата ногтем чертила на его груди узоры, и там, где она чертила, шерстка вставала дыбом.

Ей это очень нравилось.

— Я думала, что ты меня разлюбил.

— Я дал тебе время отдохнуть от себя.

— Ты меня чуть было не упустил.

Он поморщился. Она не видела его лица, но точно знала, что он поморщился.

— Я не могу тебя упустить. Все это глупости, Тата. Я точно знаю, что есть единственная женщина, созданная для меня. И я для тебя единственный мужчина.

Она засмеялась и укусила его за живот.

— Да-а, единственный мужчина! А я, между прочим, на свидание ходила! Романтическое.

Он вдруг напрягся.

— Ты хочешь, чтобы я тебя ревновал?

— Ага.

— Ну тогда рассказывай.

— Если я тебе расскажу, — и Тата опять его укусила, просто так, от счастья, — ты перестанешь меня ревновать.

И тут же все рассказала — про Ордынку, про весну, про люстру. И про мимозы на Восьмое марта, и про приглашение на кофе.

— Да, — выслушав, сказал ее муж. — Плохо мое дело.

— Плохо, — согласилась Тата. Полежала молча и добавила жалобно: — Я так тебя люблю, Макс. Это просто ужас.

— И я тебя люблю так, что просто ужас.

— Ты не уезжай больше так далеко и так надолго.

— Не буду, — пообещал он, и они неожиданно много раз быстро поцеловались. — Не буду.

— Тебе нужно еще придумать, что делать с Данькой. Он такой несчастный, бедолага! Представляешь, крест украл, решил сбежать!

— Да чего там думать, — сказал Макс. Ему не хотелось разговаривать о несчастном Даньке, ему хотелось заниматься с ней любовью в пасхальную волшебную ночь, когда все наконец-то стало хорошо. — Я его пристрою в частную школу здесь, в Москве. Мы будем его забирать на выходные и приезжать на неделе.

— А так можно?

— Можно как угодно, — сказал ее муж. — Было бы желание.

В понедельник Тата допоздна просидела на работе, демонстрируя Павлу Петровичу служебное рвение. Макс сказал, что тоже приедет поздно, и поэтому она не спешила.

Сочинение по рассказу Чехова «Студент» так и осталось ненаписанным, и Тёме вкатили двойку. Тюпа после субботнего шоколада весь покрылся красными пятнами, ныл, скулил и чесался. Бабушка по телефону устроила ей головомойку на предмет собак, крадущих золото и бриллианты. 233

Таких собак, по мнению бабушки, нужно отправлять на живодерню.

И муж приедет только к ночи!

Чем не жизнь?..

Тем не менее, когда она подъехала к дому, оказалось, что его машина уже стоит, и обрадованная Тата побежала к дому.

Странно, но Ляля не выскочила на веранду, чтобы выразить обычное ликование по поводу ее приезда.

Когда Тата тихонько вошла в дом, оказалось, что все они, Максим, Тёма, Тюпа и Ляля, почему-то стоят посредине гостиной и смотрят куда-то вверх.

Тата подошла и тоже стала смотреть.

Они смотрели на люстру, которая низвергалась с высоты второго этажа, лилась, как хрустальный водопад, и огоньки дрожали внутри нее и брызгали на стены волшебным светом.

А может, и не брызгали, просто у Таты глаза отчего-то налились слезами.

Она взяла мужа за руку, и он оглянулся.

— Макс, — тихонько спросила Тата, — где ты ее взял?!

— Купил.

— Она же уже была продана!

Он пожал плечами.

— Не бывает ничего невозможного, — сказал он. — Особенно на пасхальной неделе!..

ЕВГЕНИЯ МИХАЙЛОВА

• ЖАБА •

К ак она любила вдохновение, желание творить — это легкое дыхание, которое поднимало вверх и окрашивало в нежные, яркие цвета мгновения ровной и будничной жизни. Рая в такие минуты смотрела вокруг, широко раскрыв глаза: все менялось. Лица окружающих становились красивее, дети и животные смешнее, старики трогательней. И всем для полноты существования нужно было одно. Ее ласковое внимание, привет, обещание следующей встречи, просто обещание...

И Рая выполняла свои обещания. Она помогала тем, кто в этом нуждался. Кто ждал от нее помощи. Это ведь так несложно для человека, легкого на подъем, быстрого в решениях. Для человека с открытой и щедрой душой.

Рая знала врачей, которые могли приехать к тому, от кого отказалась «Скорая». Она легко находила места, где продается одежда для особых детей. Она умела доставать дорогие лекарства вдвое и втрое дешевле. И наконец, она одна умела скрасить грусть брошенной жены, придумать развлечение одинокому ребенку, рассмешить друга, которого разлюбила та, без которой он — ну, ни капельки не хочет жить и мечтает лишь поскорее уйти из постылой жизни.

Как же хорошо было Рае после помощи в очередной беде. Она чувствовала себя свежей, сильной и отдохнувшей. Она думала о том, кого так поддержала. Она отмахивалась от благодарностей. Действительно, смущалась, испытывала неловкость. Ее наградой был только результат. Рая знала цену своему таланту: нести добро. Нести другим людям, от себя. Наверняка есть еще такие люди, как она, но Рая их не встречала. Видимо, так устроен мир. Поделен на части, в каждой один светлый, добрый, активный человек.

Наверное, у Раи был особый организм. Он помогал ей быть счастливой в любое время суток, после бессонных ночей и непрерывных тревог и поисков. И в эти моменты счастья, которые никогда не были эгоистичными, всегда связаны с другими людьми, Рая так любила себя. Только в эти моменты она себя любила. Смотрела на свое отражение и видела женщину, безусловно, привлекательную. Такую, которая должна привлекать всех — просто как праздник. Как яркий свет, как тепло после долгой зимы.

Она и была привлекательной. Не красавица, но и никаких дефектов внешности. Правильное лицо, пропорциональная фигура — не толстая и не изможденная голодовками. Все естественно и приятно. А вдохновенный свет небольших, карих с зеленоватыми лучами глаз делал ее

лицо похожим на лик с полотен старых мастеров. И такой же мерцающей, трепетной и нежной была улыбка. Рая знала толк в живописи. И знала, что ей повезло с внешностью: природа одарила ее той тайной, которую ищут художники в своих натурах.

Ее муж Костя тоже любил моменты вдохновения Раи. И легко прощал ей дни и ночи, когда она была увлечена чужими делами настолько, что забывала о нем. Впрочем, он был из тех мужчин, которому необходимо свое пространство и свое время. То есть они совпали во всем. И это было их открытием: встречи, как после разлуки, яркие, разрывающие их ровную жизнь рядом.

Настоящих разлук у них и не было. А они смыкали вдруг объятия, и Костя всегда говорил: «Здравствуй, моя Рая. Мой ты рай». И это было прекрасной мелодией, чудесным фоном ее жизни, ее бурной, трудной, легкой и счастливой судьбы.

Ради такой судьбы Рая категорически отказалась иметь детей. Не ее это участь — принадлежать только одному, пусть самому любимому человечку. Она себя знала. Она затосковала бы и потеряла бы свое вдохновение в четырех стенах, в однообразном контакте, в череде необходимых, обязательных, одних и тех же дел. И работу она не хотела прерывать ни на день. Потому что и с работой ей повезло.

Талантливый и сплоченный коллектив дизайнеров интерьеров. И лучшая, верная, преданная подруга и коллега. Станислава. Милая Стася, для которой Рая и родной человек, и самый главный авторитет. Так сложились их отношения. Стася без Раи не покупала себе одежду, не принимала 237 никаких важных решений, она даже свои эмоции могла понять окончательно лишь после того, как Рая объяснит, что к чему. Не потому, что глупее, а потому, что не очень уверена в себе. Потому что она привязчива и немного наивна.

Рая поймала в зеркале свой долгий, манящий взгляд, адресованный всем, кого она любит. И вызвала рядом отражение Стаси. Они хорошо смотрелись вместе. Стася тоже аккуратная и пропорциональная. Но у нее внешность бледнее, чем у Раи. Узкое личико с мелкими чертами. И удивительные глаза. Глубокие, как осенние озера с тайной омута. И скорбный рисунок по-детски беспомощных губ. Стася очень редко улыбалась.

Рая подошла к журнальному столику и подняла две очень красивые вещи. Белую прозрачную блузку с черным кружевом и черную юбку с водопадом воланов, тоже из тонкой и легкой ткани. Совсем недорогой наряд. Но смотрится, как говорят, на миллион долларов. Он создан для Стаси. Рая была счастлива, когда его нашла, выбирая подарок подруге на день рождения. Завтра и вручит. И поймает с удовольствием редкий момент улыбки Стаси.

В день рождения Стаси все работали, как обычно. И лишь ровно в шесть часов вечера заведующий отделом вошел в кабинет с большим букетом красных роз, торжественно вручил его имениннице, поцеловал ей руку и подмигнул коллективу:

— Никто не надеялся прогулять сегодняшний праздник? Или я напрасно рассчитываю на шампанское и чего-то поесть?

— Не напрасно, — рассмеялась Рая.

И привычно возглавила подготовку торжества. Все было: и шампанское, и домашние закуски, и большой торт. Когда все уже усаживались за праздничный стол из нескольких сдвинутых рабочих столов, в кабинет вошел красивый мужчина. Постоял у порога, пока его не заметили, а потом сделал несколько шагов навстречу бежавшей к нему Стасе. Он подхватил ее на руки и крепко поцеловал в губы.

Это был Никита, муж Стаси. Он работал в соседнем отделе. Стася и Никита поженились недавно, и медовый месяц у них только-только закончился. Рая смотрела на них и улыбалась. Красивая пара. Стася расцветала рядом с Никитой. И решились они оба на этот важный шаг, конечно, не без помощи Раи.

Стася долго не могла поверить, что в нее действительно влюбился такой мужчина, о котором мечтали многие. А Никита не сразу решился расстаться со своей свободой. И Рая сумела им обоим объяснить, что это и есть главная свобода — хотеть быть вместе. Она теперь для них самая близкая родственница.

Приятная, озорная мысль иногда кружила голову Рае. Если бы этот мужчина не принадлежал ее лучшей подруге, ей бы ничего не стоило его увлечь. Что-то в нем есть такое — опытная женщина поймет: он любит любовь. Но Рае не нужен никто, кроме Кости. Просто она понимает: Никита такой подарочный вариант — сероглазый, с красивым мужским лицом, с широкими плечами и сильными узкими бедрами. Ей было бы интересно проверить свою привлекательность. И он бы, на- **239** верное, не устоял. Но счастье трепетной и наивной Стаси теперь под ее неусыпным контролем. И Рая повела их к центру стола, держа обоих за руки, как любящая сестра.

Вечер прошел отлично. Стася даже сразу переоделась в подаренный Раей костюм. Вышла, и все ахнули. Что-то главное подчеркнуло и высветило в ней это черно-белое страстное сочетание, эта кружевная прозрачность ткани. То, о чем, наверное, было известно до сих пор только Никите. Женственность — зовущая, созревшая, оцененная, удовлетворенная и побеждающая даже целомудрие — стала очевидной всем. Стася в свои двадцать восемь похожа на девушку-подростка, которая только переступила порог женской взрослой жизни. И кажется совершенно счастливой.

И только Рая заметила один момент. В кармане Никиты позвонил телефон. Он взглянул на дисплей и сбросил звонок. И взгляд Стаси вдруг заметался. Она сразу опустила глаза, озабоченно поправляя оборки на коленях. Пальцы ее вздрагивали. И губы опять сложились в скорбный рисунок. Всего на секунды. Стася тут же улыбнулась. И все продолжилось. Шутки, смех, поздравления и пожелания.

«Но это точно было, — сказала себе ночью Рая. — Надо узнавать».

Она не стала приближаться издалека. Просто поставила перед Стасей на следующий день чашку кофе, села рядом и сказала:

— Рассказывай. Я что-то почувствовала. Ночь не спала. Что у тебя случилось?

Стася задумчиво на нее посмотрела. Потом

кивнула и открыла у себя в компьютере какой-то

сайт. Зашла на страничку, увеличила фотографию на аватарке.

— Вот, — показала она.

Рая пристально рассматривала снимок женщины, молодой, но явно старше Стаси. То, что называется: типичная блондинка. Неизвестно, какой у нее от природы цвет волос, но это категория женщин, опасная для жен. Светлый взгляд, слишком невинный для того, чтобы этому можно было верить. Полные губы, к сожалению, без силикона. И, конечно, высокая грудь, обтянутая тонким трикотажем. Рая нажала на следующий снимок. Кудрявый ребенок обнимает большого медведя.

— У нее ребенок? Мне кажется, что я ее видела...

— Думаю, видела. Она уже два месяца у нас на контракте. Надомная работа. Она мать-одиночка.

— В отделе Никиты?

— Да.

— Что-то конкретное или ты просто приревновала?

Стася взглянула Рае в глаза, и этот взгляд вонзился в сердце, такая в нем была боль.

— Они встречаются. Он два раза не ночевал дома. Я точно знаю, что он был у нее. Да Ник и не отрицал.

— Марина Белявская... Давай пока не будем делать выводов. Отвлекись, развлекись. Я умею собирать информацию. И мне сдается, что все не очень серьезно. Что-то такое есть, наверное, у каждого мужчины. Просто так получилось, что ты узнала. Не бери в голову. Договорились?

— Да, — послушно кивнула Стася и тихо добавила: — Может, такое есть у каждого мужчины, но не каждая женщина способна пережить. Я — нет.

— Возьми себя в руки. Мы вместе.

Новое дело было настолько серьезным, сложным, в чем-то даже опасным, что Рая провалилась в него с головой. Ее план был стратегически точным. Собрать информацию незаметно и по максимуму. Просчитать все возможности и ходы. Найти слабые и уязвимые места, продумать форму удара. И рассчитать его силу. Чтобы не только разрушить, но и вернуть то, что сейчас пошатнулось. Вернуть и закрепить устойчивость. Рая не любит половинчатых решений. Резать — так резать. Склеить — так намертво.

Для начала Рая зарегистрировалась на сайте, где была страничка Марины Белявской, и попросилась к ней в друзья. Ответ пришел сразу. Рая написала Марине теплое письмо с комплиментами внешности и восторгами по поводу ее трехлетнего сына. И в ту же ночь уже активно участвовала в какой-то беседе виртуальных подружек, обеспокоенных новым вирусом, опасным для детей. Рая очень быстро привлекла всеобщий интерес. Она ведь все знала, ссылалась на известных врачей, могла составить протекцию, выложила ссылки на аптеки, где можно купить лекарства дешевле. Для мамаш-одиночек такое участие очень важно.

Не прошло и двух дней, как Рая стала главным авторитетом в женской виртуальной стайке, которая возникает внезапно, случайно и становится самой главной дружбой. И уже шел обмен домашними телефонами. Раю наперегонки приглашали в гости или где-то просто посидеть.

«Есть у меня такое, о чем не могу написать на весь свет», — так пишут девушки свалившимся с неба подружкам, страстно желая поделиться тем, что скрывают от самых близких людей.

И Марина как-то написала: «Может, встретимся, поговорим? Если у тебя будет время. Я практически не выездная». Рая ответила скупо: «Конечно. Я позвоню». И не торопилась. Были более важные дела.

Она встречалась со всеми, кто знал лично Марину. Запоминала имена и фамилии, которые звучали в их рассказах. А все события из жизни Марины забивала в память, как в хранилище. Бурная, однако, жизнь у этой типичной блондинки. Еще через несколько дней встреч, ночного рытья по разным сайтам и чужим альбомам Рая стала чувствовать себя, как женщина на сносях. В ней был компромат на целую жизнь. Неопровержимые и жестокие обвинения. Это дозревало и стремилось на выход. И выход будет эффектным. То, что требуется. Разрушить напрочь, склеить намертво.

И наконец, Рая приехала в гости к Марине.

— Какая ты милая, — обняла ее прямо в прихожей Марина. — Точно такая, как я себе представляла. Как будто совсем родной человек.

— И ты тоже. Родная. И еще красивее, чем на фотографии.

Второе было правдой. И это снимало последние сомнения и давило крохи жалости. Она, эта Марина, ведь не пожалела Стасю, когда ловила Никиту в сети своей красоты.

Рая вошла в комнату, которая была и гостиной, и спальней. Вторая, совсем крошечная, каморка была детской.

А эта комната... Да, здесь все скромно, даже бедно и чисто. Но все равно все кричит о пороке, о бесстыдстве, о сладком грехе. Рая смотрела на широкий диван, на яркие, смешные подушки и видела эту женщину. Без ее блеклого халата, без аптечной резинки в пышных волосах. Это вызывающе соблазнительное тело прижималось к мускулистой груди и животу Никиты, этот яркий рот целовал его губы, обещал любое блаженство. Такие женщины умеют утолять прихоти мужчин. Вовремя Рая к ней пришла. Она получила здесь то, что сейчас нужно. Вдохновение. Она испытала ревность Стаси, похоть Никиты, собственное возбуждение от проникновения в суть чужого греха.

И следующий шаг был для Раисы очевидным. Она, как опытный сценарист, как автор криминальных разоблачений, поняла, чего не хватает ее сюжету. Неотвратимого, хлесткого удара. Видеоматериала. И друг Гугл ей тут же помог.

Рая зарегистрировалась на двух специфических сайтах и опубликовала скромное объявление: «Требуется личное видео за умеренную плату». И получила три предложения, из которых выбрала одно: в нем не было ошибок, и автор подписался своим именем — Николай. Рая позвонила по указанному телефону, встретилась с незаметным и немногословным парнем в нейтральном месте, объяснила задачу. Заплатила аванс, сказала, что вторую часть перешлет после получения результата на карту.

В тот же день позвонила Марине:

— У меня для тебя хорошая новость. Я нашла

мастера, который умеет исправлять брак ноута, ты

жаловалась, что у тебя сбивается работа. Отличные рекомендации. Он тебе позвонит, зовут Николай. И еще: не вздумай только спорить со мной. Я ему заплатила аванс. Когда все сделает, заплачу остальное. Но только по факту. Он и ко мне придет кое-что поправить.

— Рая, мне так неудобно...

— Брось. Очень даже удобно. Я притащилась к тебе и даже не сообразила купить ребенку игрушку. Вот и выберите вдвоем от меня на сэкономленные деньги.

Пришел срок начала решительных действий. Для них все было готово.

И день выдался такой хороший, яркий и прозрачный. Настоящая весна, еще не пробившая толщу холодов, еще скрывающая свою пылкую и стремительную, как половодье, суть. Рая вышла из своего «жучка» во дворе офиса, неторопливо и уверенно направилась ко входу. Краем глаза она видела свое отражение в стеклах машин. Это была женщина, которой под силу управлять судьбами. Женщина, настолько сдержанная и скромная, что ничем и никогда не выдаст свою настоящую силу. Женщина-совесть. Женщина-доброта и справедливость.

На Рае был бежевый костюм из кашемира, бледно-розовая шелковая блузка, она в первый раз надела легкие, открытые лодочки на каблуках. Они мелодично отстукивали темп ее движения, гармоничный рисунок чистых, изобретательных мыслей, которые все до одной были посвящены другим людям. Рае так легко и глубоко дышалось. По ступенькам крыльца она почти взлетела. Так торопилась увидеть подругу Стасю.

Рая вошла в отдел, отмахнулась с нежной улыбкой от комплиментов с разных сторон, положила сумку на свой стол и увидела, что Стаси на ее месте нет.

— Она побежала в туалет, — перехватила ее взгляд сослуживица Люба. — Зеленая, согнулась. Я думаю, она отравилась.

Рая нашла Стасю в уголке между раковиной и кабинками. Она стояла, держалась руками за мраморный подоконник и тяжело дышала. Пыталась дышать, как рыба, выброшенная на мель.

— Сердце? — встревоженно бросилась к ней Рая.

— Все, — беззвучно выдохнула Стася. — Просто все. Такой комок. Запеклось.

— Никита?

— Не ночевал.

— Так. Соберись. Иди во двор на солнышко. Подыши глубоко, погрейся. Я забегу в отдел, возьму наши сумки и скажу, что повезла тебя к врачу. Ты отравилась. Жди меня. Поедем к тебе.

В квартире Стаси и Никиты пахло воровством. Иначе не определишь тот тоскливый налет, который разъедал уют и тепло убежища на двоих. Свет покоя, аромат доверия, нежная и томительная тайна супругов — все это было взломано. У коварного хакера пошлый ник — «любовный треугольник». Что-то не так, и все выглядит по-другому. Не так брошен плед на кровать, не так стоят чашки. И две подушки, как предательницы, рассказывают целому свету о том, что видели одинокую ночь Стаси, ее горькие и стыдные слезы. Одна подушка была скомканной. На другой этой ночью никто не спал.

Стася и вошла в свою квартиру, как в чужую. Прошла, держась за стенку, до кухни, бессильно опустилась на табурет. А Рая принялась хлопотать. Сварила кофе, приготовила тосты с сыром и колбасой, нарезала помидоры и огурцы, заставила Стасю выпить стакан апельсинового сока.

— Ты думай сейчас только об одном. О том, что тебе нужно вернуть силы. Они нужны не для того, чтобы киснуть и плакать. Они нужны для борьбы и победы.

— О чем ты? — слабо улыбнулась Стася. — Какой борьбы и над кем победы? Над Никитой, что ли? Мне не нужна эта победа. Если все серьезно, мне силы действительно понадобятся. На очень короткое время. Чтобы отпустить его с миром.

— А давай ты не будешь сейчас говорить всю эту ерунду, которую придумала от бессилия. Давай ты все же поешь, выпьешь кофе, а потом послушаешь меня. Ты даже отдаленно не представляешь, с чем я к тебе пришла. Не с пустыми руками точно.

Когда они вошли в гостиную и сели на диван перед столиком с ноутбуком, Стася прятала под ресницами надежду. Она даже порозовела, так подействовала на нее уверенность Раисы. Что рассчитывала она услышать или увидеть? Стася боялась мечтать, но ведь все возможно.

К примеру, Никита, симпатизируя Марине, просто сидит ночью у постели ее заболевшего ребенка. И честно признается влюбленной в него женщине в том, что она ему нравится, но он слишком любит жену. Ведь что-то именно такое может узнать Рая, она столько времени потратила на то, чтобы войти в круг Марины. И если это так, если это хотя бы приблизительно так... Стася все сде- **247** лает, чтобы и Марине, и ее ребенку жилось легче. Она пойдет даже на то, чтобы Никита мчался к ним в любое время суток. Они могут и вместе ездить теперь к ним. Стася все же увлеклась и приняла свою версию как данность. И она оцепенела, когда заговорила Раиса.

Она была не в состоянии ни принять, ни отвергнуть то, что слышала. Ей только казалось, что белые и прозрачные облака ее представлений кромсает острый и жестокий нож. И эти облака растекаются кровавыми слезами.

— Вот, — так начала свой рассказ Раиса. — Посмотри на этот снимок. Невесту ты узнаешь, конечно. Это Марина. Симпатичный у нее был муж, правда? Его зовут Андрей. Он просто симпатичный. А вот отец у него красивый, видишь? Зовут его Михаил. Сейчас увеличу.

Стася послушно разглядывала действительно красивого, совершенно незнакомого мужчину в черном костюме и белой рубашке. У него было серьезное, напряженное лицо с темными, страстными глазами. Седые виски оттеняли и освещали такую глубину выражения, что Стасе не сразу удалось отвести взгляд. Она посмотрела на Марину. Та почти не изменилась со дня своей свадьбы. Стала только более яркой и уверенной.

Некоторых женщин делает такими любовь мужчин. Стася не из их числа. Она, наверное, стала еще более робкой. С трудом поверила в свое счастье, все время боялась его преувеличить и, наверное, подсознательно ждала беды. И дождалась.

— А теперь внимание. Я просто буду рассказывать, не отвлекаясь на источники и документы. 248 Они есть. Как положено: каждый факт имеет не менее пяти подтверждений. И я все тебе оставлю: снимки, имена, телефоны, адреса свидетелей и даже заметки и сообщения из сетей и новостей.

— Боже, какое вступление! Ты что, серьезно думаешь, что я бы и так тебе не поверила и стала бы проверять? Но меня такое начало пугает. Рая, а если мы оставим твою затею... Я понимаю, что тебе виднее, но нет ничего, что может изменить мою ситуацию. Я просто не удержу в голове какие-то истории. Неужели ты не понимаешь?

— Это удержишь, — властно сказала Рая. — Это все изменит для тебя. Я хочу сломать твою беспомощную позицию. Ты, как курица перед забоем, извини. Есть же в тебе то, что заставит побороться за свое счастье. Короче, слушай. В конце концов, ради тебя я провела настоящее исследование. Искала концы. Я их нашла.

Она говорила спокойно, со сдержанным драматизмом, иногда с презрением, иногда с жалостью. Она говорила убедительно и красиво. Станислава уже в первые минуты рассказа увидела то, о чем ей рассказывали. А потом поплыла по бурному чужому течению таких событий, о каких никогда не слышала в принципе.

Она не была ни созерцателем, ни сплетницей, ни членом секты злорадных зевак. Но то, о чем она узнавала, имело отношение к ней. Более того, это имело отношение к Никите. К нему — самое прямое. И это все решало.

Такой была история. Встретились девушка и парень, познакомились при поступлении в архитектурный институт. Юные, по восемнадцать лет, прелестные, открытые, готовые к великой любви. И влетели в нее без раздумий. На первом 249 курсе подали заявление в загс. Через месяц стали мужем и женой. Через год счастливыми родителями чудесного малыша. Жили все в трехкомнатной квартире родителей Андрея. Дом был гостеприимный. И потому у разыгравшейся трагедии оказалось много свидетелей. Тех, которые просто сидели в партере и ловили каждый вздох, каждое слово, запоминали, становились обладателями самых неожиданных фотографий. Это все пригодилось им потом. Это все нашло главного ценителя — Раису.

— Вот, — показала она ряд снимков. — Ты все увидишь еще до того, как я тебе расскажу, дам телефоны и адреса тех, у кого все было перед глазами.

И Станислава увидела...

Снимки были большие, хорошего качества, их явно обновили и обработали, выделяя главное. Рая была отличным фотографом. Вот под козырьком типового роддома на крыльце стоит Марина с дорогим конвертом — первым нарядом своего малыша. Рядом муж Андрей, смущенный, смешной, неловкий. Он как будто боится смотреть на ребенка, он даже к жене стесняется прикоснуться. Держит руки по швам. И смущенная улыбка в сторону друзей, мол, видите, как меня угораздило. Разве бывают такие отцы семейства?

Следующий снимок. Они уже в окружении встречающих. А Марина растерянно оглядывается. К ней обращаются, а она смотрит по сторонам. И еще. Крупное лицо Марины: на нем как будто вспыхнул яркий свет. Еще. Высокий мужчина со спины. Он протягивает Марине белую розу. Склоняется почти в поклоне. А крупная рука сжимает нежное плечо женщины властно и нетерпеливо. А потом он держит ребенка, он уже повернулся к объективу и отводит от всех, прячет взгляд, который никак не соответствует радостному моменту. Человек никого не хочет видеть. Он не смотрит даже на Андрея. На своего сына. Да, это его отец, Михаил.

И Стася забыла, что это чужая жизнь, что это документы из жизни самого страшного ее врага. Стася попала в жестокую и душераздирающую драму, увидела все наяву, почувствовала то, через что прошли жертвы несчастья под названием любовный треугольник. Конструкция беды, построенной из обломков горячего счастья.

Стася была Мариной. Этой белокурой и голубоглазой богиней, которая держит у юной груди младенца. Стася была растерянным молодым мужем, который не знает: поднимает его счастливая ноша или топит. И Стасино сердце расколола острым клинком острая, последняя, властная и неудержимая страсть опытного мужчины — Михаила. Он и дерево посадил, и дом построил, и сына вырастил. И жил по правилам и людскому закону. А полюбил насмерть, как преступник. Украл не просто чужое. Он ограбил родного сына.

И кроткой Галиной стала Стася. Это жена Михаила. Вот ее фотография из газеты под рубрикой «события». Бледная, худощавая женщина с добрым и озабоченным лицом. Она собиралась быть для всех незаменимой помощницей, растить обожаемого внука. А когда обнаружила себя в пучине катастрофы, пыталась перерезать себе сонную артерию кухонным ножом. Ее спасли, но она осталась изуродованным инвалидом.

Стася откинулась на спинку дивана, застонала.

— Рая, я поняла. Больше не нужно.

— Что ты поняла? — требовательно спросила Раиса.

— Поняла, что Марина — роковая женщина, что она несет другим людям беду. И что это и ее главное несчастье. Наверное, и с Никитой она просто недооценила последствий какого-то невинного флирта или кокетства. Мне очень больно, но и ее судьба ужасна. Так получается.

— Так совершенно не получается. — Рая говорила почти насмешливо. — Раз ты до сих пор ничего не поняла, я постараюсь прояснить. Почитай это и это. Посмотри на этот снимок.

— Ох! — простонала через какое-то время Стася. — Какие страшные события! Кара на весь род.

— И опять ты не поняла. Михаил сказал сыну, что он отец ребенка Марины. Но он солгал. Об этом рассказали друзья и подруги Марины и Андрея на бракоразводном суде. Вот их показания. Михаил признался, что таким образом пытался спасти внука от его беспомощного отца. «Я — взрослый мужчина, — говорил он. — Я умею беречь женщину. Андрей — щенок. Для него беременность Марины стала просто неприятной неожиданностью. Он не может быть отцом, а я хочу. Хочу теперь стать отцом своему внуку. Его родила моя женщина. Она меня любит». А его сын Андрей не захотел никакой генетической экспертизы. Он после несчастья с матерью хотел только одного — сбежать из этого ада. Вот материалы уже другого суда. Андрей, уйдя из дома, поселился в каком-то притоне с наркотиками. Имел он отношение к продаже или нет, в этом есть сомнения. Но он стал крайним в деле. На него все повесили, и он сейчас отбывает немаленький срок.

— Боюсь спросить, что с Михаилом...

— Уже ничего. Он сгорел от скоропостижной формы рака на руках своей искалеченной жены.

— У меня сердце разрывается от боли, — разрыдалась Стася. — Они все — сироты. Михаил перед страшной смертью, его бедная жена, Андрей, сын Марины. Да и она сама. Это же пепелище.

— Ну, что же, — решительно сказала Рая. — Я была готова именно к такой твоей реакции. Жалельщица ты моя неразумная. Сейчас ты поймешь, что пепелище не случайно. Что Марина — не сиротка, не пострадавшая. Что это и есть смысл и назначение ее жизни. И вся трагедия для нее — просто прелюдия к новой трагедии. Стася, соберись! Вытри слезы и сопли. И очень внимательно смотри. Это жертва? Ты по-прежнему жалеешь?

Стася вынесла то, что она увидела. Не умерла сразу, слезы высохли сами, тупая боль в сердце запеклась и стала горящим углем. Конечно, на всю оставшуюся жизнь. В этом она не сомневалась.

Она смотрела эротическое кино. Ту самую тайную съемку Раи в квартире Марины. Она видела обнаженных мужчину и женщину, ненасытных партнеров, физически созданных друг для друга. Она слышала их стоны и вздохи, их бесстыдные и жаркие слова. Стася даже не знала, как красив ее муж в любви. Как может ему пойти, как его украшает вот такая полногрудая прелестная женщина. Да, Марина совсем не похожа на жалкую жертву и всеми покинутую сиротку.

— Что-то дошло? — спросила Рая, как опытный учитель. — Все еще жалко?

— Зачем все это? — только и выдохнула Ста▩▩ — Что ты хочешь со всем этим делать?

— Я знаю, что делать. Скажу коротко. Такой грех, такое преступление должно быть наказано. И ты не станешь следующей жертвой. Скажи мне честно: что ты сейчас чувствуешь?

— Скальпель у меня внутри, — сурово проговорила Стася. — Он отсекает все живое. Все женское, все человеческое, все, что было теплым и чувствующим. Ты знаешь этому определение?

— Знаю, — сказала Рая. — Это ненависть. И ради тебя я сделаю невозможное. Я верну тебе твое живое и человеческое. Я верну тебе твоего Никиту.

И Стася не спросила, как Рая это сделает. Стасе было все равно. Она просто хотела, чтобы это страшное, красивое и эротическое кино оборвалось.

Рая спокойно вынула диск из компьютера.

— Мне кажется, что твой комп на последнем издыхании, — спокойно сказала Рая. — Жесткий диск разрушается явно. Я пришлю тебе хорошего мастера, он поставит твердотельный накопитель. Компьютер будет летать еще не один год. Тебе нельзя обрывать связь с миром. Совсем провалишься в депрессию. По себе знаю.

Никита сразу согласился встретиться с Раисой. Он даже обрадовался возможности поговорить с человеком, перед которым ничего не нужно скрывать. С человеком, который так же, как он сам, любит Стасю и хочет помочь ей справиться с новой ситуацией.

Они отпросились на работе и приехали в квартиру Раи, когда ее мужа не было.

Никита жадно проглотил чашку горячего кофе и взглянул на Раю голодными глазами дикого волка. От еды он отказался. То был другой голод.

— Правильно говорят, что друзья познаются в беде, — сказал он. — Наверное, только ты и можешь сейчас что-то поправить или смягчить. Я уже голову сломал. Стася у меня, как гвоздь в мозгу. Я молчу, я боюсь до нее дотронуться, чтобы не сделать еще больнее. Стася...

— Да, Стася, — оборвала его Раиса. — Речь и об этом. Только начну я не с нее. Я подумала, что ты мне тоже почти родной человек. И ты должен знать, на что идешь. Главное в жизненных трудностях — это полнота информации. Ты со мной согласен?

— Конечно, — немного удивленно ответил Никита.

И начался его час испытаний. Пару часов назад он даже не знал, что все может быть настолько сложнее, острее, больнее...

Тот сюжет драмы, который уже был известен Стасе, Никита узнал под совсем другим углом. В том и был талант Раисы. Немного поменять свет, акценты, найти самые болевые для слушателя и зрителя точки.

Ей бы цены не было в пропаганде. Мало там людей, которые настолько умнее и сильнее пассивной аудитории. От того пропаганда, как правило, жалка, смешна и убога. Раиса иногда хохочет у телевизора и представляет, как сделала бы **255** это она. Как раздавила бы она всю человеческую, принимающую массу, не опустившись до откровенной лжи. Она бы сумела так подать правду, что толпа стонала бы, корчилась, плакала бы и смеялась по невидимому велению Раисы. Никто не нашел бы в том ни подвоха, ни искажений. Потому что все это было бы на таком высоком и тонком уровне... На таком, какой дается лишь исключительным людям. Вот она и проверит сейчас свою теорию на Никите. Это не внушаемая Стася. Он умный, уверенный и опытный по самым строгим критериям.

И Никита увидел не юную, слабую женщину, попавшую в жернова страстей. Он увидел Марину коварной и ненасытной соблазнительницей. Вот любительский снимок. Делал Андрей. Марина кормит грудью младенца. Она только что проснулась, просто спустила бретельку ночной рубашки. Раиса всего лишь обработала снимок, где-то осветлила, где-то добавила тени. И сонная девушка со спутанными волосами, которой от недосыпания трудно сидеть, предстала в совершенно другом образе. Она откинулась на высокие подушки не от усталости, а в изнеможении, она практически отдается кому-то, кого Никита не сразу увидел. Он глаз не может отвести от лица Марины, которое кажется таким откровенно порочным, зовущим. Голубой огонь взгляда под золотыми прядями — это не взгляд мадонны. Это роковой призыв, приказ мужчине. А вот и он... Он — не муж, который снимает. Мужчина стоит на темном пороге. Там только тень, намек... В кадре нет лица. Но в позе, во всем теле мужчины такое напряжение, такая сила и такая зависимость... Это Михаил, свекр.

Больших усилий стоило Рае, чтобы выделить фигуру Михаила, она была почти незаметна на оригинале.

Похороны Михаила. Его несчастная, изуродованная вдова в глухом черном платке. Марина тоже в трауре. Но ее платок кружевной, прозрачный, мыс на груди приоткрывает полную грудь. Марина томно и бессильно опирается на чью-то руку. Не видно на чью. И отдельно крупные планы: сухощавое лицо незнакомого мужчины, в глазах которого ни капли грусти, только похоть. Взгляд искоса Марины, а в нем обещание. Это было искусной работой. Понадобилось много снимков. На кладбище Марину держал под руку их с Андреем бывший однокурсник. Лицо принадлежит соседу, который стал приставать к Марине с тех пор, как она осталась одна.

Он приходил помогать по хозяйству, добивался ее взаимности, сам делал снимки Марины, ребенка, селфи с собой. Фотографии остались у Марины дома. Марина, перебирая свои альбомы, попросила Раю:

— Будешь уходить, вынеси, пожалуйста, это на помойку. Я наконец его выгнала, этого маньяка. Дешевле вызывать мастера на час.

А получилось здорово. Профессионал бы не сразу обнаружил фотомонтаж и фотошоп. Выражения лица Марины так легко менять и создавать новые. Удивительно подвижное и выразительное лицо. Глаза, которые на снимке выглядят спокойными и даже равнодушными, легко становятся глубокими, яркими, порочными.

Никита несколько раз выходил на кухню курить, умывался в ванной холодной водой. И все 257 откладывал мольбу о пощаде, хотя силы были на исходе. И опоздал.

Ему показали видео. Но в этом варианте была видна в основном женщина. Мужчина только со спины, на расстоянии. Никита не узнал себя. Он слышал стоны и жаркий шепот своей возлюбленной, видел ее откровенную наготу, а воображение еще держало сухощавое лицо мужчины, руку, на которую опиралась Марина на кладбище. Он даже ничего не спросил. Рая ответила его измученному взгляду:

— Это просто сосед. Помогал, когда она осталась одна. Один из соседей. Прости.

Когда Никита сел в свою машину, он не чувствовал себя. Как будто он уже умер и смотрит на похожего человека с высоты. На раздавленного, униженного человека, обманутого во всем. На мужчину, который лишился даже надежды на то, что после экзекуции он остался мужчиной. Ему удалось отъехать от дома Раисы, и он до темноты стоял в каком-то глухом переулке. Пока не обнаружил в своем теле жизнь. Она явилась каплями холодного пота от висков до пальцев ног. Домой он ехал много часов. И не был уверен, что едет домой. Что в принципе хочет куда-то доехать.

В квартиру вошел тихо, снял туфли у порога, заглянул в спальню, посмотрел на крошечный клубочек, окутанный тоской. Так лежала Стася, когда ей было тяжело. Она как будто прижимала боль к животу и обнимала ее всем телом, чтобы успокоить на время. Вот с этой картинкой и ушел Никита на балкон. Лег там, не раздеваясь, на дощатый пол и отдал свою повинную голову, свое измученное сердце на растерзание палачам: ревности и вине.

К утру почти жаркая майская ночь тревожно дернулась, зябко затряслась и просыпалась дождем с колючим снегом. Никита открыл все окна на балконе, бросил на пол рубашку и подставил грудь холодным ударам ветра.

Стася обнаружила его там, когда пришла закрывать балконную дверь. Он лежал на полу навзничь. И ей на мгновение показалось, что снежинки не тают на его застывшем лице и голой неподвижной груди. Она вскрикнула, упала рядом с мужем на колени и, кто знает, может, и вернула его откуда-то, из окончательного далека.

Никита не мог открыть глаза, шевельнуться, он сам себя чувствовал закованным в ледяной панцирь. Сердце билось, но вяло, редко и неохотно. Ему понадобилась вся его воля, чтобы подняться, перейти в комнаты. Он упал в гостиной на диван, провалился в темное тепло, а проснулся в слепящем, невероятном зное. Стася измерила ему температуру: больше сорока градусов...

Раиса приехала на работу позже обычного. Узнала, что Никита тяжело заболел. Подозрение на пневмонию. Они со Стасей отказались от госпитализации, Стася просто взяла отпуск за свой счет, чтобы ухаживать за мужем.

Рая для виду тревожно нахмурилась и сокрушенно покачала головой. Медленно прошла в туалетную комнату, достала зеркальце, попудрилась и подмигнула своему отражению: «Йес!» Все идет как по нотам. И она знает, что будет дальше.

Когда Никита вырвался из своего страстного и жестокого полусна-полубреда, он первым делом попросил телефон. Нашел номер Марины и внес его в «черный список». Этот ребяческий поступок подействовал, как сильное успокоительное. Он спал долго и чувствовал только одно: он выздоравливает. Но не хочет, чтобы об этом кто-то узнал. Особенно Стася.

Никита просыпался для того, чтобы сказать себе: я всегда буду один. Каким образом — это детали. Главное — один. Чтобы никто не манипулировал, чтобы никто не лгал и никто не мог его пожалеть. Такая простая единственно чистая цель. Он соберется и дойдет. И спасет себя. И проживет свою жизнь в покое и отсутствии всего — людей, родства, женской любви.

Стася робко отмечала, как отступает болезнь Никиты. Кормила, поила, давала лекарства и уходила в другую комнату.

Уж она-то знала точно: она ему не нужна. Но отчаяния не было, она как будто прочитала его новую цель. Стася и дыхание его умела читать. Никита хочет жить один. Будет она рядом или нет, но он уже ступил в жизнь без нее. И в этом горе единственный просвет: Никита не рвется и к Марине. Стася видела, как он уничтожил ее телефон. Рая выполнила обещание.

Так они прожили — просуществовали две недели. Никита уже вставал, делал гимнастику, принимал душ, работал. Он учился спать без снов и воспоминаний. Без желаний.

В ту ночь он вынырнул из очень глубокого сна, потянулся, вздохнул глубоко и почти легко. Такой вздох дарит бог выздоравливающим.

«Так начинается осознанная свобода», — подумал Никита.

И дышал полной грудью, обнаженным теплым телом до утра, не желая провалиться в сон-беспамятство. Больше не казалось, что осталось лишь доживать прошедшую жизнь. Утром захотелось вдохнуть аромат горячего кофе, найти в холодильнике что-то сладкое. Он встал, дошел босиком до кухни и остановился за порогом. На кухне была Стася.

За время болезни мужа она привыкла к тому, что ее никто не видит. И вышла после бессонной ночи, чтобы выпить чаю. Стася забыла, когда что-то ела. Она забыла, когда хотела есть. Эту самую простую и такую счастливую потребность задавила тьма лишений и позора, тяжесть тошноты, отвращение ко всему, что связано с собственным телом.

Никита смотрел на жену, видел, как она похудела. Голубая батистовая ночная сорочка из набора, подаренного им на свадьбу, принадлежала женщине, вдвое полнее. А ведь Стася была предельно стройной. Худеть вроде некуда.

Стася потянулась к полке за сахарницей, опустила руки, и рубашка поползла вниз, открывая плечи и грудь. Стася небрежно ее придержала, чтобы не упала совсем. И тут увидела Никиту. И в панике закрыла двумя руками свои маленькие девичьи груди. Это был не ложный стыд. Это была попытка спасти любимого мужчину от созерцания постылой жены. От острых сравнений.

А сравнение действительно поразило Никиту. Эта нежная женщина-девочка, этот светлый облик, это изящество, какого он никогда не видел 261 в других женщинах, вновь заворожили его. Он был пленен красотой Стаси как никогда. Только ей присущей красотой — изысканностью невинности, совершенством чистоты, сиянием тепла и верности.

— Какая ты, — только и сумел выдохнуть он.

И звук его голоса коснулся души Стаси. Рухнула крепость недоверия, страха и безверия в себя. Стася протянула ему навстречу руки.

Голубая рубашка расплылась озером по кухонному полу, а Никита, опустившись на колени, вдыхал запах возвращенного родства, аромат своей женщины, которую он как-то потерял в грозе и буране. Эта полудетская грудь, этот нежный живот, это сладкое лоно — он все узнал заново и оценил.

Только тот, кто потерял и нашел уникальное сокровище, несметное богатство, только тот мог бы понять сейчас Никиту. И то вряд ли. На земле нет богатств, которые бы сравнились с тем, что судьба вернула Никите. Такому непутевому дураку.

То утро стало их первой настоящей брачной ночью. О такой ночи ни один из них даже не мечтал.

Рая встретилась со Стасей в офисе через неделю. Сразу отметила, что подруга не просто хорошо выглядит, — Стася фантастически похорошела. Под ее кожей цвета розового мрамора потекла кровь, разогретая мужчиной. В этом не было сомнений. Рая даже подавила желание достать из сумочки зеркало. Ей впервые показалось, что Стася выглядит лучше, чем она. Моложе — точно. А они почти ровесницы.

Потом она слушала. Стася рассказывала коротко и скупо. И сам сюжет Рае был заранее известен. Да, все пошло как она запланировала. Прекрасно. Отлично. Бурные аплодисменты гению Раисы. Она купит сегодня лучшего шампанского и отметит свою победу. Стасе даже не понять, каких усилий и расчетов это все стоило. Какого количества материала, какого жесткого анализа чужих эмоций и какого чутья, чтобы все зазвучало, как финальный аккорд концерта.

Стасе не понять. Рая к этому привыкла. Мало кому дано понять человека ее, Раисы, масштаба. Дело не в этом. Дело в чем-то другом. Есть все же разница между финалом, который Рая планировала, и тем, что случилось?

И Рая задала несколько наводящих, очень интимных вопросов. Такие возможны только между очень близкими подругами. Стася отвечала искренне, просто, без смущения. Так и есть. Немного не этого ожидала Раиса. По ее плану Никита вернется к Стасе, раздавленный своей виной, уничтоженный своим чудовищным выбором любовницы, которая его просто использовала. Их союз со Стасей должен быть скрепленным раскаянием, жалостью и страхом. Как обреченные калеки, которые избежали гибели, они должны были намертво прильнуть друг к другу, потому что больше никому по-настоящему не нужны. И потому, что всем обязаны Раисе, которая решила вернуть им дом и покой. Вот такой покой.

А они... Они открыли для себя друг друга. Их бросила в объятия разлука и настоящая любовь, которая выдержала испытание. Потому Стася **263** так прекрасна. Она узнала настоящую мужскую страсть и восхищение только сейчас. Никаких жалких и облагодетельствованных калек нет и в помине.

Днем в их кабинет вошел Никита. Он небрежно кивнул Рае и просто припал к Стасе. Такое ненасытное обожание было в каждом его взгляде и жесте. И он, даже после тяжелой болезни, тоже выглядел прекрасно. Эти двое совсем забыли, кому они всем обязаны!

Когда Никита уехал, Рая спросила:

— Теперь у тебя есть время заняться своим компьютером? Я вчера никак не могла отправить тебе письмо.

— Да, — рассмеялась Стася. — Я только поздно ночью заметила, что он у меня тоже сошел с ума. То виснет, то чудит.

Тоже сошел с ума... Очень понравилось Стасе быть любовницей собственного мужа. Осталось прояснить пустячок. Просто так, для порядка. Знать нужно все. Что чувствует сейчас Никита к Марине? Неужели Рае удалось оборвать даже такое сильное влечение? И что чувствует Марина? Да, нужно все это узнать. И пожалуй, еще один штрих. Этого может быть достаточно, чтобы все расставить по местам.

Через два дня Рая позвонила в квартиру Марины. Не сомневалась, что та ей обрадуется. Так и вышло. Марина была бледной и грустной, смотрела на Раю с трогательным вопросом в глазах. Ей необходимо, чтобы кто-то успокоил тоску и растерянность. Марина, как любая красивая женщина, больше всего переживает из-за того, 264 что оказалась недостаточно хороша для возлюбленного. Ей нужно щадящее объяснение. И кто его даст, если не Раиса?

И Рая начала неторопливый, спокойный разговор. Марина касалась того, что ее терзает, они вместе искали ответ. Прежде чем высказать свою версию, Рая давала возможность Марине выбрать свой, желательный вариант.

Рая слушала эту милую, открытую, даже сейчас соблазнительную женщину и объективно отмечала, какой это приятный человек. Совсем не сложный, добрый, доверчивый, готовый войти в положение другого, понять, простить. Не держать зла.

— Я знаю, какая хорошая жена у Никиты, — говорила Марина. — Он не скрывал от меня, что очень жалеет ее. Он справедливый, ответственный. И вот он сделал такой выбор. Он будет страдать и тосковать по тому, что между нами было. Он обрек себя на жизнь без самого главного для мужчины. Но он выбрал спокойную совесть. Он даже телефон мой заблокировал. Так ему больно. Мне тоже ужасно больно. Но, знаешь, я рада за них обоих. Это очень чистые, порядочные люди. Но я никогда не забуду нашу любовь с Никитой. Рая, ты тоже так думаешь? Ты виделась с ними? Они немного успокоились?

— Я так хорошо понимаю тебя, — сказала Раиса. — Мне тоже для покоя самое главное — это знать, что другим хорошо. А я все перетерплю. И сейчас мне легче всего было бы уйти, оставив тебя с твоими иллюзиями. Поддержать тебя в них. Но я умею просчитывать последствия. От тебя ушел мужчина, и ты, как нежный, добрый и великодушный человек, будешь сколь угодно долго оплакивать его скорбную участь. Его тусклое существование без настоящей женщины, без любви, мужской гордости от того, что жизнь подарила ему уникальный опыт — взаимную страсть с равной женщиной. Ты будешь представлять его жалость, похожую на тяжкую болезнь и унизительную для той, ради которой он тебя бросил. И, сама себе не признаваясь, закроешься в своем одиночестве, чтобы дать шанс ему вернуться и согреться рядом с тобой, от вашего огня. И ты будешь отвергать все иные варианты, чтобы быть достойной своего благородного возлюбленного. Я верно изложила то, что ты сейчас чувствуешь?

— Да, — неуверенно кивнула Марина. И сама не поняла, почему ей стало так страшно. Да, она обжила именно это объяснение. Именно то, которое поможет ей все вынести.

— Ну, так вот, — произнесла веско Рая. — Я решилась на этот шаг. Тебе будет сейчас больно, как от спасительного укола. Как во время жизненно важной операции. Но ты все поймешь, узнаешь правду, что важнее любых иллюзий. И выйдешь из этого испытания свободной. Готовой к достойному будущему. В нем ты будешь королевой. Разве это не твой удел? А Никита... Марина, назову вещи своими именами. У него — другая королева, другой кумир, другой идеал. Он просто рано женился, не получив полного мужского опыта. Он выбрал тебя для того, чтобы его получить. И принести вашу страсть как трофей, для освещения своего брачного очага.

— Так странно то, что ты говоришь, — несмело улыбнулась Марина. — Мне даже показалось, что ты не совсем здорова или на кого-то обижена. Зачем ты все это придумала?

— Бедная ты моя. Пойдем к компьютеру. Лучше раз увидеть, сама знаешь. И ты все поймешь.

Через пятнадцать минут Марины просто не было. Сидело ее бледное, растоптанное подобие. Женщина, которая была так уверена в силе своих чар, увидела, кого на самом деле любит и по-настоящему хочет ее любовник. Как он обожает свою жену. Обожает в самом прямом и откровенном смысле. Он ее пьет, он ею дышит, он для нее существует. У Марины с Никитой таких невероятных моментов никогда не было. Да, Рая права. Он с ней просто набирался опыта. Приходил к ней, как в тренажерный зал...

— Рая! — закричала Марина. — Выключи этот ужас! У меня разрывается сердце. Я не могу это вынести. И уйди, я тебя умоляю, пожалуйста, уйди!

— Я уйду, — сказала Раиса, — когда ты успокоишься. Когда выпьешь успокоительные капли и ляжешь в постель. Твой сынок уже не проснется до утра. Ты сама говорила: он спит всю ночь как убитый.

— Я так говорила? — вдруг переспросила Марина, посмотрев на Раю почти безумным взглядом.

— Не важно, — сказала Рая. — Я сейчас тебе накапаю капель, специально принесла. Потом вскипячу чай, принесу в постель. Постарайся уснуть. Ты проснешься другой. И мы... Я помогу тебе найти твою судьбу. Сколько можно ошибаться и страдать? Ты поняла, насколько была не **267** права, придумав свое наивное объяснение? Что ты сейчас чувствуешь?

— Мне мерзко, — выдохнула Марина. — Мне мерзко жить, мерзко вспоминать, мне мерзки они оба — он и она. Я не хочу, чтобы они жили! Да! Растоптав меня, они не должны жить. И заниматься этим развратом, и смеяться надо мной... Ох, у меня как будто схватки, такая боль внизу живота.

— Отлично, — подвела итог Рая. — Ты почти выздоровела.

Вечером к Рае пришел Коля, и они вместе обработали новый материал. Рая записала на видео, как Марина смотрит сцену любви Стаси и Никиты.

— Все, я пошел, — сказал Коля. — Давай бабки и больше не звони. Достало меня все это. Настырная ты какая-то. Ядовитая, как жаба.

— Хам! — презрительно и высокомерно произнесла Раиса. — Бери свои деньги и пошел вон. Тоже мне, профессионал! Да таких кругом — полно: пять рублей пучок.

Она закрыла за Колей дверь и мельком взглянула на себя в зеркало. Какую невероятную работу она проделала. Остался финал. В нем все прозреют и поймут, что их дальнейшая жизнь — туман и обман без Раисы. А выглядит она неважно. Лицо как будто смялось, кожа обвисла и цвет желтоватый. Он поэтому сказал: жаба? Ладно, ерунда. Выпьет красного вина, поспит, все будет прекрасно.

Рая посмотрела на календарь. У Никиты послезавтра день рождения. Наверняка никого, кроме нее, не пригласят. Она завтра выберет ему подарок. А главный подарок уже есть.

Этот день позднего мая был на редкость холодным, ветреным, он хлестал землю и людей колючим дождем со снегом. Рая надела на день рождения Никиты красивое теплое платье из бежевой ангорской шерсти.

В сумке у нее лежала нарядная коробочка со смартфоном «Самсунг» последней версии. Она недавно обратила внимание на то, какой у Никиты старый и непрезентабельный телефон.

Да, Никита и Стася пригласили на свой праздник только ее. Никита еще не вернулся после больничного на работу. Стася приходила, отсиживала рабочий день, ерзая на стуле и постоянно глядя на часы, а потом мчалась домой. Они сегодня праздновали не день рождения. Не только его. Они праздновали свою любовь, вернувшуюся к ним навеки.

Их встреча была такой неожиданной, упоительной и полной, что чужие люди просто не вписывались в нее. Другое дело — Рая. Носительница их тайны, исследователь их драмы, помощница и гид в возвращении к себе.

Стася встретила Раю на площадке. Она не просто выглядела хорошо, она становилась лучше с каждым днем. А сегодня в новом костюме цвета тумана, в кружевной блузке с довольно глубоким декольте и прозрачными рукавами — она была девушка-мечта. Как будто за окном не промозглый день, а цветущее лето. И глаза-очи... Оказывается, они прекрасны не только в тоске. Как великолепны глаза невинной и целомудренной женщины, открывшей для себя полноту физической любви. Как расцвели ее губы, какую нежную грудь открыла эта блузка, совершенно новая для Стасиного гардероба.

А за ее спиной уже стоял Никита. Просто в джинсах и белой майке. И тоже меньше всего он похож на пострадавшего и выздоравливающего. От него исходит горячая волна новой, отпущенной, осознанной силы. У этого человека все хорошо. Он вышел победителем из испытаний и сумел покорить вновь ставшую недостижимой избранницу.

Раиса отмечала все взглядом эстета и художника. И ее взгляд становился все более твердым и решительным. Эти двое видят в ней гостью. Они ее примут радушно и будут ждать ухода. Чтобы наслаждаться друг другом. Они все забыли. Они не знают благодарности, они не умеют отвечать настоящей преданностью на самоотверженную заботу человека, который ничего им не должен. Кто способен оценить человека, живущего только для других? Люди — эгоисты, они судят по себе, они принимают все как данность.

«Ничего страшного, — гордо и скорбно сказала себе Раиса. — Всегда остается возможность довести до любого сознания информацию о настоящем положении вещей».

Через очень короткое время эти двое будут знать все. И до них дойдет, что этого дня, этого счастья они бы просто не узнали, если бы не Рая. Она оставит их другими. Не такими самовлюбленными, может, даже не такими влюбленными друг в друга, зато прозревшими и поумневшими. И они больше не позволят себе принимать заботу Раи как услуги няньки. И бросаться без ее совета как в омут, так и из него.

После вкусного праздничного ужина они сидели на диване напротив телевизора, пили кофе.

— Ах, как хорошо, — сказала Рая. — Даже не верилось уже, что так может быть. Опять мы вместе. Только втроем. И опять можем говорить обо всем, ничего не скрывая друг от друга. Я хочу сейчас разрушить последний барьер. Произнесу имя Марины. Мы проверим, легко ли вам говорить о ней. Стало ли это прошлым. Чужим днем чужого человека.

— Хорошо, что ты об этом сказала, — серьезно произнесла Стася. — Да, мы спокойно говорим о Марине. И от тебя, конечно, секретов нет. Но это не значит, что она стала нам чужим и посторонним человеком. Первое, что я сделала, когда Никита ко мне вернулся, вошла на страничку Марины. Я ей написала, встретилась. И твердо знаю: мы никогда не оставим без поддержки эту женщину, которой все встречи с людьми приносили только страдания и горе. Она славная и беззащитная, а ее малыш... Он просто чудо. Я постоянно думаю теперь, что ему подарить, куда свозить. Ты знаешь, у меня не может быть детей. Я даже думаю, вдруг таким жестоким образом нам была послана встреча именно с этим ребенком. С этим счастьем. У него ведь никого нет на свете, кроме матери.

На лице Раи была понимающая улыбка, она согласно кивала, слушая эту речь, такую, на ее взгляд, безвкусную, лицемерную, тошнотворно ханжескую. Стася и Никита от избытка сексуальных наслаждений проявляют милость к падшим и беззащитным? Ну, вот и момент.

271

— Да, прекрасно все это, конечно. Вот только одно меня беспокоит. Хорошим людям свойственно видеть в других себя. Но это ошибка. Защитная реакция якобы беззащитных людей — это часто злоба и месть.

— Не тот случай, — сказал Никита и посмотрел на Раю пристально и жестко.

Он с самого начала этой встречи смотрел на нее как-то не так. В отличие от Стаси он явно отодвинул Раю в ряд не слишком желательных элементов. Он думает, что уже ее использовал? Как Марину? Уверен, что она ему больше не понадобится? Он стал самостоятельным. А совсем недавно метался, как брошенный слепой котенок по берегу реки.

— Не тот так не тот, — рассмеялась Рая. — Давайте послушаем и посмотрим мой подарок. Две ночи работала. Оцените.

Никита вывел на монитор телевизора клип, созданный Раей к его дню рождения. Она прислала ему на почту. Это была подборка его любимых мелодий и прекрасно сделанная панорама картин его любимых художников. Стася почти не смотрела на экран, глубоко прерывисто вздыхая, она смотрела на Никиту в свете музыки и своей любви. Никита тоже смотрел только на нее. Раю они перестали замечать.

Включение документального материала было таким органичным, искусным, что они оба не сразу это заметили. В вечернем сумраке красивый силуэт женщины, которая в одиночестве смотрит эротическую сцену по телевизору. Пока она не двигалась, это казалось картиной. Женщина подняла руки к лицу, повернулась, как будто эпизод из какого-то фильма. И лишь на крупном плане они узнали Марину.

Миловидное лицо искажено отвращением и ненавистью. Рот оскален, не очень ровные зубы пропускают шипение. Женщина видит своих врагов.

«Мне мерзко жить, мерзко вспоминать, мне мерзки они оба — он и она. Я не хочу, чтобы они жили. Да! Растоптав меня, они не должны жить! И заниматься этим развратом, и смеяться надо мной... Ох, у меня какие-то схватки, такая боль внизу живота».

В комнату как будто ворвался буран. Он смел безмятежность и расслабленность этих двоих. Рая ненасытно смотрела на их растерянные лица. Она видела в них животный страх. Эффект превзошел ее ожидания.

Никита резко поднялся, остановил видео, посмотрел на дату записи и схватил свой телефон. Не нашел, что искал, и бросил его на пол.

— Стася, — отрывисто сказал он. — Прошло два дня. Найди быстро телефон Марины. Я не восстановил его у себя. Скажи, что я еду, что я все объясню. Я говорил тебе: у нее что-то вроде невроза. Она не может перенести ревность. Она боится этого больше всего на свете. Я знаю, она становится невменяемой.

Стася молча протянула ему свой телефон, и он выскочил из дома как был, в белой майке.

Стася осталась сидеть рядом с Раисой. Прошло не меньше часа, а она не шевельнулась, не произнесла ни звука. Рая спокойно ждала. Очередной финал очередной драмы по ее сценарию. Ей было вполне комфортно. Рая вновь стала главным **273** действующим лицом. А вокруг нее сбивали друг друга с ног статисты. Как она закалилась, какого достигла профессионализма! Стоило тратить кусочек жизни на то, чтобы пустить чужую драму по своему пути.

Никита позвонил на домашний телефон. Там была сильная мембрана, и его голос звучал на всю комнату:

— Марина вчера выбросилась с ребенком из окна. Она погибла. Мальчик чудом уцелел. Он был завернут в одеяло и повис на кустах. Стася, я еду домой. Только пусть там не будет этой мрази. Я вынесу все, но если увижу ее, — убью.

— Поняла, — ровно ответила Стася. — Ее не будет. Ты приедешь, и мы поедем в больницу. За ребенком.

Рая поднялась, взяла сумку и вышла в прихожую. Помедлила. Чего-то ждала. У нее вдруг пропала ясность восприятия. А надежда была. Надежда на то, что Стася сейчас все исправит: эти его чудовищные слова, этот могильный холод, который стеной повис между ними. В конце концов, они поймут и это. Ведь все решилось в их пользу. Они хотели ребенка — они его практически получили. Рая даже поможет с усыновлением. А живая Марина никогда уже не явится ни за своим ребенком, ни за своим мужчиной.

— Рая, уходи поскорее, — сказала Стася. — Никита не шутил. Да и я... Смотрю на тебя и вижу то, чего не видела до сих пор. Есть такое выражение: «Жаба душит». С детства я себе представляла эту жабу, которая всех душит. Да вот она. Как я могла считать тебя красивой? Ты — жаба!

Рая бежала к машине и слышала нежный Стасин голос: «Ты жаба!» Что это?

Она влетела в квартиру, бросилась к зеркалу. О боже. Кто это? Что за ужасное лицо?! Линия подбородка сломалась и неряшливо провисла. Щеки, совершенно утратив упругость, опустились на смятый подбородок. Уголки глаз и губ устремились вниз, а носогубные складки провалились и довершали карикатурную гримасу. Неужели это лицо с утра принадлежало привлекательной женщине? Ее дважды назвали жабой, потому что она именно так и выглядит.

Рая металась по квартире, она, как всегда, искала выход. Есть же какие-то консультанты, специалисты, которые объяснят, помогут, исправят. Она отдаст все деньги, продаст все до нитки...

К ночи Рае удалось успокоиться. Она выпила какие-то таблетки — успокоительные, болеутоляющие, мочегонные, сердечные... Приняла горячую ванну, полежала с лифтинг-маской. В зеркало посмотрела издалека. Почти убедила себя в том, что это нервы. Она не железная. Такие оскорбления, такие угрозы. И от кого? От людей, которых она спасала, не жалея себя.

Рая легла в постель, прикрыла глаза, рассматривая калейдоскоп лихорадочных мыслей, она плыла к просвету. Долго не может так продолжаться. Она видела разные лица, выражения, вглядывалась в них, читала то, что от нее хотели спрятать. И только лицо Марины она небрежно сбросила из поля зрения. Отработанный материал в самом окончательном варианте.

Когда муж вошел в комнату и включил свет, Рая улыбнулась ему:

— Как хорошо, что ты пришел пораньше. Я жду. Я соскучилась.

Костя кивнул. Так начинались их лучшие супружеские ночи. Он вернулся из ванной, подошел к кровати, лег, не выключая свет. Он любил на нее смотреть во время секса. Рая обняла его, прижалась. Он поцеловал ее в губы, заглянул в глаза... И вдруг резко потянулся к выключателю. Первый раз они занимались любовью в кромешной темноте. Он занимался. Рая просто ждала, когда эта пытка закончится. Ей было ясно: он тоже увидел жабу.

Когда муж ровно задышал, Рая тихонько поднялась, натянула джинсы и толстовку, взяла с тумбочки планшет и вышла из квартиры. На улице по-прежнему шел дождь, и мерцала между тяжелыми облаками одна звезда. Одна надежда.

Рая села на мокрую скамейку под фонарем, открыла почту и послала призыв-SOS Толе, своему первому мужу. Они были женаты ровно месяц. Было это десять лет назад. Вот кто любил ее, вот кто ее обожал. Только Толя по-настоящему и восхищался ею как женщиной. В день их свадьбы не было человека счастливее, чем он.

После ужина с тостами начался веселый студенческий праздник. Веселые гости, шутки, танцы, сюрпризы и флирт. Рая вышла из зала на минуту, а когда вошла, на коленях у Толи сидела их общая подруга. Толя увидел жену, столкнул девушку и забыл о ней через минуту. И никогда не узнал, что все кончилось в душе Раи в тот момент. И свадьба, и брак, и дружба. Даже не ревность. Просто они посмели. И единственный миг, они, пусть минуту, — но вели себя так, как будто ее не было.

Она поехала с мужем в уже оплаченное свадебное путешествие, и все было хорошо. А когда вернулись, Рая просто стряхнула с себя этот брак, как неудачную покупку. Жизнь одна, оставлять себе нужно лишь самые качественные вещи.

Но в эту ночь ей нужен именно Толя, тот наивный и влюбленный Толя. Они иногда переписываются, и Рая знает, что он так и не нашел ей замену. Пробовал жениться, но его хватило на очень короткое время. Убедил себя в том, что рожден холостяком. Но ему ли скрыть от Раи, что он надеется на ее возвращение? Даже сейчас, когда она прочно замужем, он чего-то ждет.

Он позвонил через полминуты после того, как получил ее письмо:

— Говори, где ты. Еду.

Он шел к ней по темному двору — высокий, худой, неловкий, как мальчишка. Рая села еще ближе к фонарю. Когда он приблизился, встала и протянула к нему руки. Толя прижал ее к себе, открыто и преданно посмотрел в лицо, хотел поцеловать. Рая отстранилась немного.

— Подожди. Скажи, что ты видишь? Я очень изменилась? Мы так давно не виделись.

Он смотрел ей в лицо послушно и долго. И выпалил:

— Ты такая же красавица. Нет, стала еще лучше. Иди скорее ко мне.

— Идиот! — коротко оборвала его радость Рая. — Наконец я поняла, что меня тогда так оттолкнуло от тебя. Ты не привлекательно наивный, как мне показалось при первом знакомстве. Ты просто слабоумный ребенок, который никогда не 277 станет мужчиной. Ты не видишь и не понимаешь жизни, только свои нелепые фантазии. Я — красавица? Я — жаба. Уродливая и злобная жаба. Я убила человека. И хотела бы убить еще парочку. И, знаешь, вдруг получится...

— Как странно ты шутишь, — прошептал Толя белыми губами.

— Запомни одно, — тихо сказала Раиса. — Я никогда не шучу. И только сейчас, только потому что ты сразу бросился ко мне на помощь, я тебе скажу правду. Держись от меня подальше. Целее будешь.

Рая бежала навстречу колючему ветру и выдыхала одно слово: «Идиот». В ком она собиралась искать опору? Как она может найти опору в мире беспомощных, ни на что не способных людей? Она одна. Она единственная. Вот поэтому они отказали ей в праве быть похожей на них. Жаба? Отлично. Они еще узнают, как она может душить. Они ее не забудут. Не будет у них такого счастья.

НАТАЛИЯ АНТОНОВА

• СПАСЕНИЕ ЧУЖОГО ЖЕНИХА •

> Действующие лица и события романа вымышлены, и сходство их с реальными лицами и событиями абсолютно случайно.
>
> *Автор*

Сиреневый шелк струящихся сумерек медленно перетек в мягкий глубокий бархат вешней ночи. Май в этом году выдался теплым, но ночи все еще овевала легкая прохлада.

Хозяйка детективного агентства Мирослава Волгина возвращалась домой с девичника своей одноклассницы Маши Аверьяновой.

На этом девичнике Мирослава оказалась, можно сказать, случайно. С Аверьяновой она не виделась со школьного выпускного вечера. И никогда о ней не вспоминала.

На вечеринку Волгину уговорила пойти ее близкая подруга и тоже одноклассница Людмила Стефанович, или, как ее зовут друзья, Люси.

Люси умудрялась быть в курсе дел не только бывших одноклассников, однокурсников по институту, но и тех ребят и девчат, которые когда-то жили вместе с ними в старом дворе, а потом разъехались не только по разным уголкам родного города и страны, но и мира.

Мирослава терялась в догадках, как ей это удается. А главное — зачем?

Подруга отвечала коротко — за надом.

Их общий друг и тоже бывший одноклассник, следователь Александр Наполеонов, для друзей просто Шура, был уверен, что Стефанович нужно было заниматься сыском, а не машинами. Но Людмила с детства обожала автомобили и поэтому при первой же возможности на пару с отцом, всю жизнь проработавшим в государственном автосервисе, открыла свой собственный техцентр.

Дела у отца с дочерью шли в гору, и на ворчливые замечания Шуры Люси отвечала с улыбкой: «Много денег тебе приносит твой сыск?»

На что Наполеонов отвечал с достоинством: «Я следователь!» В подтексте читалось — это звучит гордо. Шура добавлял: «Сыщица у нас Мирослава и, насколько я знаю, она не бедствует».

Обе подруги в таких случаях обычно отвечали Наполеонову дружным хохотом. А он делал вид, что обиделся. Хотя на самом деле любил обеих девчонок. Мирославу он вообще считал своей сестрой. А Людмилу своим парнем-сорванцом. Несмотря на то, что Люси давно повзрослела и превратилась в молодую соблазнительную девушку, в глубине ее души по-прежнему жил пацан, всегда готовый оторваться по полной.

Вот и на этот раз, получив приглашение от Аверьяновой, она, еще даже не получив согласия Мирославы, заявила Маше, что они придут на ее девичник вдвоем с Волгиной.

— А, приходите, — отозвалась Маша, — хоть посмотрю, какой стала Славка. Сто лет ее не видела!

— Она стала славной, — заверила одноклассницу Люси, — но какой она будет в сто лет, не могу представить, — хмыкнула Стефанович и отключилась, не дожидаясь ответной реакции Марии.

Когда она вывалила на голову Мирославы информацию о том, что Машка Аверьянова выходит замуж и они с ней идут на девичник, Волгина порадовалась за Машу и одновременно возмутилась, что Людмила «без нее ее женила».

— Я не собираюсь идти ни на какой девичник, — заявила Мирослава.

— Что значит не собираешься? — возмутилась в свою очередь Людмила. — Я уже сказала Машке, что мы придем обе.

— Ты заварила эту кашу, ты ее и расхлебывай, — резонно ответила Мирослава.

Но не тут-то было! Люси относилась к той категории людей, от которых не так-то легко было отвязаться. Отец Людмилы Стефанович Павел Степанович говорил про дочь, что она не мытьем, так катаньем добьется своего.

Вот и на этот раз Люси принялась донимать Мирославу:

— Ты носа никуда не высовываешь! Сидишь в своей норе. Если и бегаешь, то только по своим детективным делам.

— Неправда, — возразила Волгина, — мы с Морисом бываем на всех премьерных спектаклях, выставках, не говоря о прогулках. И живем мы, если ты запамятовала, не в норе, а в коттедже.

— Помню я, где вы живете! — недовольно отозвалась Люси. — Я же выразилась фигурально! И имела в виду не культурные мероприятия, а светские!

Мирослава рассмеялась.

— Чего ты хохочешь?!

— Просто я не знала, что Машин девичник — светское мероприятие.

— Теперь знаешь, — отрезала Стефанович.

Не дождавшись ответа от Мирославы, она проговорила в трубку:

— Короче, готовь наряд.

— Сейчас, — ответила Мирослава и отключила связь.

— Ничего, — пробормотала Людмила себе под нос, — пойдешь на девичник, как миленькая.

— Куда это Людмила вас звала? — спросил Морис, сидевший в гостиной с книгой в руках.

— На девичник, — усмехнулась Мирослава.

— Интересно... — протянул он.

— Ничего интересного! — И, встретив его удивленный взгляд, объяснила: — Маша Аверьянова, моя одноклассница, выходит замуж, но мы с ней после окончания школы не виделись ни разу.

— Понятно, — Морис снова уткнулся в книгу.

Но пойти на девичник Мирославе все-таки пришлось. Люси так надоела ей ежедневными напоминаниями и уговорами, что она, вопреки своим привычкам не уступать надоедавшим ей, **282** согласилась пойти к Аверьяновой.

Все-таки Люси была ее единственной подругой с детских лет. Так сложилось само собой.

Правды ради надо сказать, Мирослава не пожалела о том, что уступила, как она выразилась «Людмилкиным домогательствам». Вечеринка удалась на славу.

Даже вывалившийся из огромного торта стриптизер не испортил общего веселья.

Мирослава считала этот прием тривиальным, но если героине праздника номер с голым парнем пришелся по вкусу, что ж, имеет полное право и на банальность.

Трехкомнатную квартиру родителей Маши Аверьяновой детектив покинула раньше остальных.

Все девчонки уже были чересчур веселыми и буквально ходили на головах. Могли себе позволить, так как разъезжаться по домам собирались на такси. Волгина же сама была за рулем.

Поэтому, возвращаясь с девичника, Мирослава жалела только об одном: что на вечеринке не было вместе с ней Мориса Миндаугаса. Она с улыбкой подумала о том, что его отсутствие помешало ей выпить хотя бы один бокал шампанского. Ведь если бы Морис был с ней, то его бы она и усадила за руль.

И вообще с некоторых пор она стала ловить себя на том, что думает о своем сотруднике чаще, чем следовало бы. Хотя они так сроднились за то время, что работали вместе.

Детективное агентство «Мирослава» находилось в том же коттедже, где жила его хозяйка. И Морис, устроившись работать в ее агентство, стал жить в ее коттедже. Не мотаться же ему на работу и с работы, из города и в город. Эдак на одну дорогу может уходить до трех часов в день.

К тому же Морис Миндаугас оказался незаменимым помощником. Он не только выполнял свои должностные обязанности, но и практически единолично вел дом, даже не заикаясь о прибавке к жалованью.

Близкий друг Шура откровенно намекал ей на то, что она хорошо устроилась.

Мирослава не возражала, но и не спешила менять сложившийся уклад в их доме, хотя прекрасно знала, какие чувства испытывает к ней Морис и какие лелеет намерения.

Ветер донес откуда-то издалека аромат полусонной, влажной от росы черемухи.

Аромат черемухи сонной
Так волнует и так пьянит
И в бокале ночи бездонной
Звездный блеск горстью льдинок звенит
И рождается чувство безмерное!
Заполняет всю душу оно.
Ты не спишь дорогой мой, наверное,
И в открытое настежь окно
С ароматом черемухи льется
Моя нежность, не зная границ.
Ах, послушай, как сердце бьется.
С губ слетает невольно — мой принц.

* * *

Потом через открытое окно в салон автомобиля втек волнующий запах нарциссов, и мысли **284** Мирославы о Морисе унеслись прочь.

Неожиданно к самому краю дороги из густой темноты выбежали темные силуэты деревьев и засверкали молодыми листьями, попав под свет фонарей.

Дорога была пустой, несмотря на то, что стрелки часов не так давно расстались, встретившись на цифре двенадцать. Первой, как всегда, обгоняя сестру, устремилась по кругу минутная стрелка.

Полночь и первые часа два после полуночи, наверное, самое таинственное время суток.

Где-то совсем рядом запел соловей, и Мирослава догадалась, что она только что проехала парк, бывший когда-то лесом и сохраненный в окружении многоэтажек усилиями жителей, давших бой жадным до земли строительным компаниям.

Май кружил голову ароматами и трелями любви. Мирославе захотелось остановить автомобиль, приткнувшись у бровки, выйти из машины и пройтись пешком или хотя бы просто немного постоять под ночным небом. «Вот место удачное, — подумала она, — переулок. Тишина».

И вдруг она услышала звуки, которые никогда бы не спутала ни с какими другими. Драка! Она выскочила из машины, не забыв закрыть ее, и бросилась под арку.

Так и есть, трое разъяренных парней пинали четвертого, лежавшего на земле. Он не пытался защищаться, только стонал и прикрывал руками голову. Вероятно, на большее у него уже не было сил.

— Эй! — крикнула Мирослава громко, — кто на новенького?

Они почти одновременно отпрянули от своей жертвы и изумленно оглянулись. Их тени прижимались друг к другу, и в очертаниях угадывались страх и алчность шакальей стаи.

Мирослава решила не делать резких движений и для начала просто оставалась на месте.

Луна, заплывшая за облако, через миг появилась вновь и облила три темные фигуры холодным светом, делая их безжизненными пришельцами потустороннего мира.

Но это длилось недолго. Вскоре фигуры пришли в движение. Увидев, что это всего лишь девушка, бандиты осмелели.

— Объясним красотке, что нехорошо вмешиваться в чужие дела, — проговорил один из них со смехом.

Три темные тени сомкнули ряды и двинулись на девушку.

Мирослава отступила на несколько шагов и приободрила их:

— Ну-ну, смелей, бесстрашные герои.

Ирония, прозвучавшая в ее голосе, разозлила их. Один из них оказался на достаточно близком для удара расстоянии и прежде, чем получил каблуком в лоб, успел схватить ее за куртку, тотчас выскользнувшую из его пальцев. Удивиться он не успел. Качнулся пару раз туда-сюда и рухнул на землю.

Мирослава отступила в сторону, не желая оставлять его за спиной: «Вдруг очухается, хотя навряд ли так быстро».

Второй ринулся на девушку сбоку. Уйдя от

прямой атаки, Мирослава нанесла ему ощутимый,

но не сильный удар по виску. «Надеюсь, что не роковой», — быстро пронеслось у нее в голове.

До третьего она успела дотянуться только по касательной, так как он инстинктивно отпрянул. Она только успела заметить его выпученные глаза и подумала: «Неужели я так сильно напугала его? Скорее, удивила».

Закряхтел и зашевелился первый. Не давая ему подняться, девушка ударила его ногой. Судя по воплю, который он издал, поднимется он теперь не скоро.

Мирослава вовремя повернулась и инстинктивно отскочила вправо. В руках у третьего был пистолет.

Такое развитие событий ей абсолютно не понравилось, но подсознанию детектива это не понравилось еще больше. Мирослава сделала бросок на автопилоте, и ей удалось опередить нападавшего. От удара в солнечное сплетение он выронил пистолет. «Хорошо, что забыл спустить курок». Ударом ноги Мирослава отшвырнула оружие как можно дальше в темноту.

На поле боя никто не шевелился. Девушка с облегчением вздохнула и поспешила к переставшему стонать распластавшемуся на земле человеку.

Он лежал на спине, раскинув руки. Мирослава наклонилась над ним. На подбородке кровь. Дыхание слабое. Но он жив.

«Слава богу», — подумала она.

За пару минут ей удалось привести парня в сознание. При этом она умудрялась не упускать из поля зрения поверженных «героев». Через минуту его взгляд стал осмысленным.

— О, боже! — вырвалось у него.

— Все в порядке, — тихо проговорила Мирослава и спросила: — Вы можете идти?

Он утвердительно кивнул головой.

— Вот и хорошо. Идем.

— Куда?

Она помогла ему подняться.

— К моей машине.

Он сделал шаг и покачнулся.

— Держись, будь умницей, — Мирослава обняла его за талию и осторожно потянула в направлении оставленного автомобиля.

— А они? — спросил он растерянно.

Мирослава не собиралась вызывать «Скорую». Поэтому, не давая ему оглянуться, увлекла за собой.

В конце концов, какое ей дело до них? Каждый сам выбирает свои неприятности. Они сделали свой выбор, ну что ж, это их проблемы...

Волгина помогла парню забраться в салон автомобиля, пристегнула его ремнем и тронула машину с места. В зеркале она увидела его искаженное болью лицо и тихо спросила:

— В больницу?

— Нет, пожалуйста, не надо, — жалобно попросил он.

— Как хочешь. Где ты живешь?

Он назвал адрес.

— Неблизко.

— Простите, я вызову такси.

— Не глупи.

Он снова извинился.

Мирослава подумала, что, наверное, именно таких называют ботаниками или ботанами. Спросила:

— Как ты оказался здесь?

— Здесь живет моя бабушка, и я прихожу к ней каждый вторник.

— Так, давай я отведу тебя к бабушке, — проговорила она, притормозив.

— Что вы, — испугался он, — не надо к бабушке!

— Это еще почему?

— Я не могу ее так волновать, — и, встретив вопросительный взгляд Мирославы, стал объяснять: — Поймите, она старенькая, и здоровье у нее соответствующее возрасту.

— Хорошо, поехали к тебе, — решила Мирослава.

Он благодарно кивнул.

— Давайте знакомиться, — перейдя на вы, сказала она. — Меня зовут Мирослава, а вас?

— Слава.

— Прекрасное имя, меня тоже друзья называют Славой, можно сказать, что мы тезки. — Девушка увидела в зеркале растерянное выражение его лица и добавила: — Сокращенно, от Мирославы.

Он кивнул.

— А вы, вероятно, Станислав?

— Почти, — улыбнулся он почему-то виновато, — Вячеслав.

— Замечательно.

— Простите, что так глупо получилось, — смущаясь, произнес он.

— Ну что вы, как раз наоборот! — Мирослава достала платок и протянула ему.

— Спасибо. Как вам это удалось?

— Что это? — сделала она вид, что не понимает.

— Раскидать троих парней.

— Ерунда. Мой дед постоянно твердил, что женщина в наше время должна быть сильной. Кисейные барышни отошли в прошлое. Вот я и окончила школу каратэ.

На самом деле Мирослава лукавила, она не применяла приемов, которым была обучена и которыми могла не только покалечить, но и убить противника.

— А я в детстве ходил в музыкальную школу, — признался он.

«Оно и видно», — подумала про себя Мирослава и хотела спросить: пианино, но почему-то проговорила: — Скрипка?

— Да. Как вы догадались?

Она пожала плечами.Оба замолчали и остальную часть пути проехали молча.

Шел второй час ночи. Дороги были почти пустынными, хотя обычно машины двигались по ним в обе стороны и днем, и ночью.

Мирославе показалось, что у нее завибрировал телефон. Но, глянув на экран, она поняла, что ошиблась. В это время мог позвонить только Морис. Но он знал, что она на девичнике, а девичник — мероприятие непредсказуемое, поэтому он не ждал ее раннего возвращения и не беспокоился.

Может быть, беспокоился Дон, ее большой, пушистый черный кот. Но Дон не умел пользоваться телефоном.

— Мы почти доехали, — услышала она голос Славы, — поверните, пожалуйста, на первую междворовую дорогу.

— Хорошо.

Свернув, она увидела во дворе три дома.

— Который ваш?

— Тот, что справа.

— А подъезд?

— Третий.

Она остановила машину возле третьего подъезда, посмотрела на своего пассажира, прикидывая, поднимется ли он по лестнице самостоятельно. Спросила:

— Какой этаж?

— Четвертый, — он улыбнулся.

— Мой вопрос показался вам смешным? — приподняла она одну бровь, снова перейдя на «вы».

— Не сам вопрос, — смутился он, — просто вспомнил О'Генри. В одном из его рассказов приехавший в город родственник поднимается по лестнице многоквартирного дома на лошади.

— Понятно. И вы вообразили, что я стану подниматься по лестнице на машине.

— Нет, конечно, просто...

— Вытряхайтесь.

— Что? — удивился он.

— Выходите из машины.

— Зачем?

— Вы передумали идти домой?

— Нет, я...

— Идите.

— Спасибо.

— Не за что.

Он с трудом выбрался из машины, сделал шаг, другой, покачнулся.

По лестнице он таким Макаром не поднимется, поняла Мирослава, и, выбравшись из салона, привычно подхватила парня и закинула себе на плечи его руку.

— Идемте, — скомандовала она.

— Вы не волнуйтесь, я сам.

— Молчите уже.

И он благоразумно замолчал.

— Ну, вот и ваша квартира, — сказала она, буквально на себе доволочив его до двери.

— Да. — Он вытащил ключ, который запрыгал в его руках.

Мирослава извлекла связку из его пальцев и открыла дверь сама. Провела хозяина квартиры в прихожую, включила свет. Толкнула его на стоящий там диванчик и наклонилась, чтобы стащить с него кроссовки.

— Нет, нет, — испугался он, — я сам.

— По-моему, вам не следует наклоняться.

— Нет, нет, я сам, — повторил он.

Слава довольно сносно справился со снятием обуви. Они прошли в комнату. Мирослава видела, что парню нужно снять грязную одежду и умыться. Но не знала, справится ли он.

— Я в порядке, — заверил он, поймав ее сомневающийся взгляд.

— Ладно. Ты иди, приведи себя в порядок, — снова перешла она на «ты», — а я пока заварю чай, не возражаешь?

— Нет, но... — запнулся он.

— Все «но» потом, — усмехнулась она, — иди

Он ушел. Она подошла к двери и прислушалась к шуму воды. Вроде все было нормально.

Слава вышел из ванной спустя десять минут в чистом банном халате.

Она внимательно осмотрела его лицо с красующимися на нем кровоподтеками.

— У тебя ничего не болит? — осторожно спросила она, когда они уже сидели на кухне.

— Болит, но не очень, — признался он.

— Может быть, все-таки вызвать врача?

— Нет, не надо, — упрямо проговорил он.

— Как хочешь, — пожала она плечами. Хотя его состояние вызывало у нее опасения.

— До свадьбы все заживет, — рассмеялся он не слишком натурально.

— А ты что, собираешься жениться? — Она обвела его оценивающим взглядом.

— Вообще-то да. — Он снова замялся, а потом добавил: — Поэтому я не могу жениться на вас в знак благодарности.

Она недоуменно посмотрела на него, а потом спросила:

— Это шутка такая? — и искренне расхохоталась.

— Я не это имел в виду, — принялся он поспешно оправдываться.

— А что же? — Она отерла тыльной стороной ладони слезы, выступившие на глазах от смеха.

— Просто я заметил, как вы смотрите на меня...

— Как?

— Оценивающе. А я не хочу изменять Нине.

«Так вот как он расшифровал мои беспокойные взгляды», — усмехнулась про себя Мирослава и спросила:

— Ты что же, подумал, что я потребую от тебя расплатиться за услугу натурой?

— Не знаю. Но вы такая мужественная.

— Что есть, то есть, — с нескрываемой иронией отозвалась она и добавила: — Вообще-то это не мужественность.

— А что?

— Не важно. Лучше скажи, что эти парни хотели от тебя?

— Я и сам не понял. Они подошли и сразу стали бить. Это было, честно говоря, неожиданно.

— Они не попросили у тебя закурить?

— Нет, я же не курю, — недоуменно отозвался он.

— Они могли этого не знать.

— Вообще-то да, — после недолгого раздумья согласился он.

— Не требовали отдать деньги, часы, мобильник?

— Нет, в том-то и дело, что они ничего не требовали. Они вообще не говорили со мной!

— Странно.

— Да. Наверное, они просто обкурились и решили над кем-то покуражиться.

— Не исключено, — согласилась Мирослава, хотя у нее эта версия не вызывала доверия. Несмотря на то, что она видела нападавших при зыбком ночном освещении, они не показались ей находящимися под воздействием наркотиков. Пьяными они тоже не были. То, что у одного из них не был снят курок с предохранителя, говорило о том, что они не готовились убивать, только напугать или, в крайнем случае, покалечить. Но кому это было нужно, раздумывала детектив.

— Говоришь, что у тебя есть невеста? — спросила она приунывшего парня.

Было видно, что чувствовал он себя плохо, но по непонятным причинам не хотел сознаваться в этом. Может, из-за ложного опасения показаться слабым в ее глазах. «Все-таки я девушка, — подумала Мирослава, — и он может испытывать банальное стеснение. Черт бы побрал эту пресловутую мужскую гордость».

— Да, Нина, — прозвучал голос Вячеслава.

— Красивая?

— Очень. Хотите посмотреть?

— Хочу.

Он взял в руки свой недешевый мобильник, который и не подумали отбирать у него бандиты, провел пальцем по экрану и протянул его Мирославе:

— Вот она.

— И впрямь симпатичная, — проговорила детектив, вглядываясь в изображение девушки. Яркая брюнетка с хорошей фигурой. На ум Мирославе пришли строки Некрасова: «Вьется алая лента игриво в волосах твоих темных, как ночь». Алой ленты, правда, в волосах девушки не было. Но темные блестящие волосы, рассыпанные густым водопадом по плечам, и впрямь были хороши. Полные губы, карие глаза. Смущали только брови, почти срастающиеся на переносице. Но говорить об этом Славе Мирослава, естественно, не стала. Вместо этого она спросила:

— Может быть, позвоним твоей невесте?

— Зачем?

— Как зачем? Пусть приедет и побудет с тобой.

— Нет, что вы не надо! Я не хочу ее волновать.

— Разве ты не хочешь, чтобы твоя девушка поухаживала за тобой?

Он покачал головой.

Мирославе нужно было ехать домой. Но и оставлять спасенного парня одного она не решалась.

— У тебя есть кто-то, кто мог бы приехать и побыть с тобой?

— Никого не надо, — улыбнулся он слабо и, догадавшись о ее чувствах, добавил утешающим тоном: — Не волнуйтесь за меня. Все будет хорошо. Если я почувствую себя плохо, то позвоню бабе Варе.

— Это твоя бабушка?

— Нет, это моя соседка.

— Ты с ней дружишь?

— Можно сказать и так. Она опекает меня. А я ее.

— Ну, хорошо. Я, пожалуй, пойду, — проговорила детектив, — а ты закройся на все замки и ложись спать. Ты дойдешь обратно из прихожей до дивана?

— Да.

Мирослава вышла на лестничную площадку, услышала, как щелкнул замок, постояла еще полминуты в задумчивости, а потом решительно нажала на кнопку звонка соседней квартиры. Она надеялась, что соседка, как и многие пожилые люди, коротает большую часть ночи наедине со своей бессонницей и не спит. Так и вышло.

— Кто тут? — спросил насторженный, слегка хрипловатый голос из-за двери.

— Детектив Мирослава Волгина. — Мирослава приложила к глазку свое удостоверение.

— Погодите, сейчас возьму очки.

Послышались удаляющиеся шаги и стихли. Но вот они раздались снова, теперь уже приближаясь. Потом дверь приоткрылась на цепочку.

Мирослава решила не пугать старую женщину. Оставаясь на месте, она спросила:

— Вы баба Варя?

Старушка улыбнулась:

— Можно звать меня и так. Вообще-то я Варвара Павловна.

Мирослава поняла намек, баба Варя она для Славика, а для всех остальных, и для нее в том числе, Варвара Павловна.

— Ваш сосед сегодня попал в переделку, — начала она.

— Что с ним? — Старушка всполошилась не на шутку и открыла дверь. — Заходите!

Мирослава шагнула в прихожую, но проходить в комнату отказалась, было уже поздно.

— Разве вы здесь не по долгу службы? — насторожилась женщина.

— Нет, я оказалась случайным свидетелем. — Мирослава не стала темнить, тщательно подбирая слова, чтобы не напугать старушку до смерти, все потихоньку рассказала ей. И попросила: — Вы тут присмотрите за ним, и вот моя визитная карточка на всякий случай. Позвоните мне, если что. — И стала спускаться вниз по лестнице.

— Можете на меня положиться, — суровым голосом заверила ее Варвара Павловна. Хотя имя «баба Варя» с точки зрения детектива подходило ей гораздо больше. **297**

* * *

— О! Да вы трезвы, как стеклышко! — воскликнул Морис, встречая ее у ворот.

— Ты прекрасно знаешь, что я за рулем! Так с чего бы мне быть нетрезвой?

— Могли бы взять такси, а свой автомобиль оставить на стоянке. Я бы завтра за ним съездил.

— Ничего, — сказала Мирослава, — это даже лучше, что я не пила.

Он посмотрел на нее несколько удивленно.

— Если напоишь чаем, то все расскажу, — ответила она на его немой вопрос.

Морис молча вошел в дом, поставил чайник и лишь после этого спросил:

— Есть, надеюсь, вы ничего не будете?

— Буду! — крикнула она из прихожей.

— Что?

— Мармелад.

— Лимонный?

— Грушевый.

Мирослава осторожно сняла с себя легкую куртку из кожи и, аккуратно сложив ее, поместила в целлофановый пакет, который тут же закупорила. После чего отправилась в ванную.

Потом они сидели на кухне и пили чай с мармеладом. Дон сидел рядом и тихонечко мурлыкал, радуясь возможности лицезреть свою любимую хозяйку. Мирослава положила на ладонь маленький кусочек мармелада, и кот с удовольствием слизнул его с ее руки.

— Как все прошло? — спросил Миндаугас, **298** едва заметно улыбнувшись краем губ.

— Отлично! — проговорила она сердито. — Даже стриптизер из торта вылез, как черт из табакерки.

— Вам не понравился стриптизер? — улыбнулся он чуть шире.

— Не в этом дело, — отмахнулась она, — бог с ним, со стриптизером и со всем Машиным девичником.

— Тогда что же?

— На обратном пути я впуталась в историю!

— Не понял.

— Короче, я услышала подозрительный шум и поспешила туда, откуда он доносился.

— И что же там происходило?

— Драка! Вернее, побоище! Трое били одного, лежащего на земле.

— Вы вмешались?

Она повела плечами, мол, как же иначе.

Тогда Миндаугас спросил бесстрастно:

— И чем же все закончилось?

— Пока не знаю.

— То есть?!

— Избитого парня я отвезла домой. А что там с теми, кто напал, я не знаю.

— Но вас явно тревожит не самочувствие хулиганов, которых, как я подозреваю, вы отделали как бог черепаху. Кстати, почему так говорят?

— Не знаю!

— Не злитесь. Лучше скажите, что там было не так?

— Понимаешь, — проговорила она осторожно, — они его били целенаправленно!

— Вы хотите, чтобы хулиганы его гладили?

— Нет, но что-то здесь не то.

— Что именно?

— Пока не знаю.

— Что значит пока?

— Пока то и значит пока. Давай лучше ложиться спать, — Мирослава поднялась из-за стола, взяла на руки кота и направилась к двери.

Как ни странно, но уснула она, едва коснувшись головой подушки, и проспала, ни разу не проснувшись, до восьми утра.

Когда она спустилась вниз, ее уже ждал на столе легкий завтрак. «И как он умудряется все угадать и рассчитать», — подумала она с улыбкой о прозорливости своего помощника.

— Какие планы на сегодня? — спросил Морис.

У них уже две недели не было нового расследования, и Миндаугас был не прочь заняться чем-то новым.

— После завтрака хочу навестить Шуру, — ответила Мирослава.

— Соскучились?

— Не так чтобы, — улыбнулась она.

— Вам не дает покоя вчерашняя история, — догадался он.

Она кивнула.

— Моя помощь нужна?

— Пока нет.

— Тогда я сегодня займусь садом, — проговорил Морис.

— Буду признательна тебе за это.

Деревья и кусты Мирослава начала сажать давно, еще до строительства коттеджа. Плотнее она занялась садом, перебравшись в построенный дом. Но ухоженный вид сад приобрел именно трудами Миндаугаса. И Мирослава была благодарна своему помощнику за это и за все другое.

* * *

Друг детства Мирославы следователь Александр Романович Наполеонов не слишком-то обрадовался приходу Волгиной.

— Привет, Шура! — сказала она.

— Привет, — буркнул он и спросил: — Чего это тебя принесло в такую рань?

— Соскучилась.

— Не лги.

— Ты мне не веришь? — сделала она большие глаза.

— Верю всякому зверю, — начал он.

— А тебе, ежу, погожу, — завершила она со смехом.

— Чего такая веселая?

— Я вчера, Шура, в заварушку ввязалась.

— Ничто не ново под луной, — закатил он глаза.

— Нет, ты не иронизируй, а послушай.

— Ладно, — сказал он, — рассказывай.

И она кратко изложила ему хронологию вчерашнего дня, начиная со своей поездки на девичник и завершая событиями вечернего происшествия.

— Маша Аверьянова замуж вышла? — оживился Наполеонов.

— Выйдет в эту субботу.

— Симпатичная девчонка, — сказал Шура и огорчился: — Жаль, что меня на свадьбу не позвала.

— Угу. Гулять будут в ресторане, от яств и напитков будут ломиться столы, — поддела друга 301 детства Мирослава, ни на минуту не забывая о том, как любит поесть Наполеонов.

— Издеваешься, — проговорил он обиженным тоном.

— Ни в коем разе! Просто хочу спустить тебя с небес на землю.

— Уже спустился и что?

Мирослава положила на стол перед следователем пакет с курткой:

— Хочу, чтобы Незовибатько исследовал ее на предмет оставленных пальчиков.

— Тебя что, во время драки зацепили? — встревожился следователь.

— Если ты хочешь знать, досталось ли мне, то нет. Но один из них успел схватить меня за куртку на одно мгновение. Однако для того, чтобы остались отпечатки, этого вполне достаточно.

— Согласен. Ты что же, хочешь заняться драчунами?

— Вполне возможно.

— Зачем?

— Моя интуиция подсказывает мне, что это нападение на парня было не случайным.

— Опять твоя пресловутая интуиция, — Шура закатил глаза. — Ты что же думаешь, что они его специально караулили?

— Да, я так думаю, — проговорила она уверенно.

— Откуда они могли знать, что он будет там в этот вечер?

— Слава ходит к бабушке каждый вечер вторника.

— Допустим. Но им-то откуда это стало известно? Не бабушка же заказала хулиганам своего внука?

— Не бабушка, — согласилась Мирослава, — но кто-то хорошо знакомый с привычками парня их все-таки проинформировал.

— Ладно. Отдам я твою куртку Афанасию Гавриловичу. Но ты же знаешь, сколько работы у экспертов-криминалистов, так что не знаю, когда он ей займется.

— Ты главное отдай, — сказала Мирослава и покинула кабинет следователя.

Из салона автомобиля она позвонила Незовибатько и изложила свою просьбу.

Судя по голосу, криминалист обрадовался ее звонку и мягко укорил: — Ты, Славушка, только по делу и звонишь.

— Ну что вы, Афанасий Гаврилович! Просто лишний раз беспокоить вас не хочется.

— Оксана о тебе на днях спрашивала.

Оксана была женой Незовибатько, супруги хоть и не были юными, но друг друга обожали, и это трогало Мирославу до глубины души.

— Передавайте Оксане привет! И недели через две приезжайте к нам на первую клубнику.

— Клубника это хорошо, — пробасил Незовибатько, — да только нам бы съесть всю ту, что выращивает на своей даче теща.

Оба рассмеялись.

Потом Мирослава сказала:

— Тогда просто так приезжайте.

— Я лучше придумал! Мы приедем к вам со своей клубникой, а уедем с вашей!

— То есть будем дружить клубниками? — рассмеялась Мирослава.

— Умница! Именно это я и имел в виду.

На этой веселой ноте они и распрощались.

Мирослава развернула машину и решила съездить навестить своего невольного подопечного. И тут раздался телефонный звонок. Звонили с неизвестного номера.

— Да, — осторожно проговорила Мирослава.

— Здравствуйте! — прозвучал взволнованный голос. — Это я, Варвара Павловна! Вы мне вчера свой номер оставили.

— Да, я помню. Что-то случилось?

— Славке ночью плохо стало, он мне в стенку постучал. Я сразу к нему кинулась. А он уже без сознания. Я сразу «Скорую» вызвала.

— Черт! — вырвалось у Мирославы.

— Что? — озадаченно переспросила женщина.

— Это я не вам, Варвара Павловна. А как вы к нему вошли, если он без сознания был?

— Так у меня же ключи есть от Славиной квартиры.

— Это хорошо. Где он сейчас?

— В больницу его увезли. В городскую, — ответила баба Варя.

— Я сейчас туда съезжу. Как фамилия Славы? — поинтересовалась сыщица.

— Вы разве не знаете? — удивилась соседка.

— Откуда же!

— Красиков он! — воскликнула Варвара Павловна и спохватилась: — Я супчику сварю и еще чего-нибудь и отвезу ему поесть.

— Пока ему, наверное, ничего нельзя. — Мирослава вспомнила о вчерашней бледности парня и принялась ругать себя за то, что сразу же не отвезла его в больницу. Не иначе, как он получил сотрясение.

Она оказалась права. Лечащий врач в больнице подтвердил, что у парня сотрясение мозга средней тяжести и трещины в двух ребрах.

— Вчера он отказался от врачебной помощи.

— В горячке не почувствовал, — пожал плечами доктор. И добавил: — Пациент не хочет говорить, где он получил свои повреждения.

Мирослава решила, что доктору стоит быть в курсе. И рассказала ему все или почти все.

— Я вынужден буду проинформировать правоохранительные органы, — заявил врач.

Красиков лежал в реанимации, и Мирославу к нему не пустили. Возвращаясь домой, она ломала голову над тем, как будет разыскивать нападавших, если отпечатков с ее куртки не окажется в полицейской базе. «Надо было хотя бы одного из них сфотографировать», — укоряла она себя.

Но ей повезло. Позвонил Наполеонов и велел приезжать немедленно.

Она и приехала.

Отпечатки оставил ранее судимый за хулиганство Катков Евгений Сидорович.

— Шура! Красиков в больнице.

— Красиков?

— Да! Слава, на которого напали в подворотне.

— Понял, понял, — замахал руками Наполеонов.

— Я сейчас съезжу к этому Каткову.

— Погоди. Красиков заявление писал?

— Нет. Сделать звонок в полицию собирался его лечащий врач.

— Это хорошо. Но заявление от самого потерпевшего не помешает.

— Он в реанимации.

— Пусть его невеста напишет.

— Я бы не стала обращаться к ней с подобной просьбой, — осторожно проговорила Мирослава.

— Почему? — удивился Наполеонов.

— Не знаю. Но пока не надо.

— Тогда бабушка. Ты же сказала, что у него есть бабушка.

— Только она пока ничего не знает.

— Ладно, этим я сам займусь. А тебя мы сейчас экипируем. — Наполеонов схватил Мирославу за руку и потащил в технический отдел.

Через час Волгина уже была возле дома Евгения Сидоровича Каткова. В полиции ее просветили, что Катков жил вдвоем с пьющей матерью в старом деревянном доме почти в самом центре города, где встречались участки, сплошь застроенные халупами.

Мирослава обошла вокруг дома Катковых и даже заглянула в окна.

Неожиданно ее окликнули:

— Гражданочка!

Мирослава оглянулась.

— Вы Зинку ищете?

— Какую Зинку?

— Каткову.

— Нет. Ее сына.

— Тогда ладно. А то Зинка траванулась паленой водкой и лежит в больнице.

«Слава тебе господи, — невольно подумала Мирослава и укорила себя: — Нельзя радоваться чужой напасти». Но обрадовалась она, конечно, не тому, что Зинаида Каткова в больнице, а тому, что не придется еще и с пьяницей разбираться. Кто знает, как повела бы себя Зинаида в этой ситуации. Может быть, кинулась бы защищать сына. Хотя в таких случаях бывало все легко уладить небольшой суммой денег. Алкоголик тотчас терял интерес к происходящему и бежал за бутылкой в ближайший магазин.

Но детективу повезло. Евгений Катков был дома один. Звонка нигде не было, и Мирослава постучала по рассохшемуся дереву хлипкой двери.

— Кто там? — раздалось из глубины дома.

— Свои, — отозвалась она.

— Коль свои, то заходите. Там открыто.

Детектив толкнула дверь и оказалась то ли в сенях, то ли в захламленной прихожей. Разбираться с этим она не стала, сразу двинулась дальше.

Катков сидел за столом, застеленным газетой, и уплетал хлеб с маслом, запивая бутерброд какой-то бурдой, по запаху не похожей ни на кофе, ни на чай.

Увидев Мирославу, он вытаращил глаза, выругался, кинул кусок хлеба мимо тарелки и бросился к окну.

Но детектив успела догнать его и втянула обратно в комнату.

— Куда же вы, Евгений Сидорович? — проговорила она ласково.

Лицо Каткова было перекошено от злости и изумления:

— Как вы нашли меня?!

— Так мы умеем разговаривать на «вы», — усмехнулась Мирослава.

— Чего надо? — выкрикнул он. Было заметно, что парень перепуган, скорее всего, ее неожиданным появлением. — Вы мне чуть лоб не пробили! — заорал он, надеясь, что собственный крик придаст ему храбрости.

— Зря стараешься, — сказала Мирослава.

— Чего?

— Кто велел вам избить Красикова?

— Какого еще Красикова? Никакого Красикова я не знаю!

— А как ты его знаешь, как Славу?

— Никак не знаю, — вырвалось у Каткова, — просто Вадик сказал, что одного парня надо поучить уму-разуму. Вот мы с Кренделем и Рыжим и помяли его немного.

— Кто такой Вадик?

— Дружок мой. Мы, правда, с ним давно не виделись, а тут он пришел и денег дал.

— Фамилия Вадика.

— Сухоруков.

— Как вы с ним познакомились? — спросила Мирослава.

— Мы вместе учились в колледже. Я еще хотел за его сеструхой приударить, а он мне сказал: «Нинку не тронь!».

— Сестру зовут Ниной?

— Ну! Клевая девка. Она сейчас в супермаркете работает.

— Скромная девушка?

— По-моему, оторва, — усмехнулся Катков.

— Ты что же, в колледже учился? — сменила тему Мирослава.

— А то! — вздернул подбородок парень.

— Закончил?

— Нет, — помотал головой Катков.

— Как бы мне увидеть этого Вадика Сухорукова? — небрежно проговорила Мирослава. — Познакомишь?

— Нет, — быстро замотал головой Евгений, но, вовремя заметив, как нахмурилась Мирослава, быстро добавил: — Но адрес Вадькин могу дать.

— Давай.

Косясь на нее одним глазом, Катков взял со стола обмусоленный карандаш, оторвал кусок от края газеты и нацарапал на нем адрес своего дружка.

— Ты только не звони ему, — ласково попросила напоследок Мирослава и выразительно помахала в воздухе обрывком с адресом.

По его затравленному взгляду она поняла, что звонить он не станет, и спросила:

— Ты как в тюрьму попал?

— По глупости.

— Ой ли?

— Зуб даю! Мы с ребятами выпили, пошли прогуляться.

— Поискать приключений на свою пятую точку?

Он пожал плечами и продолжил:

— Ребята пристали к одной парочке, парень оказался не промах, тут еще и два его дружка подоспели. Началась заварушка, один из наших нож вытащил, и двое ихних в больницу угодили. А мы все в кутузке оказались.

— У тебя был нож?

— Откуда!

— Но срок дали.

— Так за компанию, — Катков поджал губы, а потом и вовсе отвернулся от детектива.

Мирослава вышла из дома Катковых, прошла несколько шагов, свернула за угол и подошла к стоящей там полицейской машине, открыла дверцу и спросила сидевшего за рулем оперативника:

— Все слышал?

— Все.

— С ним, — она кивнула в сторону дома Катковых, — разбирайтесь сами и Кренделя с Рыжим разыщите.

— Это уж как водится, — улыбнулся ей оперативник. И подумал про себя: «И чего ушла из следователей? Работу как свои пять пальцев знает».

— Я к Сухорукову, — сказала между тем Мирослава.

— Машина сопровождения следом.

Кивнув головой, Волгина вернулась к своей машине. Не доезжая до нужного ей адреса пару кварталов, Мирослава переоделась в машине и преобразилась в разносчицу пиццы. Возле дома Сухоруковых она взяла пиццу с пассажирского сиденья и направилась к нужному подъезду. Позвонила в первую же попавшуюся квартиру и на вопрос, кто там, привычно ответила:

— Почта.

Дверь открылась. Поднявшись на лифте на седьмой этаж, детектив подошла к квартире Сухоруковых, нажала на звонок.

— Кто там?

— Пиццу заказывали?

— Нет! — рявкнул мужской голос.

— Но у меня заказ!

Дверь распахнулась:

— Щас с лестницы спущу! — пригрозил появившийся на пороге парень со сросшимися на переносице бровями.

— Каши мало ел.

— Чего?! — выпучил глаза парень.

— То, что слышал. — Мирослава уже догадалась, что это был Вадим, дружок Каткова и брат невесты избитого Красикова. Он не успел как следует замахнуться, как детектив скрутила его и втащила в квартиру.

— Пусти! Больно!

Мирослава лениво и несильно ударила его.

— Убью, — прошипел он.

Еще один удар заставил его замолчать. Дотащив своего пленника до окна, Мирослава приковала его наручниками к батарее.

Не успела она приступить к допросу, как из комнаты выбежала черноволосая кареглазая девушка с румянцем во всю щеку. Притом румянец был натуральным. Мирослава узнала в красотке Нину, невесту Славы Красикова.

— Не трогайте брата! — закричала девушка. — Вы из полиции, да?

Мирослава, не проронив ни слова в ответ, одарила ее выразительным взглядом.

— Он ни в чем не виноват! — вырвалось у девушки.

— А кто же виноват?

— Я!

— Молчи, дура! — прохрипел брат.

— Рассказывайте, рассказывайте, — велела Мирослава и, несмотря на то, что жучок, прикрепленный к ее одежде, транслировал разговор в полицейскую машину, незаметно включила еще 311 и свой диктофон, чтобы дать прослушать запись Морису. Ее помощник имеет право быть в курсе.

— Понимаете, — запинаясь и размазывая по щекам вытекающие из глаз слезы, начала Нина, — Славик мой жених. Я очень люблю его!

— Да ну? — недоверчиво проговорила Мирослава.

— Правда, правда! — затараторила Нина.

— И что?

— Несколько дней назад я ехала в автобусе и увидела его с другой девушкой!

«Бывает», — подумала Мирослава.

— Они заходили в кафе. Я вышла из автобуса на ближайшей остановке, вернулась к этому кафе, вошла в него, заняла столик, надвинула чуть ли не на самые глаза бейсболку и стала следить за ними. Эта наглая девица так весело щебетала, что у меня сердце кровью обливалось, она не сводила с моего Славика влюбленных глаз. А Славик смотрел на нее и улыбался. Потом поцеловал ей руку!

— И что?

— Как что? Он изменил мне! Вот я и решила его проучить! Рассказала все брату.

— Ваш Славик лежит в больнице в реанимации с сотрясением мозга и сломанными ребрами.

— Нет! Этого не может быть! — вырвалось у девушки искренне.

— А вы спросите у своего братца! — Детектив кивнула в сторону Вадима, застывшего с перекошенным от злости лицом.

— Вадик! Ведь это неправда? — Сестра кинулась к брату.

Мирослава расстегнула наручники и, не дожидаясь завершения родственных разборок, ушла.

Едва она села в салон, как мимо ее автомобиля проплыла полицейская машина в сторону подъезда, в котором жили Сухоруковы.

Мирослава тем временем поехала к следователю. Ей нужно было вернуть жучок и поговорить с Наполеоновым.

Шура уже ждал ее.

— Заходи, — распахнул он перед ней дверь своего кабинета.

Мирослава прошла и села на стул рядом с его столом.

— Знаю, что это не совсем по твоей части, — начала она с места в карьер, — но и спускать такое нельзя. Так что предприми сам знаешь что.

— Уже предпринимаю. Ты же видишь!

— Вижу, — согласилась она.

— Однако нужно заявление потерпевшего, — напомнил он.

— Думаю, что он не напишет заявления, — с сомнением в голосе проговорила Мирослава.

— Бабушка напишет. Я уже говорил с ней.

Мирослава бросила на него встревоженный взгляд.

— Не волнуйся. Парню уже лучше. К тому же, чтобы не сильно пугать старушку, я прихватил Варвару Павловну, ну, ты знаешь, ту самую соседку парня, что вызвала «Скорую». Прошло все гладко. Бабушка согласилась написать заявление, если внук откажется.

— Хорошо, если так, — отозвалась Мирослава. — Я, пожалуй, пойду.

— Иди. Скажи Морису, что я не сегодня завтра к вам заеду. Пусть готовит ужин из трех блюд. **313**

— Приготовит.

И тут Мирослава увидела, что Наполеонов улыбается во весь рот.

— Чему это ты так радуешься? — спросила она.

— Тому, что и ты в кои-то веки бесплатно поработала.

— Я-то поработала бесплатно, — не осталась она в долгу, — но ты-то за свое протирание штанов в кабинете зарплату получаешь, — и скрылась за дверью.

— Вот злыдня, — продолжая улыбаться, любовно обронил ей вслед Наполеонов.

* * *

Через некоторое время Мирослава навестила Славу Красикова в больнице. Из реанимации его перевели в обычную палату.

В палате она застала девушку. Та сразу же выпорхнула за дверь, оставив их наедине.

— Это и есть причина ваших неприятностей? — спросила Мирослава, улыбнувшись.

— Можно сказать и так, — улыбнулся ей в ответ Слава и произнес с особой нежностью в голосе: — Это Лиля.

— Красивая девушка. Мне она понравилась с первого взгляда.

— Мне тоже. Только я и не думал изменять Нине! — громко проговорил Слава.

Детектив вопросительно изогнула бровь.

И Красиков принялся объяснять:

— Мы с Лилей вместе учились в музыкальной школе целых восемь лет. Но я потом стал айтишником, а она окончила консерваторию и стала скрипачкой.

— Скрипит, значит, — улыбнулась Мирослава.

— Вы не смейтесь. У Лили огромный талант и не меньшее упорство! Она победила на конкурсе молодых исполнителей. Едет с концертами в Европу.

— Прекрасно. Я рада за нее.

— Я тоже, — почему-то вздохнул он.

Мирослава посмотрела на хмурое лицо парня и проговорила ободряюще:

— Вы могли бы поехать с ней.

— Что вы! А Нина?

— Разве вы ничего не знаете? — удивилась Мирослава.

— Знаю, — понуро опустил голову он, — но...

— Вы написали заявление?

— Нет, — он отвел глаза, — бабушка написала, ее уговорили следователь и баба Варя.

— Молодцы, — похвалила Мирослава.

Красиков, точно не слыша ее, продолжил:

— И как это ни странно, полицейские задержали Нининого брата и всех его приятелей.

— Что же в этом странного, — пожала плечами Мирослава, — наоборот, так и должно быть.

— Может быть, — не стал спорить Красиков.

«Вот ботаник», — подумала Мирослава с легкой иронией и проговорила вслух:

— Вашу Нину тоже стоит привлечь.

— Она просто не подумала, что так выйдет, — попытался вступиться за бывшую невесту Слава. Мирослава на все сто была уверена в том, что Нина, несмотря на Славину нерешительность, все-таки уже стала наполовину, а то и на две трети 315 бывшей. И, чтобы окончательно сделать ее таковой, положила рядом с ним на тумбочку диктофон и включила его.

Красиков слушал молча. Потом закрыл лицо руками.

— Мне кажется, что свадьбу придется отменить, — проговорила Мирослава.

— Мне тоже так кажется, — грустно отозвался он и убрал руки с лица.

В это время приоткрылась дверь, и девичий голос спросил звонко:

— Можно войти?

— Да, конечно, — Мирослава обернулась к девушке и ласково ей улыбнулась. А потом сказала парню: — Впрочем, отменять свадьбу совершенно необязательно.

— Как это? — спросил Слава.

— Очень просто. Заменить одну невесту на другую и все дела, — детектив подмигнула Красикову.

Он моргнул пару раз и, обернувшись к девушке, спросил:

— Что ты думаешь по этому поводу, Лиля?

Глаза девушки засияли так ярко, что никаких сомнений в том, что именно она думает, не могло возникнуть ни у кого.

Мирослава перевела взгляд с одного на другого и поняла, что замена невесты состоится.

Теперь она могла со спокойной совестью отправляться домой к своему помощнику и коту.

Тем более что Морис перед ее уходом намекнул, что у них вот-вот появится новое дело, за расследование которого обещан крупный гонорар.

Работать бесплатно по доброте душевной, конечно, очень благородно. Но на привычную комфортную жизнь, как это ни банально, требуются деньги, которые хоть и не делают никого полностью счастливыми, но заметно облегчают бремя земного пути и дарят время от времени воистину волшебные мгновения.

Литературно-художественное издание

ВЕЛИКОЛЕПНЫЕ ДЕТЕКТИВНЫЕ ИСТОРИИ

ДЕТЕКТИВНАЯ ВЕСНА

Руководитель отдела *И. Архарова*
Ответственный редактор *А. Антонова*
Выпускающий редактор *Е. Тёрина*
Художественный редактор *С. Курбатов*
Технический редактор *О. Серкина*
Компьютерная верстка *Е. Коптевой*
Корректор *Е. Савинова*

Страна происхождения: Российская Федерация
Шығарылған елі: Ресей Федерациясы

ООО «Издательство «Эксмо»
123308, Россия, город Москва, улица Зорге, дом 1, строение 1, этаж 20, каб. 2013.
Тел.: 8 (495) 411-68-86.
Home page: www.eksmo.ru E-mail: info@eksmo.ru
Өндіруші: «ЭКСМО» АҚБ Баспасы,
123308, Ресей, қала Мәскеу, Зорге көшесі, 1 үй, 1 ғимарат, 1 үй, 1 ғимарат, 20 қабат, офис 2013 ж.
Тел.: 8 (495) 411-68-86.
Home page: www.eksmo.ru E-mail: info@eksmo.ru
Тауар белгісі: «Эксмо»
Интернет-магазин : www.book24.ru
Интернет-магазин : www.book24.kz
Интернет-дүкен : www.book24.kz
Импортёр в Республику Казахстан ТОО «РДЦ-Алматы».
Қазақстан Республикасындағы импорттаушы «РДЦ-Алматы» ЖШС.
Дистрибьютор и представитель по приему претензий на продукцию,
в Республике Казахстан: ТОО «РДЦ-Алматы»
Қазақстан Республикасында дистрибьютор және өнім бойынша арыз-талаптарды
қабылдаушының өкілі «РДЦ-Алматы» ЖШС,
Алматы қ., Домбровский көш., 3«а», литер Б, офис 1.
Тел.: 8 (727) 251-59-90/91/92; E-mail: RDC-Almaty@eksmo.kz
Өнімнің жарамдылық мерзімі шектелмеген.
Сертификация туралы ақпарат сайтта: www.eksmo.ru/certification

Сведения о подтверждении соответствия издания согласно законодательству РФ
о техническом регулировании можно получить на сайте Издательства «Эксмо»
www.eksmo.ru/certification
Өндірген мемлекет: Ресей. Сертификация қарастырылмаған

Дата изготовления / Подписано в печать 19.01.2022. Формат 70x90¹/₃₂.
Гарнитура Newton. Печать офсетная. Усл. печ. л. 11,67.
Тираж 4 500 экз. Заказ 7180.

Отпечатано с электронных носителей издательства.
ОАО "Тверской полиграфический комбинат". 170024, Россия, г. Тверь, пр-т Ленина, 5.
Телефон: (4822) 44-52-03, 44-50-34, Телефон/факс: (4822)44-42-15
Home page - www.tverpk.ru Электронная почта (E-mail) - sales@tverpk.ru

16+

Москва. ООО «Торговый Дом «Эксмо»
Адрес: 123308, г. Москва, ул. Зорге, д.1, строение 1.
Телефон: +7 (495) 411-50-74.   **E-mail:** reception@eksmo-sale.ru

По вопросам приобретения книг «Эксмо» зарубежными оптовыми
покупателями обращаться в отдел зарубежных продаж ТД «Эксмо»
E-mail: **international@eksmo-sale.ru**

*International Sales: International wholesale customers should contact
Foreign Sales Department of Trading House «Eksmo» for their orders.*
international@eksmo-sale.ru

По вопросам заказа книг корпоративным клиентам, в том числе в специальном
оформлении, обращаться по тел.: +7 (495) 411-68-59, доб. 2261.
E-mail: **ivanova_ey@eksmo.ru**

Оптовая торговля бумажно-беловыми
и канцелярскими товарами для школы и офиса «Канц-Эксмо»:
Компания «Канц-Эксмо»: 142702, Московская обл., Ленинский р-н, г. Видное-2,
Белокаменное ш., д. 1, а/я 5. Тел./факс: +7 (495) 745-28-87 (многоканальный).
e-mail: kanc@eksmo-sale.ru, сайт: www.kanc-eksmo.ru

Филиал «Торгового Дома «Эксмо» в Нижнем Новгороде
Адрес: 603094, г. Нижний Новгород, улица Карпинского, д. 29, бизнес-парк «Грин Плаза»
Телефон: +7 (831) 216-15-91 (92, 93, 94).   **E-mail:** reception@eksmonn.ru

Филиал ООО «Издательство «Эксмо» в г. Санкт-Петербурге
Адрес: 192029, г. Санкт-Петербург, пр. Обуховской обороны, д. 84, лит. «Е»
Телефон: +7 (812) 365-46-03 / 04.   **E-mail:** server@szko.ru

Филиал ООО «Издательство «Эксмо» в г. Екатеринбурге
Адрес: 620024, г. Екатеринбург, ул. Новинская, д. 2ц
Телефон: +7 (343) 272-72-01 (02/03/04/05/06/08)

Филиал ООО «Издательство «Эксмо» в г. Самаре
Адрес: 443052, г. Самара, пр-т Кирова, д. 75/1, лит. «Е»
Телефон: +7 (846) 207-55-50.   **E-mail:** RDC-samara@mail.ru

Филиал ООО «Издательство «Эксмо» в г. Ростове-на-Дону
Адрес: 344023, г. Ростов-на-Дону, ул. Страны Советов, 44А
Телефон: +7(863) 303-62-10.   **E-mail:** info@rnd.eksmo.ru

Филиал ООО «Издательство «Эксмо» в г. Новосибирске
Адрес: 630015, г. Новосибирск, Комбинатский пер., д. 3
Телефон: +7(383) 289-91-42.   **E-mail:** eksmo-nsk@yandex.ru

Обособленное подразделение в г. Хабаровске
Фактический адрес: 680000, г. Хабаровск, ул. Фрунзе, 22, оф. 703
Почтовый адрес: 680020, г. Хабаровск, А/Я 1006
Телефон: (4212) 910-120, 910-211.   **E-mail:** eksmo-khv@mail.ru

Филиал ООО «Издательство «Эксмо» в г. Тюмени
Центр оптово-розничных продаж Cash&Carry в г. Тюмени
Адрес: 625022, г. Тюмень, ул. Пермякова, 1а 2 этаж. ТЦ «Перестрой-ка»
Ежедневно с 9.00 до 20.00. Телефон: 8 (3452) 21-53-96

Республика Беларусь: ООО «ЭКСМО АСТ Си энд Си» в г. Минске
Центр оптово-розничных продаж Cash&Carry в г. Минске
Адрес: 220014, Республика Беларусь, г. Минск, проспект Жукова, 44, пом. 1-17, ТЦ «Outleto»
Телефон: +375 17 251-40-23; +375 44 581-81-92
Режим работы: с 10.00 до 22.00.   **E-mail:** exmoast@yandex.by

Казахстан: «РДЦ Алматы»
Адрес: 050039, г. Алматы, ул. Домбровского, 3А
Телефон: +7 (727) 251-58-12, 251-59-90 (91,92,99). E-mail: RDC-Almaty@eksmo.kz

Украина: ООО «Форс Украина»
Адрес: 04073, г. Киев, ул. Вербовая, 17а
Телефон: +38 (044) 290-99-44, (067) 536-33-22.   **E-mail:** sales@forsukraine.com

**Полный ассортимент продукции ООО «Издательство «Эксмо» можно приобрести в книжных
магазинах «Читай-город» и заказать в интернет-магазине:** www.chitai-gorod.ru.
Телефон единой справочной службы: 8 (800) 444-8-444. Звонок по России бесплатный.

Интернет-магазин ООО «Издательство «Эксмо»
www.book24.ru
Розничная продажа книг с доставкой по всему миру.
Тел.: +7 (495) 745-89-14. E-mail: imarket@eksmo-sale.ru

ISBN 978-5-04-162186-5

9 785041 621865 >